이상 시의 문체 연구

The Study on the Style of Lee Sang's Poems

지은이

조해옥 趙海玉, Cho Hae-ok

1963년 부평에서 출생하여 부여에서 성장했다. 한남대학교 국어국문학과, 고려대학교 대학원 국어국문학과를 졸업했다. 1997년 『서울신문』 신춘문예 문학평론 부문에 당선되었으며, 학술서로는 『이상 시의 근대성 연구』(2001), 『이상 산문 연구』(개정증보판, 2016), 시 비평서로는 『도로를 횡단하는 문학』(2004), 『생과 죽음의 시적 기록』(2006), 『전환의 문학』(2006), 『타오르는 기호들』(2022)을 출간했다. 2009년 한남문인 대상 산문 부문, 2022년 제34회 대전시 문화상 학술상을 수상했다. 현재 『이상 리뷰』 편집위원이며 한남대학교 인문과학연구소 연구교수로 재직 중이다.

이상 시의 문체 연구

초판인쇄 2023년 11월 10일 **초판발행** 2023년 11월 20일

글쓴이 조해옥 **펴낸이** 박성모 **펴낸곳** 소명출판 **출판등록** 제1998 - 000017호

주소 서울시 서초구 사임당로14길 15 서광빌딩 2층

전화 02-585-7840 **팩스** 02-585-7848

전자우편 somyungbooks@daum.net **홈페이지** www.somyong.co.kr

값 18,000원

ISBN 979-11-5905-848-6 93810

본 사업은 대전문화재단, 대전광역시에서 사업비 일부를 지원받았습니다.

이상 — 시의 — 문체 —

The Study on the Style of Lee Sang's

조해옥 지음

머리말

시어를 비롯한 언어학적 요소들은 시 문체 형성에 주요한 역할을 한다. 이들 요소가 생성해 내는 문체는 시인이 지향하는 시 의식과 긴밀하게 결합한다. 따라서 시인의 시 문체적 특징을 규명하기 위해서는 어휘를 비롯하여 방언, 음운, 문법적 측면 등을 총체적으로 살펴야 한다. 1930년대는 현대시사에서 독자적이고 고유한 시적 자산이 축적된 시기이다. 이 시기에 창작된 시 작품에는 각 시인의 언어환경에서 배태된 개인의 언어습관이 반영되어 있다. 즉, 시인의 생활언어가 문학 작품에 재현되면서 시 문체가 형성되는 것이다.

본 저서에서 저자는 이상 시의 문체적 특징을 살펴보았다. 이상 시에 쓰인 특수조사와 복합조사, 연결어미, 보조용언과 생활언어인 서울방언이 이상의 시 의식에 어떠한 영향을 미치고 있는지를 밝히고자 하였다. 저자는 이상 시 문체 연구 외에도 이상과 동일 방언권에 속하는 임화의 시도 같이 살펴보았다. 이상 시와 임화 시에는 서울방언의 공통된 요소들이 나타나면서 동시에 시인이 지향하는 시 의식에 따라 동일 방언인 서울방언은 상이하게 실현된다. 본 저서의 부록에는 1930년대 문예지 『조선문단』, 『조선문학』, 『문장』에 나타난 서울방언을 정리한 목록이 실려 있다.

이상은 다만 문학사에 기록된 추상적인 존재가 아니다. 그는 1930년대 경성에 구현된 근대성 위에서 탄생한 문인이다. "전기기관차電氣機關車의 미끈한 선線, 강철鋼鐵과 유리 건물建物 구성構成, 예각銳角, 이러한 데서 미美를 발견發見할 줄 아는 세기世紀의 인ㅅ에게 있어서는 다방茶房의 일게一憩가 신선新鮮한 도락道樂이요 우아優雅한 예의禮儀가 아닐 수 없다"「秋燈雜筆」라고 말하는 이상은 현대 문명의 찬미자이다. 제국주의와 자본주의의 욕망이 들끓고, 빈부 차별이 확연히 드러나던 대도시 경성은 역설적으로 이상이 현대 문물과 그 정신을 마음껏 흡수하여

글을 쓸 수 있게 한 장소인 것이다.

이상 연구를 시작한 때를 돌이켜 보면, 가깝고도 먼 느낌이 든다. 저자를 마음 깊이 믿어주셨던 아버지, 정도를 걷게 하시는 어머니, 학자와 평론가의 시간을 이끌어 주신 최동호 선생님, 오랫동안 지원을 아끼지 않은 언니 스님께 감사의 인사를 올린다. 그리고 소명출판의 박성모 사장님과 고건 부장님과 박건형 과장님, 교정을 보시느라 애쓰신 조이령 선생님께 고마운 마음을 전하고 싶다.

2023년 초겨울

차례

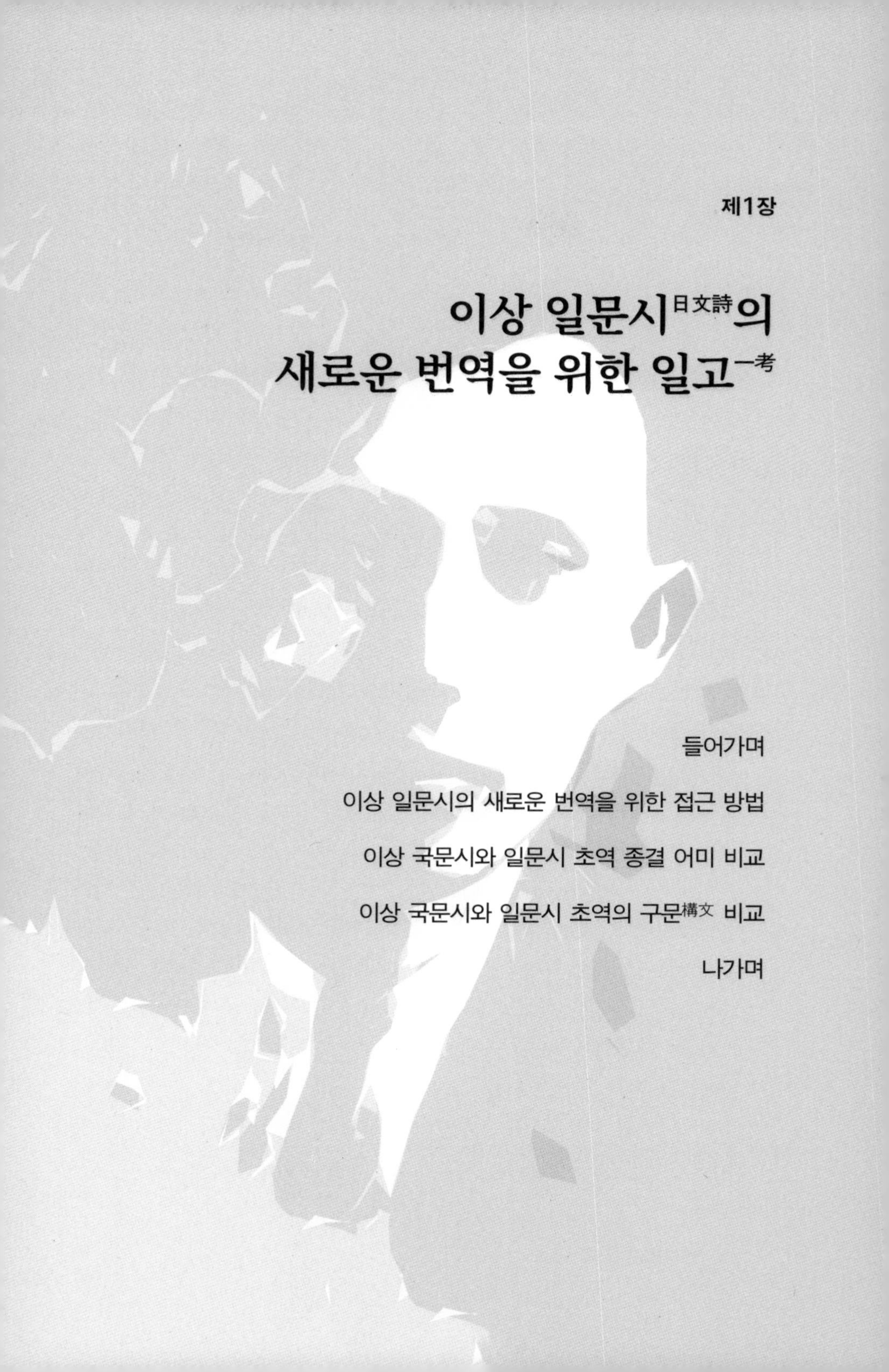

제1장

이상 일문시日文詩의 새로운 번역을 위한 일고一考

들어가며

이상 일문시의 새로운 번역을 위한 접근 방법

이상 국문시와 일문시 초역 종결 어미 비교

이상 국문시와 일문시 초역의 구문構文 비교

나가며

1. 들어가며

이상의 일문시는 『朝鮮と建築』에 발표한 28편과 임종국이 발굴하여 『이상 전집』에 실은 유고시 9편 총 37편[1]이다. 유정柳呈은 「異常ナ可逆反應」 6편[2]과 「鳥瞰圖」 8편[3]을 번역하였고, 임종국은 「三次角設計圖」 7편[4]과 「建築無限六面角體」 7편[5]과 유고시 9편[6]을 번역하였다. 이상의 일문시는 유정과 임종국에 의해 처음 번역되어 1956년에 발간된 임종국의 『이상 전집』[7]에 실린 이후로, 현재에 이르기까지 이상 일문시의 유일한 번역본으로 쓰이고 있다.[8]

김주현은 이상 시 텍스트 선정의 문제점을 본격적으로 제기한 연구자이다. 그는 이상의 일문시 「鳥瞰圖」 시편이 임종국의 『이상 전집』에서 「烏瞰圖」로 오

1 그밖에 조연현이 발굴하고, 임종국이 편(編)한 『이상 전집』(개정판, 문성사, 1966)에 실린 일문 시편들은 이상의 유고(遺稿)로 추정할 수 있다. 이들 일문시에서 「遺稿4」("고왕(古王)의 땀…"으로 시작)는 김윤성이 번역하였고, 「遺稿1」을 포함한 다른 작품들은 김수영이 번역하였다. 그런데 조연현이 발굴한 일문 시편의 작자(作者)를 이상으로 확정짓기 위해서는 실증적인 논의가 좀 더 필요하므로 이 글에서는 연구 텍스트로 삼지 않았다.

2 김해경(金海卿), 「異常ナ可逆反應」, 「破片ノ景色」, 「空腹」, 「▽ノ遊戲」, 「ひげ」, 「BOITEUX · BOITEUSE」, 『朝鮮と建築』, 조선건축회(朝鮮建築會), 1931.7, 15~19면.

3 김해경(金海卿), 「鳥瞰圖－二人....1....」, 「鳥瞰圖－二人....2....」, 「鳥瞰圖－神經質に肥滿した三角形 : ▽は俺のAMOUREUSEである」, 「鳥瞰圖－LE URINE」, 「鳥瞰圖－顔」, 「鳥瞰圖－運動」, 「鳥瞰圖－狂女の告白」, 「鳥瞰圖－興行物天使 : 惑る後日譚そして」, 『朝鮮と建築』, 조선건축회(朝鮮建築會), 1931.8, 10~13면.

4 김해경(金海卿), 「三次角設計圖－線に關する覺書1」, 「三次角設計圖－線に關する覺書2」, 「三次角設計圖－線に關する覺書3」, 「三次角設計圖－線に關する覺書4」, 「三次角設計圖－線に關する覺書5」, 「三次角設計圖－線に關する覺書6」, 「三次角設計圖－線に關する覺書7」, 『朝鮮と建築』, 조선건축회(朝鮮建築會), 1931.10, 29~31면.

5 이상, 「建築無限六面角體－AU MAGASIN DE NOUVEAUTES」, 「建築無限六面角體－熱河略圖 No.2」, 「建築無限六面角體－診斷 0 : 1」, 「建築無限六面角體－二十二年」, 「建築無限六面角體－出版法」, 「建築無限六面角體－且8氏の出發」, 「建築無限六面角體－眞晝」, 『朝鮮と建築』, 조선건축회(朝鮮建築會), 1932.7, 25~27면.

6 이상, 「隻脚」, 「距離」, 「囚人の作つた箱庭」, 「肉親の章」, 「內科」, 「骨片ニ關スル無題」, 「街衢ノ寒サ」, 「朝」, 「最後」(임종국, 『이상 전집』, 태성사, 1956, 7~18면).

7 임종국, 『이상 전집』, 태성사, 1956.

8 김주현의 『이상 문학전집』(소명출판, 2009)과 권영민의 『이상 전집』(뿔, 2009)에 실린 번역시는 임종국의 『이상 전집』에 실린 번역시를 텍스트로 하여 부분 수정한 것이다.

기된 이래 다른 이상전집류에서 일문시 「鳥瞰圖」로 오기된 것을 지적하였으며, 일문시 「診斷 0：1」과 국문시 「詩第四號」, 일문시 「二十二年」과 국문시 「詩第五號」는 다르다는 것을 지적하였다.[9] 그러나 임종국은 그의 『이상 전집』에서 이들 작품을 동일 작품이라 여겨 일문시 「診斷 0：1」과 「二十二年」을 국문으로 번역하지 않았다.[10]

김성수는 "이상의 일문시들은 대체로 정확하게 번역되고 있긴 하지만, 그 가운데는 아직도 잘못된 해석이나 주석, 또는 오독의 가능성이 산재해 있다는 점에서 새로운 번역과 주도면밀한 해석이 요청된다"[11]고 이상 일문시 초역에 대해 문제를 제기한다. 그는 이상의 일문시 「眞書」의 초역을 수정하여 번역하였는데,[12] 그의 이 같은 시도는 초역에 대한 문제제기라는 점에서 의의가 있다. 또한 그는 일문시 「且8氏の出發」의 "珊瑚の木の傍で豕の樣なヒト"에서 '시豕'를 돛대에 다는 헝겊을 뜻하는 '돛'으로 오역한 것을 '돝'으로 바로잡은 바 있다.[13]

박현수는 이상의 일문시 「AU MAGASIN DE NOUVEAUTES」[14]의 "黑インクの溢れた角砂糖"에서 '黑インク'를 초역에서 "파랑잉크"로 오역한 것을 바로잡은 바 있다.[15] 저자 역시 이상의 일문시 초역 의 오류들을 찾아서 정리한 바 있다.[16]

김동희는 이상의 일문시를 중심 텍스트로 삼아 논의를 전개하였다. 그는 일문시 초역을 그대로 수용하지 않고, 임종국의 『이상 전집』을 참고로 하여 초역을 수정한 번역본을 텍스트로 삼아서 의미를 분석했다는 점에서 의의가 있다.[17]

---

9 김주현, 「텍스트부터 잘못되어 있다 – 이상 문학 연구의 문제점」, 『문학사상』, 1996.11, 60~80면.
10 임종국, 앞의 책, 183면.
11 김성수, 『이상소설의 해석』, 태학사, 1999, 318면.
12 위의 책, 339면.
13 위의 책, 288면.
14 이상, 「AU MAGASIN DE NOUVEAUTES」, 『朝鮮と建築』, 1932.7, 25면.
15 박현수, 「토포스(topos)의 힘과 창조성 고찰, 『한국학보』 94, 1999, 31면.
16 졸고, 『이상 시의 근대성 연구』, 소명출판, 2001.
17 김동희, 「이상의 일본어 시 연구」, 고려대 석사논문, 2012. 9면.

그러나 이상 시 문체에 대한 의식은 드러나지 않는다.

이 글에서 저자는 지금까지의 이상 일문시 텍스트 연구가 한 두 개의 오역誤譯을 찾아내는 것에 머물러 있는 것을 넘어서서, 이상 일문시 초역이 지닌 문체의 문제점에 대해 살펴보고, 일문시의 새로운 번역을 위한 방향을 제시하고자 한다.

임종국의 『이상 전집』에서 유정과 임종국은 이상 일문시 번역의 변辯을 다음과 같이 진술한 바 있다. 유정은 "되도록 고인故人의 어투語套를 모방하여 근사近似한 역문譯文으로 하고저 애쓴 것인데 힘부족으로 이렇게 밖에 못되고 말았다"[18] 고 말하였고, 임종국은 "경우境遇에 따라서는 대담大膽한 의역意譯도 불사不辭했으며, 또 역어譯語의 선택選擇과 문체文體는 가능可能한 한限 원작자原作者가 흔히 쓰던 그것으로 하려 하였다. '虛僞ナ'를 '허위虛僞를담은', '하지않는'을 '하지아니하는', 혹은 「建築無限六面角體」나 「三次角設計圖」에서 우리말을 피避하고 굳이 난삽難澁한 한자漢字를 사용한 점 등, 모두 그런 의도意圖로 인因함이었다"[19]고 하였다. 이상 일문시의 두 번역자는 이상의 어투와 문체를 살리고자 하였으나 이상의 시 문체를 알 수 있는 텍스트는 이상의 발표된 국문시인데, 일문시 초역의 문체는 이상의 시 문체와는 확연히 다르다. 따라서 이 글에서는 일어 직역 투와 논설문체와 영어 투를 벗어나는 새로운 일문시 번역이 필요함을 제기하고자 하는 것이다. 이 같은 문제제기는 이상의 국문시들과 일문시 초역본을 비교하는 작업을 통해 확연히 드러날 것이다. 이 글에서 비교할 이상 국문시와 일문시 초역의 문체적 요소들은 종결 어미와 구문構文 등이다.

---

18 임종국, 앞의 책, 3면.
19 위의 책, 3~4면.

2. 이상 일문시의 새로운 번역을 위한 접근 방법

이상의 일문시 초역 가운데, 국문시와 유사하거나 동일한 작품은 세 작품이다. 일문시 「診斷 0 : 1」[20]은 국문시 「烏瞰圖 詩第四號」와 흡사한 작품이며, 「二十二年」[21]은 「詩第五號」[22]와 흡사한 작품이다. 임종국은 이들 두 작품을 동일 작품으로 판단하여 국문으로 번역하지 않았다.[23]

＊ 일문시와 유사한 국문시를 활용한 번역의 시도

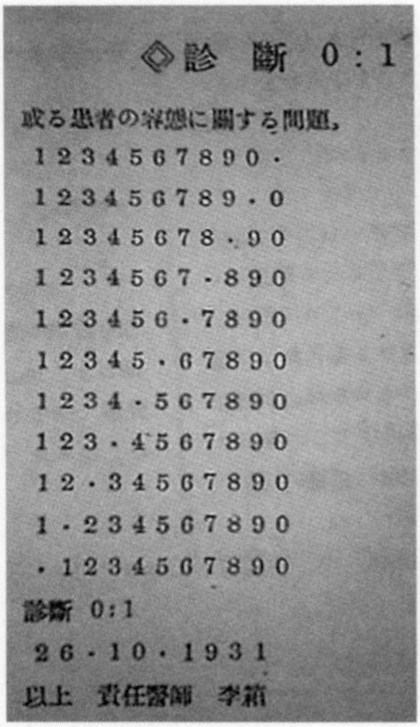
◇診 斷 0:1
或る患者の容態に關する問題。
1234567890·
123456789·0
12345678·90
1234567·890
123456·7890
12345·67890
1234·567890
123·4567890
12·34567890
1·234567890
·1234567890
診斷 0:1
26·10·1931
以上 責任醫師 李箱

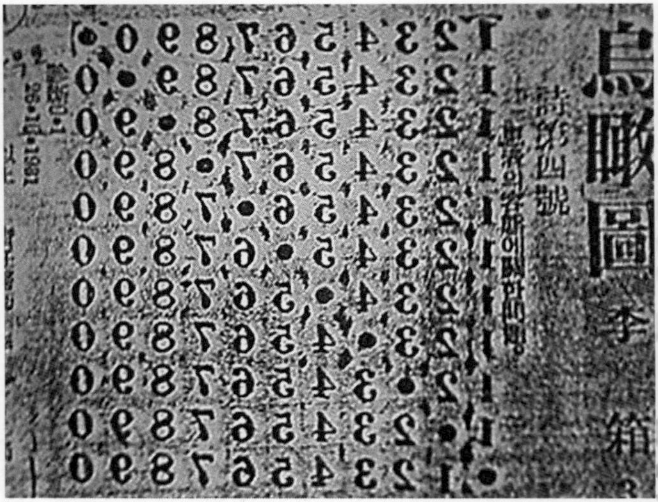

일문시 「診斷 0 : 1」[24]　　국문시 「詩第四號」[25]

---

20 이상, 「診斷 0 : 1」, 『朝鮮と建築』, 1932.7, 25면.
21 이상, 「二十二年」, 위의 책, 25면.
22 이상, 「詩第五號」, 『朝鮮中央日報』, 1934.7.28.
23 "「診斷 0 : 1」(「烏瞰圖 詩第四號」와 동일(同一)한 작품(作品)). 「二十二年」(「烏瞰圖 詩第五號」와 동일(同一)한 작품(作品))." 임종국 편, 『이상 전집』, 태성사, 1956, 183면.
24 이상, 「診斷 0 : 1」.
25 이상, 「詩第四號」.
26 이상, 「二十二年」.
27 이상, 『조선중앙일보』, 1934.7.28. 『朝鮮と建築』에 발표된 이상의 일문시 「二十二年」은 「烏瞰圖, 詩第五號」와 유사한 작품이다.

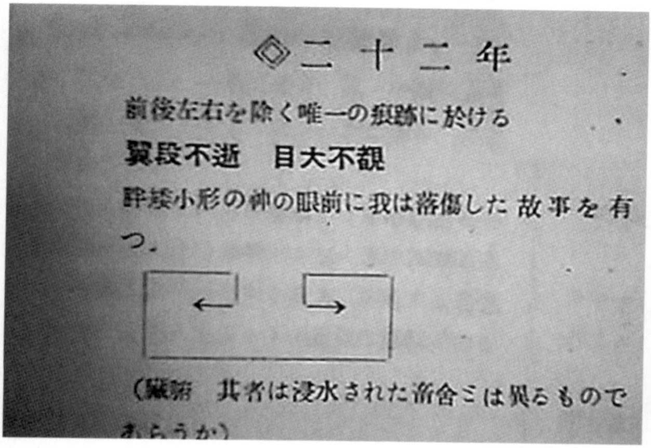
◇二十二年

前後左右を除く唯一の痕跡に於ける

翼段不逝 目大不覩

胖矮小形の神の眼前に我は落傷した故事を有つ。

(臟腑 其者は浸水された畜舍とは異るものであらうか)

일문시 「二十二年」[26]

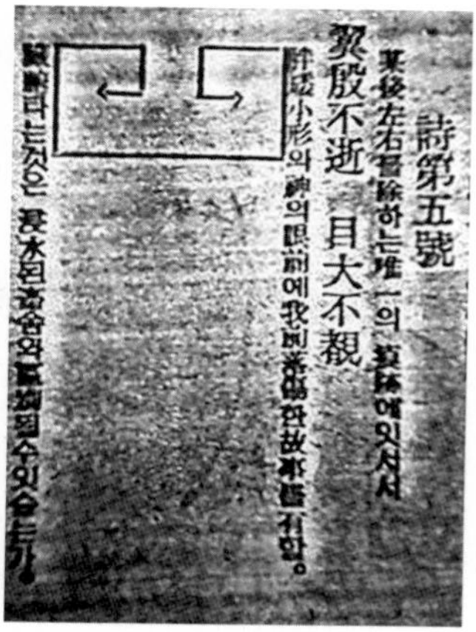
詩第五號

某後左右를除하는唯一의痕跡에잇서서

翼殷不逝 目大不覩

胖矮小形의神의眼前에我는落傷한故事를有함。

臟腑라는것은 浸水된畜舍와區別될수잇슬는가。

국문시 「詩第五號」[27]

위에 제시한 사진을 보면 알 수 있듯이, 유사한 내용을 갖는 일문시 「診斷 0 : 1」과 국문시 「詩第四號」, 일문시 「二十二年」과 국문시 「詩第五號」는 도형과 한자어들이 시 본문의 대부분을 차지하고 있기 때문에 이상 시가 가지는 문체가 잘 드러나지 않는다. 따라서 이들 작품의 비교를 통해 이상 일문시의 새로운 번역을 위한 아이디어는 얻기 힘들다.

다음으로 일문시 「運動」과 김기림의 「現代詩의 發展」에 삽입된 「運動」과 유정柳呈이 번역한 일문시 「運動」을 비교하여 임종국의 『이상 전집』에 실린 일문시 초역들에 나타나는 문제들을 구체적으로 가늠할 예로 삼을 수 있을 것이지만, 국문시 「運動」이 과연 이상에 의해 국문으로 옮겨진 것인가가 사실로 밝혀지지 않아서 이 작품 역시 이상 일문시 번역의 좋은 예로 삼기가 어렵다.

박현수는 김기림의 「現代詩의 發展」에 삽입된 일문시 「運動」이 한글로 실린 예를 밝힌 바 있다. 그는 이 작품이 "일문시의 번역이지만 이상 자신의 번역인지 김기림의 번역인지는 분명하게 드러나고 있지 않다. 이상이 생존하던 시기에 나온 이 번역을 한글 원전으로 삼는 것이 타당하다"[28]고 하였다. 그러나 이

28 박현수, 「이상의 아방가르드 시학과 백화점의 문화기호학」, 『이상 문학 연구의 새로운 지평』, 역락, 2006, 148면.

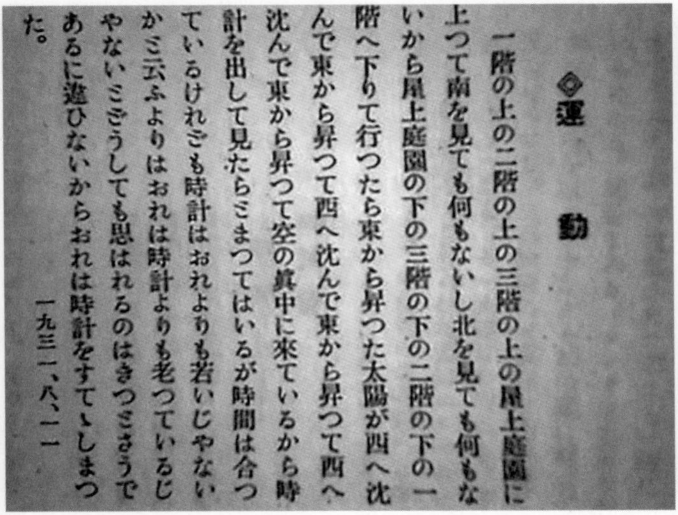
◎運動

一階の上の二階の上の三階の上の屋上庭園に上つて南を見ても何もないし北を見ても何もないから屋上庭園の下の三階の下の二階の下の一階へ下りて行つたら東から昇つた太陽が西へ沈んで東から昇つて西へ沈んで東から昇つて西へ沈んで東から昇つて空の眞中に來ているから時計を出して見たらとまつてはいるが時間は合つているけれども時計はおれよりも若いじやないかと云ふよりはおれは時計よりも老つているじやないとどうしても思はれるのはきつとさうであるに違ひないからおれは時計をすてゝしまつた。

一九三一、八、一一

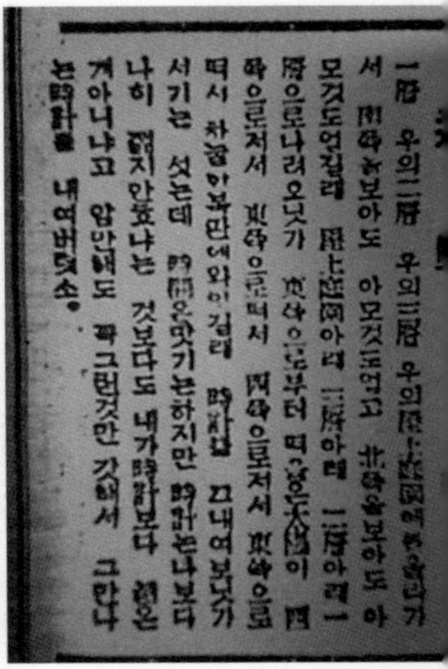
一層 우의二層 우의三層 우의屋上庭園에 올나가서 南쪽을보아도 아모것도업고 北쪽을보아도 아모것도업길래 屋上庭園아래 三層아래 二層아래 一層으로나려오닛가 東쪽으로부터 떠오른太陽이 西쪽으로저서 東쪽으로떠서 西쪽으로저서 東쪽으로떠서 하늘한복판에와이길래 時計를 끄내여보닛가 서기는 섯는데 時間은맛기는하지만 時計는나보다 나히 젊지안흐냐는 것보다도 내가時計보다 늙은게아니냐고 암만해도 꼭그런것만 갓해서 그만 時計를 내여버렷소.

일문시 「運動」[29]

김기림의 「現代詩의 發展」에 삽입된 「運

상의 번역인지 김기림의 번역인지 확인할 수 없는 상황에서 국문 번역시 「運動」을 이상 시 「運動」의 한글 원전으로 삼자는 박현수의 견해는 타당성을 얻기 힘들다. 시에서 내용 이상으로 중요한 몫을 차지하는 것이 시의 어조와 문체이기 때문이다. 만약에 국문시 「運動」이 김기림의 번역이라 한다면, 이상 시 「運動」의 한글 원전이 될 수 없다. 권영민은 1934년 7월 19일 『朝鮮日報』에 실린 김기림의 「現代詩의 發展」에 삽입된 이상의 시 「運動」이 일문시 「運動」을 유정이 번역하여 임종국의 『이상 전집』에 실은 작품 「運動」과 다르다는 점을 들어 이상의 또 한 편의 국문시임을 주장한다.[31]

29 김해경(金海卿), 「鳥瞰圖－運動」.

30 김기림, 「現代詩의 發展」, 『朝鮮日報』, 1934.7.19.

31 권영민은 "시계(時計)는나보담도젊지않으나하는것보담은나는시계(時計)보다는늙지아니하였다고아무리해도믿어지는것은필시그럴것임에틀림없는고로"라는 번역시의 구절은 국문시의 "시계(時計)는나보다나히 젊지안흐나하는 것보다도 내가시계(時計)보다 늙은게아니냐고 암만해도 꼭그런것만 갓해서"와 전혀 다른 의미를 드러낸다는 것을 확인할 수 있다. 이상의 국문시 「運動」은 일본어로 쓴 「運動」과 일정한 상관관계를 지니지만 동일 작품으로 볼 수는 없다. 그러므로 이상의 작품 연보에 이 시 한 편을 추가해야 할 것이다. 이 시가 움직이는 주체를 중심으로 새로운 시간의식과 공간감각을 동시에 보여 주고 있다는 점은 매우 중요한 의미를 지닌다"고 진술한다(권영민, 「이상의 시 운동〈運動〉을 소개하며」, 『문학사상』, 2011.9, 23~24면). 그러나 두 작

그러나 김기림의 평문 속에 실린 국문시 「運動」은 이상 생전에 어떤 지면에도 발표된 적이 없으며, 이 작품과 일문시 「運動」 사이에는 내용상의 차이가 전혀 나지 않는다. 따라서 국문시 「運動」이 과연 이상이 국문으로 옮긴 작품인가 아니면, 김기림이 자신의 평문에 시를 인용하기 위해 국문으로 옮겼는가라는 문제가 발생한다. 시에서 시의 내용만큼 중요한 요소들은 시의 형태, 즉 문체와 어조이다. 만약에 국문시 「運動」을 김기림이 번역하여 게재하였다면, 국문시 「運動」이 이상의 작품이 맞기는 하지만, 이상의 국문시 「運動」이 아닌 까닭에 이상 국문시의 문체와 어조라는 범주에 포함시키기 어렵다. 따라서 국문시 「運動」이 어떤 지면에도 이상이 발표하지 않은 사실을 고려할 때, 국문시 「運動」이 이상의 번역일 가능성과 김기림의 번역일 가능성 두 가지 경우가 모두 제기될 수 있다.

우선 국문시 「運動」이 이상의 번역이라는 가능성을 염두에 둔다면, 다음과 같이 추론할 수 있다. 번역 과정에서 발생하게 될 형태와 리듬과 어조의 변화를 감수하는 시인은 없을 것이다. 게다가 이상의 친우로서 이상과 동일한 시·공간을 함께 하며 문단 활동을 하였던 김기림이 자신의 평문에 인용하기 위해서 일문시 「運動」을 그가 임의대로 번역하여 실었다고는 보기는 어렵다. 김기림의 평문 「現代詩의 發展」에 삽입된 시 「運動」은 이상이 자신의 일문시 「運動」을 국문으로 옮긴 것을 김기림이 인용하였을 가능성이 있다.

그러나 동시에 국문시 「運動」은 김기림이 번역한 시라는 가정도 성립한다. 김기림의 평문 「現代詩의 發展」에서 "이상李箱은 지금까지 얼마알려지지안은시인詩人이다. 잡지雜誌『카톨닉』을읽은분가운데는혹或은 그의 일견기괴一見奇怪한듯한 시詩를 기억記憶할분이잇슬줄안다 / 그의시詩는대부분大部分우리가 가지고잇는난해難解하다는시詩의부류部類에속屬한다 그럼으로 필자筆者는그의시詩를 맨꼭댁이에소개紹介한다"[32] 여기에서 '잡지雜誌 『카톨닉』'은 『카톨릭청년』을 가리키며, 여기에 실

품 사이에는 어조의 차이는 있을지라도 의미상의 차이는 없는 것으로 판단된다.

린 시란 김기림이 평문을 쓴 1934년 7월 이전인 1933년 7월호에 실린 「꽃나무」, 「이런 詩」, 「一九三三. 六. 一」과 10월호에 실린 「거울」을 가리킨다. 김기림은 여기에서 「運動」에 관한 출처는 기입하지 않았는데, 이상이 국문으로 발표한 적이 없는 국문시 「運動」은 김기림의 평문 집필 과정에서 김기림에 의해 번역되어 게재되었을 수도 있다. 이 같은 가능성을 뒷받침하는 예를 박태원의 산문 「李箱의 片貌」에서 이상의 「運動」을 언급한 부분에서도 확인할 수 있다.

> 나는 그 무슨소린지 알수없는 詩가 보고싶엇다 李箱은 房으로 들어가 建築雜誌를 두어卷 들고나와 몇首의詩를 내게 보여주었다. 나는 「슈울 · 레아리즘」에 興味를 갖고있지는 않었으나 그의 「運動」 一篇은 그 자리에서 口味가 당겼다.
>
> 只今 그 첫두머리 한토막이 記憶에 남어있을뿐이나 그것은
>
> 一層우에 二層우에 三層우에 屋上庭園에를 올라가서 南쪽을 보아도 아모것도 없고 北쪽을 보아도 아모것도 없길래 다시 屋上庭園아래 三層아래 二層아래 一層으로 나려와……… 로 始作되는 詩였다.[33]

여기에서 박태원이 본 '건축잡지'는 『朝鮮と建築』이며, 그가 기억을 더듬어 인용한 「運動」 부분은 『朝鮮と建築』에 실렸던 일문시 「運動」을 박태원이 국문으로 옮겨 인용한 것임을 짐작할 수 있다. 이 같은 정황들을 볼 때, 이상의 국문시 「運動」은 존재하지 않고, 일문시 「運動」을 본 김기림과 박태원이 각자 국문으로 옮겨 인용하였을 가능성이 크다.

위에서 김기림의 평문에 삽입된 이상의 시 「運動」이 과연 이상이 국문으로

---

32 김기림, 앞의 글.
33 박태원, 「李箱의 片貌」, 『조광』, 1937.6, 302~303면.

옮긴 것인가 아니면 김기림이 번역한 것인가에 대한 두 가지 가능성을 타진해 보았다. 이를 통한 저자의 결론은 김기림 평문 속의 「運動」을 이상이 번역한 것으로 확정 지을 근거가 없으므로 그 작품의 어조와 문체를 이상의 일문시 번역을 위한 바람직한 예로 삼기 어렵다는 것이다.

마지막으로, 발표된 이상의 국문 시편들에서 이상 시의 문체와 이상 일문시 초역을 비교하는 작업을 통해 이상의 시적 문체와 거리가 먼 표현들을 제거시키는 방법이 있다. 이 글은 이 같은 접근 방법을 통해, 동일 내용의 일문시 원문이 일문시 초역에서는 일어 직역 투로 종결 어미가 번역되었고, 구문에서도 원문과 동일한 내용이 번역될 때, 일어 투와 영어 투의 문체로 번역됨으로써 일문시 초역이 이상의 시 문체와는 거리가 먼 결과를 초래하였음을 확인하고자 한다.

3. 이상 국문시와 일문시 초역 종결 어미 비교

이상 일문시의 새로운 번역에서 중요한 것은 의미의 정확한 전달뿐만 아니라, 이상의 국문시가 지닌 문체를 반영해야 한다는 것이다. 문체에 글쓴이의 개성이 나타나는데, 종결 어미와 어휘와 글의 짜임새인 구문構文 등은 문체 형성에 중요한 기능을 한다. 국어학자 김태엽은 종결 어미는 "화자의 심리적 태도를 나타내거나 명제 내용을 청자에게 어떤 태도로 표현하느냐의 문제와 주로 관련을 갖는다"[34]고 말한다. 이는 말하는 이의 심리와 태도가 종결 어미에 담겨 있다는 뜻이다. 국어학자 김미형도 "글의 인상"[35]인 문체를 이루는데 종결 어미의 역할이 중요하다고 보는데, 그 이유는 종결 어미는 "글쓴이의 심적인 태도를 드러내

34 김태엽, 『국어 종결 어미의 문법』, 국학자료원, 2001, 11면.
35 김미형, 「논설문 문체의 변천 연구」, 『한말연구』 11, 한말연구학회, 2012.12, 24면.

는 서법의미를 지니며 외형적으로도 한눈에 드러나는 요소이기 때문"[36]이다.

김상태는 종결 어미를 가지고 이상의 소설 문체를 연구한 바 있는데, 이상의 소설에는 어느 작가보다도 종지사終止辭가 다양하게 나타나는데, 그 원인은 이상의 주관적인 문장 때문에 나타나는 현상이라고 파악한다.[37] 위에서 인용한 학자들의 문체와 종결 어미의 상관성에 대한 언급은 그만큼 작가의 개성이 문체로 나타나며, 특히 종결 어미가 작가의 문체 형성에 중요한 역할을 한다는 것을 잘 보여준다.

따라서 본 절에서는 이상 시가 지닌 문체, 즉 이상의 시가 가진 개성적인 측면을 나타내는 종결 어미와 그의 일문시 초역의 문체를 비교해봄으로써 일문시 초역에 내재한 문제점들을 살펴보고 이상 일문시의 새로운 번역을 위한 초석을 놓고자 한다. 종결 어미로 평서형, 의문형, 감탄형 등이 있지만, 이상의 국문시와 일문시 초역에 평서형 종결 어미가 대부분을 차지하고 있으므로, 본 절에서는 평서형 종결 어미를 중심으로 이상 시와 번역시의 문체를 비교해볼 것이다.

〈표 1〉 이상 국문시의 종결 어미(평서형)

작품명	합쇼체	해라체			
		'-다' 형			'-라' 형
		-다	-것이다	-있다	-니라 / 더라
「꽃나무」	잇소 업소 섯소 달아낫소 내엿소				
「이런 詩」	업소이다 어엿부소서				길가드라 십드라 업드라 하리다
「거울」	업소		업슬것이오		

36 위의 책, 34면.

37 김상태, 「이상의 문체 연구(其一) 〈下〉-소설을 중심으로 한 통계적 방법의 試考」, 『국어국문학』 61, 국어국문학회, 1973.7, 5~16면.

작품명	합쇼체	해라체			
		'-다' 형			'-라' 형
		-다	-것이다	-있다	-니라 / 더라
	잇소 왼손잡이오 골몰할께요 닮았소 섭섭하오				
九三三.六. 一」		안앗다(않았다의 뜻) 하엿다			
普通紀念」		하얏다 자그마하다 안는다(않는다의 뜻) 업섯다 드럿다(들었다의 뜻) 업다 널어낫다 니젓섯다 이엿다 길엇다 서잇다 쓸쓸하다			하얏느니라 알앗드라
詩第一號」	질주(疾走) 하오 적당(適當) 하오 그리오 모혓소 나앗소 좃소				
詩第三號」		그만이다			
詩第六號」			못하는것이니라 할것이니라		보앗느니라 붉어젓섯겟느니라 당하였느니라 하얏느니라
詩第七號」					하얏드라
詩第九號」		닷는다 늣긴다			
詩第十號」		본다 통화구(通話口)다 먹는다 안케한다			

작품명	합쇼체	해라체			
		'-다' 형			'-라' 형
		-다	-것이다	-있다	-니라 / 더
「詩第十一號」		흡사하다 부딋는다 이다 한다			
「詩第十二號」		떠러진다 떼다 이다 씻는다 시작(始作)된다 날아간다			
「詩第十三號」		떨어젓다 새팔앗타 하야노앗다 녁인다 것만갓다			
「詩第十四號」		버서노앗다 팔매질첫다 보앗다 잇다 불은다(부른다의 뜻) 넛는다 하얏다 보인다 닷는다 안앗다			
「詩第十五號」		잇다 이다 잣다 더럽혀노앗다 들어간다 들어온다 전(傳)한다 갈망자(渴望者)다 하얏다 가르치엇다 가르친다 갓갑다 하얏다 업즈러젓다 바닷다		떨고잇다	

작품명	합쇼체	해라체			
		'-다' 형			'-라' 형
		-다	-것이다	-있다	-니라 / 더라
		아니다			
「正式 I」					있드라
「正式 II」		어렵다			
「正式 III」		없다			
「正式 V」		들녔다			
「正式 VI」		앉는다			
「紙碑」		되여버린다 잇다			
易斷－火爐」		다앗다 넘본다 견된다 힘이든다 눌은다 쩔쩔맨다 나가신다 돗는다 뚜들긴다 이다 근드박질을친다			
易斷－아츰」		해(害)롭다 앉는다 알른다(앓다의 뜻) 된다 켜진다 살펴본다 있다 찢겼다 적힌다			하드라
易斷－家庭」		까닭이다 졸른다 아니다 감(減)해간다 무덨다(묻다의 뜻) 매여달렷다			
斷－易斷」		잡아놓았다 하야본다 않드린다(안 들이다의 뜻) 있어본다		앉어있다	

작품명	합소체	해라체			
		'-다' 형			'-라' 형
		-다	-것이다	-있다	-니라 / 더라
		들어온다 까닭이다 파헤처놋는다 느낀다 달아나버렸다			
「易斷 – 行路」		기침이난다 놋는다 배앗하놋는다 삭여버린다 있다 어얼린다(어울린다의 뜻) 떨어트린다 끼언친다 떠든다 막힌다			
「街外街傳」		이다 많다 쉽다 산다 한다 끄덱인다 넓다 앉어버린다 진다 싶다 사투리다 뚤렸다 몰린다 있다 닮는다 비철거린다 질다 반추한다 뜬다 깔였다 흉내를낸다 이다 드물다 곶인다(고친다의 뜻) 어물어물한다 붓기도한다	하는것이다		사투리리라

작품명	합쇼체	해라체			
		'-다' 형			'-라' 형
		-다	-것이다	-있다	-니라 / 더라
		견듸지못하겠다 짜다 들어온다 알른다 잡는다 은은하다 쓰레기다 들어왔다 정결(精潔)하다 쓰레기다 간다 탔다 건는다(건넌다의 뜻) 들떠든다 가렵다 붙ㅅ는다			
「明鏡」		않는다 뿐이다			
危篤 – 禁制」		어더맛는다 숨엇다 알는(患)다 이다			
危篤 – 追求」		눌린다 추구(追求)한다 이다 감춰버렷다 예기(豫期)한다			
危篤 – 沈殁」		찻는다 끈치려든다 뻑뻑해온다 업다(없다의 뜻) 무겁다			
危篤 – 絕壁」		안는다(않다의 뜻) 향(香)기롭다 한다 판다 보이지안는다 들어안는다 들어간다 눕는다			

작품명	합쇼체	해라체			
		'-다' 형			'-라' 형
		-다	-것이다	-있다	-니라 / 더라
		향(香)기롭다			
「危篤 – 白晝」		조타고그린다 어떠냔다 뜻이다 성을낸다 쩔쩔맨다			
「危篤 – 門閥」		들킨다 업다(없다의 뜻)		하고잇다	
「危篤 – 位置」				이저버리고잇다	
「危篤 – 買春」		시작(始作)이다 한다 이여야겟다			
「危篤 – 生涯」		나려안는다(내려앉는다의 뜻) 업다 꾸며보인다 안는다(않는다의 뜻) 한다			
「危篤 – 內部」		돈다 롱저매첫다 캄캄하다			
「危篤 – 肉親」		마음씨다 위협(威脅)한다 질린다 걱정이다 업다			
「危篤 – 自像」		마스크다 잇다 하지안는다 스스로워한다 시작이다		되어잇다	
「I WED A TOY BRIDE」	왔답니다	나기도한다 속삭여본다 같다 대답한다 모른다 따끈따끈하다 수척(瘦瘠)해간다 찔른다 증거(證據)다			

작품명	합소체	해라체			
		'-다' 형			'-라' 형
		-다	-것이다	-있다	-니라 / 더라
		난다 먹는다 아파한다 찾는다 들킨다 아파한다 찾는다 모른체한다			
「破帖」	입니다	건정(乾淨)이다 웃는다 어즈럽다 안았다(않다의 뜻) 불은다(부른다의 뜻) 소삿다 계속(繼續)된다 들려왓다 않는다 침전(沈澱)한다 떨어젓다 배앝었다 꿈틀거린다 기른다 망설거린다 모른다 마쳤다 없다 강연(講演)한다 달멋다(닮었다의 뜻) 잇다 웃둑하다 지시(指示)한다 빠르다 하엿다 없다		향(向)하고잇다	즐느리라 (지르다의 뜻) 완보(緩步)하리라
題(其二)」		이었다			
自畵像」		없다 있을 뿐이다 있다 되지않는다 이다 약도(略圖)다		내려있다	

작품명	합쇼체	해라체			
		'-다' 형			'-라' 형
		-다	-것이다	-있다	-니라 / 더라
		않다 갈뿐이다 그랬다 그랬다 갈뿐이다 외우친다			
「無題(내마음에 크기는…)」					들었더니라 배웠드니라

〈표 2〉 이상 일문시 초역의 종결 어미(평서형)

작품명	합쇼체	해라체			
		'-다'형			'-라'
		-다	-것이다	-고 있다	니라 /
「異常한可逆反應」		하다 되었다 이다 하였다 있었다 말하였다	것이다	하고있었다	
「破片의 景致」		울었다 피웠다 이다 괴롭다 한다 같지아니하다 하지아니한다 하다 이었다			
「▽의遊戯」		추었다 우스웠다 이다 안다 아니다 하다 하였다 오지아니하였다			
「수염」		하다	한것이다	하여있었다	

작품명	합쇼체	해라체			
		'-다'형			'-라'형
		-다	-것이다	-고 있다	니라 / 리라
		이다 아니된다 이었다 하였다		하고있었다	
「BOITEUX · BOITEUSE」		아팠었다 이다 좋겠다 된다		묻어있었다	
「空腹」		되돌아갔다 하였다 하지아니한다 춥다 한다 감미(甘美)로웁다	할것이다		
鳥瞰圖 – 二人 1」		시작했다 납촬(拉撮)해갔다		팔고있었다	
鳥瞰圖 – 二人 2」		있다		못하고있다	
瞰圖 – 神經質的 로肥滿한三角形」		이다	할것이다		
瞰圖 – LE URINE」		하다 이다 있다 먹어본다 아니된다	있는것이다 두드리는것이다		
鳥瞰圖 – 얼굴」		본다			
鳥瞰圖 – 運動」		말았다			
圖 – 狂女의告白」	미안(未安) 하오 될것이오 빌어야하오 먹여놓았죠 없어요	이다 있다 하였다 웃는다 하였다 안다 듣는다 달린다 본다 준다 날은다	싫었던것이다 없는것이었다 다름없는것이다 아내인것이다 낙태(落胎)한것 이다 재촉하는것이다 하게하는것이다	채워져있다	
圖 – 興行物天使」		하였다	만들고만것이다		

작품명	합쇼체	해라체			
		'-다'형			'-라
		-다	-것이다	-고 있다	니라 /
		이다 나타났다 불었다 하다 되었다 되었다 울었다 다닌다 때린다 웃는다 부풀어진다 끈다 산다 한다 내어던진다 늘린(增)다 운다 불러들였다 이다 하였다 베푼다	웃는것이다 떨어지고만것이다 하였던것이다 하는것이다		
「三次角設計圖－線에 관한覺書1」		의(依)한다 없다 이다 아니다 그리워진다	것이라는것이다		
「三次角設計圖－線에 관한覺書2」		불탔다 된다 재촉한다			
「三次角設計圖－線에 관한覺書3」		되었다 하였다			
「三次角設計圖－線에 관한覺書4」		질주(疾走)했다			
「三次角設計圖－線에 관한覺書5」		본다 결혼(結婚)한다 본다 맞이한다 상봉(相逢)한다 맞이한다	달아나는것이다 없는것이다		

작품명	합쇼체	해라체			
		'-다'형			'-라'형
		-다	-것이다	-고 있다	니라 / 리라
		이다 모은다 아니한다 구(求)한다 달아난다 기대(期待)한다 유보(留保)한다 로부터다 산다 있다			
角設計圖－線에 관한覺書7」		모방(模倣)한다 이다 한다 발표(發表)했다 이다 가질뿐이다 아니가진다 없다			하리라
無限六面角體－ MAGASIN DE UVEAUTES」	같습네다	였다 헤어진다 적하(積荷)된다 흡사(恰似)하다 시작(始作)이다 이다		씌어져있다	
熱河略圖No. 2(未定稿)」		울린다 보도(報導)한다		녹슬어있다 하고있다	
「出版法」		하였다 알지아니하면아니되었다 하지아니하면아니되었다 아니가진다 있었다고한다 흘러들어왔다 엄호(掩護)한다 절망(絕望)하였다 분실(紛失)하였다 하고있지아니하면아니되었다	말할것이다	하고있다 되어있다	할것이니라 광부(鑛夫) 이니라
且8氏의出發」		자살(自殺)한다 것이다		피워가지고있었다	내미는것이 어라

작품명	합소체	해라체			
		'-다'형			'-라
		-다	-것이다	-고 있다	니라 /
		정지(停止)한다 이다 하였다 내었다			
「대낮」		이다 싫어한다 솟아올랐다		먹고있다	
「隻脚」		길어져갔다 짐작되었다 생각하였다			
「距離」		도해(圖解)다 발신(發信)한다 하였다 낯익어갔다		깔려있다	
「囚人이만든小庭園」		이다 일치(一致)하지아니한다 내어버리고싶다 내어던지고싶다		놓여져있다	
「肉親의章」	싶었답니다	말해주었다 고(告)했다 그려보았다 마음이었다	낳은것이다 생각하는것이었다	수척(瘦瘠)하여있다	
「內科」		이다 하기도한다 하여본다 커진다 아알지못한다고그린다 활개를친다		끓고있다	
「骨片에關관한無題」	생각커든요	과같다 같다			
「街衢의추위」		동맥(動脈)이었다 때문이다		수척(瘦瘠)하여있다	
「아침」		끄려고한다 만류(挽留)한다 하지아니하면아니된다 부탁(付託)하면된다	부상(浮上)되어 있는것이다	읽어버리고있다 못하고있다 수척(瘦瘠)하여있다	
「最後」		추락(墜落)하였다 상(傷)했다			

작품명	합쇼체	해라체			
		‘-다’형			‘-라’형
		-다	-것이다	-고 있다	니라 / 리라
		하지아니한다			

〈표 1〉과 〈표 2〉를 비교해 보면, 이상의 국문시에는 합쇼체 종결 어미가 42회 쓰인 반면에 일문시 초역에는 8회 쓰였고, 국문시에서 ‘-라’형의 종결 어미가 19회 쓰인 반면, 일문시 초역에서는 4회 쓰였다. 국문시와 일문시 초역의 종결 어미를 비교할 때, 합쇼체는 번역 과정 중에 바뀔 성질의 종결 어미가 아니기 때문에 이 글에서는 다루지 않을 것이며, ‘라’형 역시 종결 어미 평서형 ‘라’형이 현대국어로 오면서 ‘다’형으로 바뀐 것이므로 ‘라’형과 ‘다’형의 비교는 이상의 국문시와 일문시 초역 사이의 뚜렷한 비교항이 되기는 어렵다.

〈표 1〉과 〈표 2〉에서 국문시와 일문시 초역 사이의 뚜렷한 비교항이 될 수 있는 것은 ‘-다’ 형의 ‘-이다’와 ‘-것이다’와 ‘-고 있다’의 사용이다. ‘-이다’와 ‘-것이다’는 논설문체 종결 어미이다. 박보연은 ‘-이다’, ‘-것이다’는 “논설문의 문체적 특징을 보여주는데, 글쓴이의 주체적인 단정적 표현”[38]의 종결표현이라고 진술한다. 동시에 ‘-것이다’는 ‘-のだ’의 일어 직역 투 문체이며, ‘-하고 있다’는 ‘-ている’의 직역 투 문체이다. 송민에 따르면, ‘-한 / 던 것이다’와 같은 통사 구조는 일본어의 간섭干渉에 의한 것[39]이며, ‘-고 있다’는 정광에 따르면, 동작의 진행 중임을 나타내는 언어 표현인 ‘-ている’의 영향을 받은 구문 표현이다.[40]

일문시의 새로운 번역에서 염두에 두어야 할 것은 어색한 일어 직역 투와 논설문체의 종결 어미 대신 자연스러운 국문체 표현을 사용해야 한다는 점이다.

38 박보연, 「논설」, 장소원 외, 『우리 시대의 문체』, 월인, 2007, 278면.
39 송민, 「국어에 대한 일본어의 간섭」, 『국어생활』 14, 국어연구소, 1988, 25~34면.
40 정광, 「1920~30년대 문학작품에 보이는 일본어 構文의 영향」, 『한국어학』 2, 한국어학연구회, 1995.6, 385~394면.

예를 들어 일문 원문 "一人妻なのである"「鳥瞰圖-狂女の告白」는 초역에서 "유일唯一한 아내인것이다"로 번역하였지만, 이는 "한아내이다"로 번역하면 된다. 마찬가지로 "歩みを急ぐのである"「鳥瞰圖-狂女の告白」는 초역에서 "걸음을재촉하는것이다"로 번역하였지만, "걸음을재촉한다"로 번역할 수 있다. 이렇게 하면 일어 직역이 아니면서도 이 같은 표현을 거의 사용하지 않은 이상의 시 문체와도 좀 더 근접하는 번역이 될 수 있다. 일어의 상태동사인 '-ている'의 직역인 '-고 있다'의 경우도 마찬가지로 자연스러운 국문체로 바꿀 수 있다. 일문 원문 "沸イテイる"「內科」가 초역에서는 "끓고있다"로 번역되었지만, 이는 "끓는다"로 번역하면 일어 직역 투를 벗어나는 번역이 될 수 있다.

그 밖의 종결 어미로 '-아니된다'도 일문시 초역에만 쓰였는데, '-아니된다' 역시 논설문체 종결 어미이다. 그리고 '같지아니하다', '하지아니한다', '하지아니하였다', '오지아니하였다' 등도 일문시 초역에서만 쓰인 종결 어미이다. 이 같은 종결 표현은 유정이 번역한 일문시 초역에는 쓰이지 않았고 임종국 번역한 시편들에 쓰였는데, 이는 임종국이 '하지않는'보다는 '하지아니하는'을 이상의 문체로 여겼기 때문이다. 그러나 '-지아니하'는 이상이 구문에서는 총 11번 쓴 바가 있지만, 종결 어미로는 전혀 사용하지 않았다. 그러므로 '-지아니하'를 임종국이 종결 어미로 사용한 것은 그가 구문을 번역할 때, 기계적이고 억지스러운 문체를 만들어낸 것과 동일한 문제를 발생시킨다. 예를 들면, 일문시 원문 "知らなければならなかつだ"「建築無限六面角體-出版法」는 초역에서 "알지아니하면아니되었다"로 번역하였는데, 이는 "모르면안되었다"로 번역할 수 있고, "斷念しなければならなかつだ"「建築無限六面角體-出版法」는 초역에서 "단념斷念하지아니하면아니되었다"로 번역되었는데, 이는 "단념하지않으면안되었다"로 번역할 수 있다.

4. 이상 국문시와 일문시 초역의 구문構文 비교

종결 어미 외에도 구문構文은 문체를 형성하는 데 중요하게 기능한다. 본 절에서는 구문構文에 초점을 맞춰 이상의 국문시와 일문시 초역의 문체를 비교해 보고자 한다.

3〉 이상 일문시 초역과 국문시의 동일 구문의 비교

	일문시 초역	국문시
	작품명	작품명
/ 있지아니하	「異常한可逆反應」	「素榮爲題」
	「鬚髯」	「鳥瞰圖 詩第一號」
	「BOITEUX·BOITEUSE」	「鳥瞰圖 詩第三號」
	「空腹」	「I WED A TOY BRIDE」
	「鳥瞰圖－神經質的肥으로滿한三角形：▽은나의AMOUREUSE이다」	「鳥瞰圖 詩第十五號」
	「鳥瞰圖－LE URINE」	
	「鳥瞰圖－얼굴」	
	「鳥瞰圖－狂女의告白」	
	「三次角設計圖－線에관한覺書2」	
	「三次角設計圖－線에關한覺書5」	
	「三次角設計圖－線에關한覺書6」	
	「建築無限六面角體－AU MAGASIN DE NOUVEAUTES」	
	「建築無限六面角體－出版法」	
	「囚人이만들은小庭園」	
	「骨片에關관한無題」	
	「아침」	
	「最後」	
아니되	「異常한可逆反應」	
	「鳥瞰圖－LE URINE」	
	「鬚髯」	
	「空腹」	
	「鳥瞰圖－狂女의 告白」	
	「出版法」	

	일문시 초역	국문시
	작품명	작품명
에있어서	「아침」	「鳥瞰圖 詩第五號
	「三次角設計圖－線에관한覺書4」	
	「三次角設計圖－線에관한覺書5」	
ㄴ/ㄹ 것	「三次角設計圖－線에관한覺書7」	「鳥瞰圖 詩第二號
	「異常한可逆反應」	「鳥瞰圖 詩第六號
	「破片의景致」	「鳥瞰圖 詩第八號
	「▽의遊戲」	「鳥瞰圖 詩第十一
	「鬚髯」	「鳥瞰圖 詩第十四
	「BOITEUX · BOITEUSE」	「易斷－家庭」
	「空腹」	「易斷－行路」
	「鳥瞰圖－二人 2」	「易斷－易斷」
	「鳥瞰圖－神經質的으로肥滿한三角形」	「街外街傳」
	「鳥瞰圖－LE URINE」	
	「얼굴」	
	「運動」	
	「鳥瞰圖－狂女의告白」	
	「鳥瞰圖－興行物天使」	
	「三次角設計圖－線에관한覺書1」	
	「三次角設計圖－線에관한覺書2」	
	「三次角設計圖－線에관한覺書5」	
	「三次角設計圖－線에관한覺書6」	
	「三次角設計圖－線에관한覺書7」	
	「出版法」	
	「且8氏의出發」	
	「隻脚」	
	「街衢의추위」	
	「아침」	
할지라도	「BOITEUX · BOITEUSE」	
이아니겠는가	「鳥瞰圖－二人 2」	
이나다름없는	「狂女의告白」	
임에틀림없는/다	「鳥瞰圖－LE URINE」	
	「얼굴」	

	일문시 초역	국문시
	작품명	작품명
	「運動」	
함으로써	「鳥瞰圖－神經質的肥으로滿한三角形：▽은나의AMOUREUSE이다」	
그럼으로써	「鳥瞰圖－LE URINE」	
도불구하고	「鳥瞰圖－얼굴」	
로하여(금)	「三次角設計圖－線에관한覺書2」	
	「三次角設計圖－線에관한覺書5」	
것이야말로	「出版法」	
함은	「鳥瞰圖－LE URINE」	
다름없이	「鳥瞰圖－LE URINE」	
하게하는	「狂女의告白」	
는것에의하여	「三次角設計圖－線에관한覺書2」	
	「且8氏의出發」	
(으)로서의	「三次角設計圖－線에관한覺書6」	
에對하여	「破片의景致」	
	「三次角設計圖－線에관한覺書7」	
	「出版法」	
에관하여	「異常한可逆反應」	
로부터	「且8氏의出發」	
	「三次角設計圖－線에관한覺書5」	

위의 〈표 3〉을 살펴보면, 이상은 그의 국문시에서 '-지아니하'를 쓴 바 있지만, 임종국은 '-지아니하'를 이상의 인상적인 문체로 여겨서 기계적으로 사용했다는 점이 문제이다. 또한 '아니되'는 피동태로 일본어 표현인데, 이는 이상의 국문시에 나타나지 않는 구문이다. 사역형 표현인 '하게하는' 역시 일본어 표현으로 이상의 국문시에 쓰이지 않았다. 정광의 지적대로 우리가 구문 표현으로 자주 쓰는 "'-고 있다-ている' 외에 피동표현, 사역형 표현 등도 일본어의 구문표현에 영향을 받은 것"[41]이다. 장진환도 일본어의 영향으로 피동 표현의 빈번한 사용을 든다.[42]

41 위의 글, 385~394면.

특히 이상의 일문시 초역에는 영어의 'to 부정사'의 번역 투로 볼 수 있는[43] '-ㄴ / ㄹ 것'이 두드러지게 등장한다. 이상은 국문시인 「街外街傳」에서 '-ㄴ(ㄹ) 것'을 사용한 것을 제외하면, 이 표현을 국문시에서는 거의 쓰이지 않았다. 그러나 일문시 초역에서는 '-ㄴ(ㄹ) 것'이 기계적으로 쓰였다. 그밖에 외국어 번역 투인 '-(이)나 다름없는', '-임에 틀림없는 / 다', '-함으로써', '-에도 불구하고', '그럼으로써', '-로 하여금', '것이야말로' 등이 초역에서 쓰였는데, 이들 어색한 외국어 번역 투 구문들은 이상이 쓰지 않은 것들이다. 이상섭은 번역 문제를 언급하면서 국어 사용에서 '-있어서, -함으로써, -로부터, -있어, -으로서' 등 "서양 중세 라틴어 문장 구조를 흉내 낸 듯한 번역 투"가 많이 쓰이고 있다[44]고 지적한 바 있다. 〈표 3〉을 보면, '-있어서', '함으로써', '으로서의'가 국문시에 비해 일문시 초역에 많이 쓰였다. 여기에서 '(으)로서의' 같은 조사 중첩 표현은 김광해에 따르면, "'-에 있어서, -에서의, -(으)로서의' 등과 같이 조사를 중첩해서 사용하는 표현들"도 일본어 투이다.[45]

위의 내용을 정리해 보면, 이상의 국문시에도 외국어 투 구문들이 나타나지만, 이상 일문시 초역에는 외국어 투 구문이 훨씬 많이 쓰였음을 확인할 수 있다. 정광은 "일제강점기에 일본어의 간섭으로 우리말 문장 언어 전반에 막대한 영향을 입었고, 6·25 동란 이후 영어의 영향으로 현대 국어에 나타나는 독특하고 새로운 구조의 문장이나 관용구는 외국어의 학습이나 이중언어 사용, 또는 번역과정과 같은 언어접촉을 통하여 간섭을 받았기 때문일 것이다"[46]라고

---

42 장진한, 「번역과 우리말」, 『국어생활』 21, 국어연구소, 1990, 27~37면.

43 황찬호는 '-것, -정직한 것' 등의 구문은 영어의 'to 부정사'의 번역 투로 이 같은 번역 투가 우리말의 구문을 손상시킨다고 보았다(황찬호, 「외국어식 구문」, 『국어생활』 14, 국어연구소, 1988, 46~58면).

44 이상섭, 「번역 일반론」, 『국어생활』 21, 국어연구소, 1990, 2~13면.

45 김광해, 「조망-국어에 대한 일본어의 간섭」, 『새국어생활』 5-2, 국립국어원, 1995, 13면.

46 정광, 앞의 글, 383면.

진술한다. 김흥수는 “광복 이후 오늘날까지는 다시 영어를 비롯한 서구 언어와 번역체가 들어와 널리 유포됨으로써, 국어 문체는 한문 투의 저층 위에 일본어 요소가 퇴적되고 다시 영어가 표층에 참여하는 복합적, 다층적 양상을 띠게”[47] 되었다고 말한다. 일제강점기와 미군정기에 외국어의 간섭을 받은 시대적 언어 현상이 1956년에 발간된 임종국 편『이상전집』에 고스란히 반영되어 있음을 이 글에서 제시한 〈표 1·2·3〉에서 확인할 수 있다.

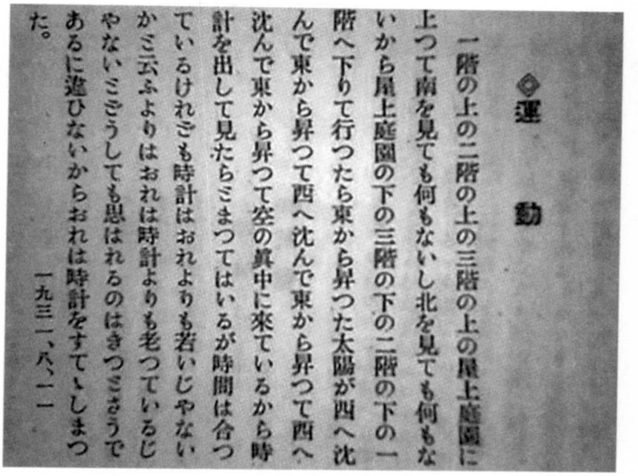
◇運　動

一階の上の二階の上の三階の上の屋上庭園に上つて南を見ても何もないし北を見ても何もないから屋上庭園の下の三階の下の二階の下の一階へ下りて行つたら東から昇つた太陽が西へ沈んで東から昇つて西へ沈んで東から昇つて西へ沈んで東から昇つて空の眞中に來ているから時計を出して見たらとまつてはいるが時間は合つているけれども時計はおれよりも若いじやないかと云ふよりはおれは時計よりも老つているじやないとどうしても思はれるのはきつとさうであるに違ひないからおれは時計をすてゝしまつた。

一九三一、八、一一

「運動」[48]

이상의 국문시와 이상 일문시 초역 두 텍스트의 문체가 확연히 차이가 나는 결정적인 원인은 종결 어미와 구문의 차이에서 발생한다고 볼 수 있다. 이상의 일문시 초역은 시의 형태와 표현보다는 논설문처럼 내용을 객관적으로 전달하기 위해 서술하는 것 같은 인상을 준다. 또한 이상의 일문시 초역에는 일본어 외에도 영어를 비롯한 서양어 투의 범람 현상이 확연히 나타나는데, 이 같은 현상은 정광과 김흥수가 언급한 대로 언어와 시대의 밀접한 상관성으로 설명할 수 있을 것이다.

위에서 살펴본 일문시 초역의 문제점들을 구체적인 작품을 통해 살펴보겠다.

一層우에있는二層우에있는三層우에있는屋上庭園에올라서南쪽을보아도아무것도없고北쪽을보아도아무것도없고해서屋上庭園밑에있는三層밑에있는二層밑에있

47 김흥수, 「문체의 변화」, 국어사연구회 편, 『국어사 연구』, 태학사, 1997, 1019면.
48 김해경(金海卿), 「鳥瞰圖－運動」.

는一層으로내려간즉東쪽에서솟아오른太陽이西쪽에떨어지고東쪽에서솟아올라西쪽에떨어지고東쪽에서솟아올라하늘한복판에와있기때문에時計를꺼내본즉서기는했으나時間은맞는것이지만時計는나보담도젊지않으냐하는것보담은나는時計보다는늙지아니하였다고아무리해도믿어지는것은필시그럴것임에틀림없는고로나는時計를내동댕이쳐버리고말았다.

유정 역, 「運動」[49]

1) '-에있는'을 반복하여 사용하여 나타난 문제

"一階の上の二階の上の三階の屋上庭園"을 유정은 "일층一層위에있는이층二層위에있는삼층三層위에있는옥상정원屋上庭園"으로, "屋上庭園の下の三階の下の二階の下の一階"을 "옥상정원屋上庭園밑에있는三層밑에있는이층二層밑에있는一層"으로 번역하였다. 여기에서 '上の'가 '위에있는'으로 '下の'가 '밑에있는'으로 번역되었는데, '-에있는'의 반복적 표현은 '上の'를 '위에'로, '下の'는 '아래에'로 번역했을 때와는 시상의 전개 속도와 정조가 달라진다. '-の'를 국문으로 번역할 때, 굳이 '-의'를 표기할 필요는 없을 것이다. 게다가 '-の'를 '-에있는'にある으로 번역하였을 때, 일문시 「運動」에 비해 초역은 산문적인 글의 인상을 갖게 된다.[50]

---

49 이상, 「運動」, 임종국 편, 앞의 책, 58면.

50 어절의 반복 사용으로 시 원문의 정조가 달라진 번역의 예로 「AU MAGASIN DE NOUVEAUTES」(위의 책, 179~181면)를 살펴볼 수 있다. 일문시의 "四角の中の四角の中の四角の中の四角の中の四角"은 초역에서 '사각형(四角形)의내부(內部)의사각형(四角形)의내부(內部)의사각형(四角形)의내부(內部)의사각형(四角形)의내부(內部)의사각형(四角形)'로 번역되었는데, 이를 '사각(四角)안에사각(四角)안에사각(四角)안에사각(四角)안에사각(四角)'으로 번역하면, 초역에 비해 긴장감이 형성되고 시상의 속도도 빨라진다. 번역하기에 따라서 시의 속도가 달라지는 경우는 이 작품의 다음 구절에도 해당된다. "ドアアの中のドアアの中鳥籠アの中のカナリヤの中の嵌殺戶扉の中のアイサツ"가 초역에는 '도어-의내부(內部)의도어-의내부(內部)의조롱(鳥籠)의내부(內部)의카나리아의내부(內部)의감살문호(嵌殺門戶)의내부(內部)의인사'라고 번역되었는데, 이것을 '도어안의도어안의조롱(鳥籠)안의카나리아안의감살호비(嵌殺戶扉)안에서의인사'로 번역하게 되면 화자의 시선이 이동하는 속도가 초역에 비해 훨씬 빨라짐을 알 수 있다.

2) 인과율적 접속사가 강화強化된 표현을 사용하여 나타난 문제

「運動」 일문시 원문 "何もないから"와 "来ているから"를 유정은 각각 "아무것도없고해서"와 "와있기때문에"로 번역하였다. 이는 일문 원문을 각각 "아무것도없어"와 "와있어"로 번역하였을 때에 비하여 "인과율적인 접속사"의 기능과 뜻을 강화시킨다.

3) 외국어 투의 사용 문제

일문 원문의 "きつとさうであるに違ひないから"가 유정 번역에서는 "필시그럴것임에틀림없는고로"로 표현되어 있다. 여기에서 '-임에틀림없는'은 이상이 전혀 사용한 적이 없는 영어 투 번역인 것이다.

이 글의 본문에서 살펴본 대로 초역의 문제는 동일한 내용의 표현을 어떤 문체로 번역할 수 있는가의 지점에서 발생한다. 번역 문체의 가변성은 다음의 예들을 통해서도 알 수 있다. "美化スルコトヲモツテイナカツタ"「異常ナ可逆反應」을 "미美하는일까지도하지아니하고있었다"임종국 역, 「異常한可逆反應」로 번역하였을 경우와 "미화시키는일도하지않았다"로 번역하는 경우, 그 정조는 확연히 다르다. 전자의 경우에 사용한 표현인 '하지아니하'와 '-고 있다'는 일어 직역 투와 논설문체 표현이기 때문이다.

5. 나가며

이 글은 이상의 일문시 초역의 문체가 이상의 국문시 문체와는 근본적으로 다르다는 문제점을 인식한 데서 논의를 시작하였다. 이상의 일문시를 번역하는 데 중요한 것은 시의 의미의 정확하게 전달하는 것뿐만 아니라, 일문시가 지닌 정조를 위축시키지 않고 반영할 수 있도록 해야 한다는 인식을 갖는 것이다. 이를 위하여 이 글에서는 이상의 시 문체를 짐작할 수 있는 이상의 국문시와 일문시 초역의 문체를 비교하는 방법을 통해 일문시 초역의 어떠한 요소들이 이상의 문체와 거리가 있는 것인가를 밝혀내고자 하였다.

이 글에서는 문체 형성에 중요한 영향을 미치는 종결 어미와 구문 등을 중심으로 이상의 국문시와 일문시 초역을 비교하였다. 그 결과는 일문시 초역에서 빈번하게 쓰인 종결 어미인 '-다' 형의 '-것이다'와 '-고 있다'로 인해 이상의 일문시 초역은 국문시에 비해 논설문체적이며, 일본어 투가 강화된 문체를 가진 것으로 드러났다. 또한 이상 국문시와 일문시 초역의 구문을 비교해 보았을 때, 일문시 초역에는 피동 표현과 조사 중첩 표현 등 일본어 투 구문과 영어의 'to 부정사'를 번역한 '-ㄴ / ㄹ 것'이 빈번하게 사용되었음을 알 수 있었다. 또한 이상의 국문시에는 나타나지 않는 '-이 아니겠는가', '-(이)나 다름없는', '-임에 틀림없는 / 다', '-함으로써', '-에도 불구하고', '그럼으로써', '-로 하여금', '것이야말로' 등 어색한 외국어 투 구문들이 일문시 초역에 사용되었음을 확인할 수 있었다.

시인의 문체적 개성이 드러나는 종결 어미와 구문을 번역할 때, 동일한 내용의 원문을 어떠한 표현으로 번역하는가는 중요한 문제이다. 그러므로 이상의 일문시를 새로 번역할 때, 이상의 일어 직역 투와 논설문체의 사용은 지양해야 할 것이다. 구문의 경우도 초역처럼 일어 직역 투와 영어 투로 번역하게 되면, 이상의 국문시로 살펴볼 수 있는 이상의 시 문체와는 상당히 거리가 먼 번역을 벗어나지 못할 것이다. 종결 어미와 구문의 번역은 문체의 가변성을 갖는다. 따라서 이상 일문시의 새로운 번역은 일어 직역 투와 영어 투의 문체와 논설문체를 걷어내고 이상의 시 문체에서 확인할 수 있는 것처럼 자연스러운 국문체로 표현하여야 할 것이다.

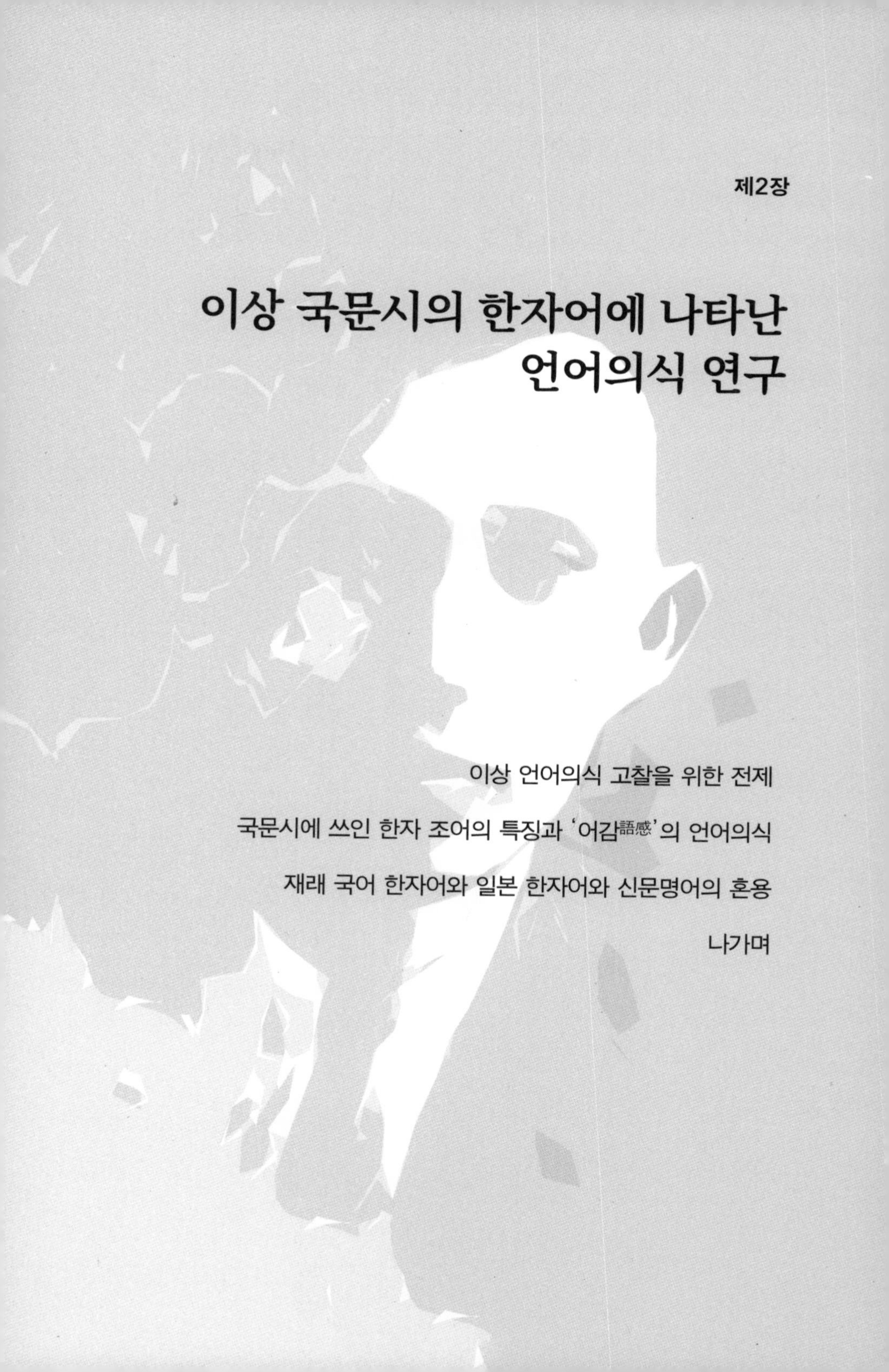

제2장

이상 국문시의 한자어에 나타난 언어의식 연구

이상 언어의식 고찰을 위한 전제

국문시에 쓰인 한자 조어의 특징과 '어감語感'의 언어의식

재래 국어 한자어와 일본 한자어와 신문명어의 혼용

나가며

1. 이상의 언어의식 고찰을 위한 전제

일제의 일본어 국어화 정책과 이에 대항하여 민간단체 언어학자들이 한글의 체계화를 위한 지속적인 움직임은 일제강점기에 동시에 전개되었다. 일제의 언어 정책이 일본어의 국어화로 전개되었고, 언어적 환경을 표면상으로 주도해갔다면,[1] 민간단체 언어학자들의 조선어에 대한 연구와 확립을 위한 노력도 지속되었다. 그 노력의 결실이 1933년에 제정된 『한글 맞춤법 통일안』이었다. 그렇다면 제도권에서 일본어로 교육을 받았던 문인들의 언어의식은 어떻게 나타나는가? 일본어와 조선어라는 이중언어의 환경에서 그들은 어떠한 선택을 하였던가?

---

1 일제강점기의 일본어가 조선어에 미친 영향에 대해 국어학자들은 '일본어의 간섭'(김흥수, 「문체의 변화」, 국어사연구회 편, 『국어사 연구』, 태학사, 1997, 955~1025면; 정광, 「1920~30년대 문학작품에 보이는 일본어 構文의 영향」, 『한국어학』 2, 한국어학연구회, 1995.6, 379~397면; 송민, 「국어에 대한 일본어의 간섭」, 『국어생활』 14, 국어연구소, 1988, 25~34면; 김광해, 「조망-국어에 대한 일본어의 간섭」, 『새국어생활』 5-2, 국립국어원, 1995, 3~25면; 강연재, 「우리말 속의 일본어 어휘에 대한 연구」, 단국대 교육대학원 석사논문, 2009)이라는 용어를 쓰고 있는데, 이는 일본어의 유입이 일제강점기에 강제적으로 이루어졌던 것에서 기인한다. 다음의 인용문들은 일본의 식민지 언어 정책을 잘 보여준다.

"당시 대부분의 지식층들이 사용한 우리말 문장언어가 일본어를 기반으로 하여 형성된 것이어서 문어에 대한 일본어의 간섭은 문학작품에만 국한된 것이 아니고 우리말 문장 언어 전반에 막대한 영향을 입게 하였다"(정광, 위의 글, 382면).

"1920년대부터는 고유 일본어 요소의 간섭이 점차 국어 문장에 구체적으로 노출되기 시작한다. 발음 그대로를 수용하는 직접 차용이 드디어 본격적으로 시작된 것이다. 한 조사 보고서에 의하면 1920년대 후반부터 1930년대 전반까지의 문학 작품에는 이미 직접 차용이 제한 없이 이루어지고 있었음을 알 수 있다"(송민, 위의 글, 25~34면).

"1931년 일본은 만주침략을 하면서 한국어 사용을 금지시킴과 동시에 '일본어 상용'이 강요되었으며 일본어가 국어가 되고, 한국어에 대한 호칭도 조선어가 되어버렸으며, 1938년부터는 보통학교의 조선어 과목이 완전히 없어져 버렸다"(강연재, 위의 글, 5면).

"한일합병 후 일본인화 교육의 일환으로 전개된 일본어교육은 한마디로 말하면 조선어의 지위를 약화시키고 일본어를 강화시켜 가는 과정이었다. '국민성의 함양'과 '일본어보급'을 근간으로 하는 제1차 조선교육령하에서 일본어는 '국어'로 둔갑되고 조선어는 '조선어급(及)한문' 과목으로 격하된다. 조선어급(及)한문을 제외한 모든 교과서는 일본어로 쓰여 졌으며 관공립 학교의 교육용어는 일본어가 사용되었다"(배종각, 「일제 강점기의 일본어 보급 운동 연구-1936~1945년을 중심으로」, 한양대 박사논문, 2006, 37~39면).

이중언어라는 동일한 언어 환경은 각 문인들의 작품에서 특수하고 개별화되어 나타나기 때문에 일제강점기의 문인들의 언어의식에 대해 일반화시키거나 피상적으로 평가할 수 없다. 일제강점기의 문인들에 대해 "이들은 국어로 문장을 작성하기보다는 일본어의 문장 작성에 익숙하였을 것"[2]이라고 평가하거나 이상의 경우, "'구상은 일본어로, 표현은 조선어'로의 방법론"[3]을 가지고 창작하였을 것이라고 추정하는 것은 일반화의 오류를 범하기 쉽다.

이 글은 조선어와 일본어라는 이중언어적 환경과 신문명의 급속한 유입이 이루어지던 시기에 이상의 언어의식이 어떻게 표출되었던가를 그의 시 작품을 통해 살펴보고자 한다. 이상이 조선어와 일본어 중에 어떤 언어를 더 능숙하고 익숙하게 구사하였는가는 중요하지 않다. 무엇보다도 중요한 것은 이상의 언어의식에 대해 막연하게 추정하거나 일반화시킨 평가를 내리기 전에 이상의 시 작

2 "이들 모두는 문어 학습을 일본어로 시작하였고 실제로 작품을 쓸 수 있을 정도의 일본어 문장언어 구사력을 갖고 있었던 것이다. 따라서 이들은 국어로 문장을 작성하기보다는 일본어의 문장 작성에 익숙하였을 것이며 이들의 국어 문장 중에는 일본어 구문의 영향이 있었을 것으로 예상된다. (…중략…) 이상이 문필활동을 하던 시대는 일본어를 쓰거나 국어를 쓰거나 관계없었던 때였다. 오히려 이 시대는 일본어로 쓰여진 작품들이 보다 권위가 있었고 또 많은 사람들에게 읽혔을지도 모른다. 그럼에도 불구하고 우리말로 또 더 많은 사람들에게 읽혔을지도 모른다. 그럼에도 불구하고 우리말로 작품을 쓴 것은 민족적 자각이 그들을 일깨웠기 때문일 것이다. 그들은 오히려 일본어로 작품을 쓰면서 국어에 대한 올바른 인식을 갖게 된 것으로 보인다. 그러나 당시 이러한 환경에 있던 작가들의 일본어 침투도(浸透度)는 자국어에 대한 새로운 인식을 불러올 정도로 뿌리 깊은 것이었다"(정광, 위의 글, 379~397면).

3 "일본문에서 출발한 것은 이상 문학의 경우도 사정은 이인직, 김동인, 염상섭 등과 크게 다르지 않다. 근대 문학이란 많은 도전자에겐 한결같이 '실험실'의 일종이었을 것이다. 그들은 이 실험실에 한동안 머물러 있지 않으면 안 되었다. 그들은 근대라는 이름의 실험실(방법론)에서 벗어났을 때 비로소 이 나라 문학사에 편입될 수 있었다. (…중략…) 이인직, 김동인, 염상섭 들은 실험실에서 스스로를 단련시켜 비로소 실험실을 벗어나 현실 속으로 나아간 경우다. 이 때 그들이 겪었던 것이 '구상은 일본어로, 표현은 조선어로'의 방법론이었다. (…중략…) 어떻게 하면 국어를 깡그리 해체할 수 있을까. 이점에서 이 나라의 이상문학은 참으로 뚜렷하다. '자국어'를 비틀기, 모욕주기 및 자국어와 적대 관계에 있는 일본어로 서슴없이 나아가기, 그리고 일본어를 한갓 기능어로 바꾸어 버리기가 그것들이다. 결과적으로 이는 두 가지 기능을 동시에 수행했는데 국어(한국어)를 인공어화하기가 그 하나이고, 그 적대 관계에 있는 일본어를 인공어화하기가 그 다른 하나다"(김윤식, 「텍스트로서의 일어시가 놓인 자리」, 『이상문학 텍스트 연구』, 서울대 출판부, 1998, 119~135면).

품들에 쓰인 언어분석을 통해 이상의 언어의식을 구체적으로 규명해야 한다는 것이다.

이상의 언어의식에 대한 연구사를 검토해보면, 이상의 시어에 대한 이어령의 평가는 1950년대에 이루어진 이상의 언어의식에 대한 선구적이며 본격적인 평가이다. 그는 이상이 "비전통어의 참여-숫자, 외래어 등 비전통어를 시어로 동원"하고 외래어를 많이 쓴 것은 "언어의 계장界場 그 영토를 넓히기 위한 공작이었고 혼혈적인 문명의 양상을 성실하고 적확하게 표현하기 위한 어쩔 수 없는 수단이었다"고 진술한다.[4] 그는 이상이 숫자와 외래어와 현대문명어를 시어로 수용함으로써 모국어의 폭을 확장시켰다고 평가한다.

김윤식도 이상의 언어 시험에 대해 주목한 바 있다. '조감도鳥瞰圖'와 '오감도烏瞰圖', '동해童孩'와 '동해童骸'처럼 동음의 단어이지만 단어 획수를 빼거나 첨가함으로써 전혀 다른 뜻을 갖도록 한 이상의 언어 실험은 "일상적 세계의 의미 변경을 겨냥"하고 있다고 진술한다.[5]

하재연은 이상이 조선어의 가능성을 적극적으로 실험하였다고 보았다. "이상 시의 한자어들은 재래의 한문시의 전통에서 그것을 차용했다고 보기는 어렵다. 「危篤」 연작에서 「禁制」, 「追求」, 「沈歿」, 「絶壁」, 「白晝」, 「位置」, 「買春」, 「生涯」, 「內部」, 「肉親」, 「自像」과 같은 제목들은 철저히 작자에 의해 선별된 한자어들이다. 이상이 이러한 한자어들을 많이 사용하고 있는 것은 개념어나 관념어로 실현될 수 있는 조선어의 가능성을 시험하고자 했던 의도에서 나온 것으로 보인다."[6] 또 그는 "이상이 시도한 시형태의 다양성은 이상이 과학적 언어의 사용을 통해 조선어의 보편적이고 개념적인 성격을 구현하려 했을 뿐만 아니라, 조

4 이어령, 「續 · '나르시스'의 학살」, 『신동아』, 1957.1, 128~139면.
5 김윤식 편, 『이상 문학전집』 2, 문학사상사, 1991, 13면.
6 하재연, 『근대시의 모험과 움직이는 조선어』, 소명출판, 2012, 235~258면.

선어 구문의 다양한 활용을 통해 조선시의 근대적 형식을 실험하고 있다는 사실을 뜻한다"[7]고 평가한다. 하재연 역시 이어령의 견해처럼 이상이 언어실험을 통해 언어의 폭을 확장시켰으며, 한자어로써 조선어의 가능성을 시험하고자 한 것에 대해 긍정적으로 평가하였다.

이 글에서는 이상의 국문시를 텍스트로 하여 이상의 언어의식을 보여주는 새로운 언어 창조의 의지가 담긴 한자 조어造語와 이중 언어의 환경을 반영하는 재래 국어 한자어와 일한자어의 혼용 현상과 새로운 문물의 유입에 따른 신문명어의 사용 등에 대해 살펴봄으로써 이상의 언어의식[8]을 구체적으로 규명하는 하나의 초석으로 삼고자 한다.

2. 국문시에 쓰인 한자 조어의 특징과 '어감語感'의 언어의식

이상의 국문시에 나타나는 이상의 언어의식은 그가 국문시에서 만들어서 쓴 한자어 조어造語를 통해서 확인할 수 있다. 이상의 국문시에서 사용한 한자어 조어를 분류해보면, 한자 음절과 한글 음절을 섞어서 표기한 경우와 기존의 한자

7 위의 책, 238면.

8 저자는 이상 시에 나타나는 언어의식을 살펴보기 위한 하나의 접근 방법으로 이상 국문시의 어휘와 구문과 종결 어미 등에 대한 분석을 진행해 오고 있다. 이 같은 연구 방법은 문체 연구를 통한 이상의 언어의식을 규명하는 데 궁극적인 목표를 갖는다. 문인의 언어의식이란 다시 말하면 그의 언어로 표현된 문학 정신이라고 말할 수 있다. 따라서 저자의 이상 문학의 언어 분석적 연구는 곧 이상의 문학의식을 규명하기 위한 것이다. 졸고, 「이상 日文詩의 새로운 번역을 위한 一考」(『우리어문연구』 47, 우리어문학회, 2013.9, 425~464면)에서 저자는 임종국의 『이상 전집』(태성사, 1956, 3면)에 실린 이상 일문시 초역의 문제점을 지적한 바 있다. 임종국과 유정이 이상의 일문시를 나누어 번역한 일문시 초역은 유일한 것으로 이상 연구자들에게는 일문시 번역본의 정전으로 여겨지고 있다. 그러나 일문시 초역의 문체는 이상의 국문시 문체와는 확연히 다르다. 이상 일문시 초역에 쓰인 논설문체와 일어 투와 영어 투 구문들은 이상의 국문시 문체와 거의 일치하지 않는데, 이는 일제강점기와 미군정기의 언어 환경이 1956년에 발간된 임종국 편, 『이상 전집』에 고스란히 반영된 것으로 볼 수 있다.

어를 변형시켜서 복합적인 의미를 가진 조어로 재창조한 경우로 나뉜다. 이상이 한자어 조어를 만들 때 과연 어떠한 의식을 가지고 있었던가를 이상의 작품들을 통해 짐작해 보고자 한다.

이상의 한자어 조어 가운데 기존 한자어를 한자 음절과 한글 음절을 섞어서 표기한 경우는 다음과 같다. 그는 '처량凄凉' 대신에 '悽량'을, '어항魚缸' 대신에 '魚항'을, '험상險狀' 대신에 '險상'을, '우편右便' 대신에 '右편'을, '향기香氣' 대신에 '香기'를, '재차再次' 대신에 '再처'를, '퇴색退色' 대신에 '퇴色'을 만들어 썼다. 이들 조어가 작품에 미치는 영향이 미미하지만, 기존의 언어를 변형시키고자 하는 이상의 태도가 나타난다. 이 같은 기존 한자어의 변형은 이상의 이자二字 한자어 조어에서 본격적으로 시도된다.

이상은 「아름다운 조선말」에서 그는 동일한 의미의 말이 지역이나 발화자에 따라 남달리 표현되는 것이 우리말의 아름다움이며 매력이라고 진술한다. 동일한 것을 지시하는 말들의 미세한 차이가 발화자와 수용자 사이에 특별한 느낌을 '어감語感'이라고 지칭할 수 있는데, 다음 인용문을 보면, 이상이 말의 어감에 예민하게 주목하였음을 알 수 있다.

> 「아름다운 조선말 가운데도 내가 그중 아름답게 생각하는 말 다섯 가지와 자랑하고 싶은 점」
>
> 無關한 친구가 하나 있대서 걸핏하면 成川에를 가구 가구 했습니다. 거기서 西道人 말이 얼마나 아름답다는 것을 깨쳤습니다.
>
> 들어 있는 旅館 아이들이 손[客]을 가리쳐 「나가네」라고 그리는 소리를 듣고 「좋은 말이구나」 했습니다. 나같이 표표한 旅客이야말로 「나가네」란 말에 딱 匹敵하는 것같이 會心의 音響이었습니다. 또 「누깔 사탕」을 「댕구알」이라고들 그립니다. 「누깔 사탕」의 깜찍스럽고 無味한 語感에 比하여 「댕구알」이 풍기는 諧謔的인 餘韻이

여간 구수하지 않습니다.

그리고 어서 어서 하고 재촉할 제 「엉야-」 하고 콧소리를 내어서 좀 길게 끌어 잡아 당기는 風俗이 있으니 그것이 젊은 女人네인 경우에 눈이 스르르 감길 듯이 魅力的입니다.

그리고는 芝溶의 詩 어느 구절엔가 「검정콩 푸렁콩을 주마」하는 「푸렁」 소리가 언제도 말했지만 잊을 수 없는 아름다운 말솜씨입니다.

不肖 李箱은 말끝마다 참 참 소리가 많아 늘 듣는 이들의 웃음을 사는 데 제딴은 참 소리야말러 참 아름다운 話術인 줄 믿고 그리는 것이어늘 웃는 것은 참 이상한 일입니다.[9]

이상은 또 「나의 愛誦詩」에서도 "지용芝溶의 〈유리창〉-또 지용芝溶의 〈말〉 중간中間 「검정콩 푸렁콩을 주마」는 대문이 저에게는 한량限量없이 매력魅力있는 발표發表입니다"[10]라고 말한다. 위의 글들에서 이상이 감각하는 언어의 아름다움은 내용과 형식의 결합, 동일한 사물을 지시하는 다른 표현들이 지닌 특별한 어감 등의 강조는 그가 말의 어감을 예민하게 인식하고 있음을 드러낸 부분이다.

어감을 중요하게 여기는 이상의 언어의식은 그의 이자二字 한자어 조어에서 뚜렷하게 나타난다. 심재기는 "한자의 이자어二字語는 한자어의 핵심이라고 보아도 지나친 말은 아닐 것이다"[11]라고 하였는데, 이상의 경우에도 이자二字 한자어 조어는 이상의 한자어 조어의 대부분을 차지하고 있으며, 조어의 특징을 살펴보는 데 중요한 분석 대상이 된다. 우선 이자二字 한자어 조어의 특징은 기존

9 이상, 「아름다운 조선말」, 김윤식 편, 『이상문학전집 3-수필』, 문학사상사, 1993, 355면.
10 이상, 「나의 愛誦詩」, 위의 책, 356면.
11 심재기, 「한자어의 구조와 그 조어력」, 『국어생활』 13, 국어연구소, 1987, 32면.

한자어를 변형시킨 경우가 가장 두드러지게 나타난다.

이상은 기존 한자어를 변형시켜서 복합적 의미를 지닌 한자어로 재창조한다. 새롭게 만들어진 한자어 조어가 이상의 시 작품을 독창적이고 특별하게 만드는데 기여하고 있음을 다음의 예들을 통해 확인할 수 있다.

> 죽고십흔마음이칼을찾는다. 칼은날이접혀서펴지지안으니날을怒號하는焦燥가絶壁에끈치려든다. 억찌로이것을안에떼밀어노코또懇曲히참으면어느결에날이어듸를건드렷나보다. 內出血이뻑뻑해온다. 그러나皮膚에傷차기를어들길이업스니惡靈나갈門이업다. 가친自殊로하야體重은점점무겁다.
>
> 「沈歿」[12] 전문

위 시에서 스스로 죽고, 게다가 자신의 영혼을 '악령'이라고 말하는 화자의 의식은 자학적이다. 게다가 악령인 그의 영혼은 자신의 육신을 벗어나지 못한다. 그의 영혼은 자기가 죽인 몸 안에 갇히게 된 것이다. "죽고십흔마음" 때문에 시도한 화자의 自殊스스로 베다는 역설적으로 죽은 자기 몸 안에 갇히는 결과를 초래한다. 이상은 위의 시에서 죽은 자기 몸에서 빠져나갈 수 없는 영혼을 감각하는 화자의 의식 과정을 이자二字 한자어 조어인 '침몰沈歿'에 담아내고자 한다. '침몰沈沒'과 동음의 단어인 '침몰沈歿'은 '물에 잠기다'라는 뜻과 '죽다'라는 뜻이 겹쳐져서 자기 육체에 갇힌 악령으로서 자기를 감각하는 화자의 의식과정을 함축한 어휘로 다시 창조된다.[13]

---

12 이상, 「沈歿」, 『조선일보』, 1936.10.4.

13 이어령은 "그 음으로 보면 침몰(沈沒)과 같으나 몰(沒)을 의식적으로 동음의 몰(歿)로 썼다. 이러한 한자의 조어로 이상은 절망의 무게로 가라앉아 죽는 심리적인 죽음을 나타냈다"고 분석하였다(이어령 교주, 『李箱詩全作集』, 갑인출판사, 1978, 8면).

내키는커서다리는길고왼다리아프고안해키는작어서다리는짧고바른다리가아프니내바른다리와안해왼다리와성한다리끼리한사람처럼걸어가면아아이夫婦는부축할수없는절름발이가되어버린다無事한世上이病院이고꼭治療를기다리는無病이끝끝내있다

「紙碑」[14] 전문

지비紙碑는 종이로 만든 비석이다. 「紙碑」에서 이상은 부부의 이야기를 묘지의 표식인 비석에 비유하였다. 이상은 반려자가 아니라 서로에게 불구의 역할밖에 할 수 없는 부부의 형상을 죽음의 이미지와 쉽게 소멸할 종이비석을 결합시켜 '지비紙碑'로 표현하였다.

키가크고愉快한樹木이키작은子息을낳았다軌條가平偏한곳에風媒植物의種子가떨어지지만冷膽한排斥이한결같아灌木은草葉으로衰弱하고草葉은下向하고그밑에서青蛇는漸漸瘦瘠하여가고땀이흐르고머지않은곳에서水銀이흔들리고숨어흐르는水脈에말뚝박는소리가들렸다.

「正式 V」[15] 전문

이상은 「正式 V」에서 '유쾌愉快'를 가볍고 즐겁다는 뜻의 '투쾌愉快'로 변형시켜서 썼다. "투쾌愉快한수목樹木"과 '유쾌愉快'한 수목의 의미상의 차이는 거의 없지만, '투쾌'라는 낯선 한자음이 주는 작은 효과가 발생한다. "투쾌愉快한수목樹木"에서 점점 작아지고 쇠약해가는 '하향下向'의 자연물들이 「正式 V」에 나열되

14 이상, 「紙碑」, 『조선중앙일보』, 1935.9.15. 이승훈은 '紙碑'에 대해 "석비의 돌을 종이로 환치함으로써 기념의 유희성 혹은 기념에 대한 반어적 태도를 보여준다"고 풀이하였다(이승훈 편, 『이상문학전집 1－시』, 문학사상사. 1989, 197면).

15 이상, 「正式 V」, 『카톨릭청년』, 1935.4.

는데, 이를 통해 위축되고 소진되어 가는 자의식을 드러낸다.

여기있는것들은모도가그老大한房을쓸어생긴답답한쓰레기다. 落雷심한그老大한房안에는어디로선가窒息한비둘기만한까마귀한마리가날어들어왔다. 그렇니까剛하든것들이疫馬잡듯픽픽씰어지면서房은금시爆發할만큼精潔하다. 反對로여기있는것들은통요사이의쓰레기다.

「街外街傳」[16] 부분

위의 시에서 '역마疫馬잡듯'은 '역병 걸린 말을 죽이는 것처럼'이라는 뜻이다. '역마疫馬'는 役馬일 시키는 데 쓰는 말 혹은 驛馬조선시대에 각 驛站에 갖추어 둔 말의 변형이다. 「街外街傳」은 유곽에 사는 화자의 자괴감을 드러낸 작품이다. 여기에서 유곽 골목은 병든 육체에 비유된다. 이곳에서는 각혈하는 화자를 포함하여 이곳의 사람들과 사물들도 병든 이미지로 나타나는데, 이상은 역마役馬 혹은 역마驛馬를 음차하여 병든 유곽을 드러내는 하나의 소재로써 '역마疫馬'를 창조하였다.

나날이썩으면서가르치는指向으로奇蹟히골목이뚤렸다. 썩는것들이落差나며골목으로몰린다. 골목안에는侈奢스러워보이는門이있다. 門안에는金니가있다. 金니안에는추잡한혀가달닌肺患이있다.

「街外街傳」 부분

캄캄한空氣를마시면肺에害롭다. 肺壁에끄름이앉는다. 밤새도록 나는옴살을알른다. 밤은참많기도하드라. 실어내가기도하고실어들여오기도하고하다가이저버리고새벽이된다. 肺에도아츰이켜진다. 밤사이에무엇이없어젔나살펴본다. 習慣이도

16 이상, 「街外街傳」, 『詩와小說』, 1936.3.

로와있다. 다만내侈奢한책이여러장찢겼다. 惟悴한結論우에아츰햇살이仔細히적힌다. 영원이그코없는밤은오지않을듯이.

「易斷 – 아츰」[17] 전문

이상은 사치奢侈와 치사恥事를 결합시켜서 새로운 뜻을 만들어낸다. 「街外街傳」에서의 '치사侈奢'[18]는 폐환肺患처럼 더럽고 남루한 유곽을 감추기 위해 사치스럽게 꾸민 입구를 나타낸다. 치사侈奢에는 화려한 유곽을 치사스러움으로 인식하는 시적 자아의 의식이 담겼다고 볼 수 있다. 「易斷 – 아츰」에서의 '치사侈奢'는 폐환肺患으로 밤새 몸살을 앓은 화자의 자괴감을 드러낸다.

'생각하다'와 '파리하다'는 의미를 결합시킨 유췌惟悴[19]는 초췌憔悴의 변형이다. 유췌惟悴에는 아침햇빛 아래 드러난 자기의 파리한 모습을 발견하는 화자의 사념이 담겨 있다.

每日가치列風이불드니드듸여내허리에큼직한손이와닷는다. 恍惚한指紋골작이로내땀내가숨여드자마자 쏘아라. 쏘으리로다. 나는내消化器管에묵직한銃身을늣기고내담으른입에맥근맥근한銃口를늣긴다. 그리드니나는銃쏘으듯키눈을감이며한방銃彈대신에나는참나의입으로무엇을내여배앗헛드냐.

「詩第九號 銃口」[20] 전문

17 이상, 「아츰」, 『카톨릭청년』, 1936.2.

18 이상, 「街外街傳」, 앞의 책. 이승훈은 치사(侈奢)의 원래 말은 '사치(奢侈)'이며 치사(侈奢)는 언어유희로 보았다(이승훈 편, 앞의 책, 67면).

19 저자는 시 원문이 '초췌(憔悴)'가 아니라 '유췌(惟悴)'임을 밝힌 바 있다(졸고, 『이상 시의 근대성 연구』, 소명출판, 2001, 153면).

20 이상, 「詩第九號 銃口」, 『조선중앙일보』, 1934.8.3. 저자는 시 원문이 '열풍(熱風)'이 아니라 '열풍(列風)'임을 밝힌 바 있다(위의 책, 57~58면).

위의 시에서 '열풍列風'은 '가지런하게 부는 바람'이라는 뜻이다. 위 시의 화자는 각혈의 조짐을 자기 몸의 변화로 알아차린다. '매일같이 부는 열풍列風'은 각혈을 하기 직전의 현상을 함축하고 있다. 결핵의 증세로 전신의 권태감과 나른함, 발열과 체중감소, 수면 중에 흘리는 많은 양의 땀을 들 수 있는데, 위 시에서 화자의 몸에 매일같이 부는 '열풍列風'은 병적인 발열을 연상케 하는 '열풍熱風'과 식은땀이 피부에 가득 맺힌 형상을 연상케 하는 '열풍列風'이 겹쳐져 결핵의 증세를 지시하는 어휘로 재창조된다.

> 내왼편가슴心臟의位置를防彈金屬으로掩蔽하고나는거울속의내왼편가슴을견우어拳銃을發射하얏다. 彈丸은그의왼편가슴을貫通하얏스나그의心臟은바른편에잇다.
>
> 模型心臟에서붉은잉크가엎즐러젓다. 내가遲刻한내꿈에서나는極刑을바닷다. 내꿈을支配하는者는내가아니다.握手할수조차업는두사람을封鎖한거대한罪가잇다.
>
> 「詩第十五號」[21] 부분

「詩第十五號」에서 시의 화자는 거울에 비친 자기 모습을 '위조된 자기'로 인식한다. 그는 거울에 비친 자기의 심장 역시 그가 감각할 수 있는 것이 아니므로 '모형심장模型心臟'으로 인지할 수밖에 없다. 모형심장模型心臟이라는 한자어에는 위조된 자기로부터 벗어날 수 없으므로 화자의 절망적 자의식이 함축되어 있다.

「街外街傳」[22]에서 '가외가전街外街傳'은 거리 밖의 거리 이야기로 풀이할 수 있

---

21 이상, 「詩第十五號」, 위의 신문, 1934.8.8.

22 김인환은 "「街外街傳」은 거리 밖에서 하는 거리의 이야기"라는 뜻으로 해석하였다(김인환, 「이상 시 연구」, 『양영학술연구논문집』 4, 1996, 190면). 이승훈은 '가외가전(街外街傳)'을 "바깥세상에서 본 거리에 대한 이야기"로 풀이하였다(이승훈 편, 앞의 책, 65면).

는데, 일상 공간으로서의 거리로부터 따로 떨어져 있는 거리, 즉 유곽에서 살아가는 화자의 자조적인 내면을 기록한 이야기라는 의미를 담고 있다.

지금까지 살펴본 이상의 한자 조어는 이상의 조어는 '침몰沈沒'과 '침몰沈歿', '석비石碑'와 '지비紙碑', '유쾌愉快'와 '투쾌偸快', '역마役馬 / 역마驛馬'와 '역마疫馬', '사치奢侈 / 치사恥事'와 '치사侈奢', '초췌憔悴'와 '유췌惟悴', '열풍熱風'과 '열풍列風'후자가 이상의 조어임 등 기존 한자어를 변형시킨 것들이다. 이들 조어는 조어 자체로서도 뜻의 차이가 만들어지지만, 시 전체에서 형성된 이상의 시 의식이 이자二字 한자어 조어에 응축되어 나타난다. 이들 한자어 조어들은 각각의 작품에서 이상의 시적 자아가 표출하는 내면과 의식을 응집시키는 효과를 창조해 낸다.

3. 재래 국어 한자어와 일본 한자어와 신문명어의 혼용

앞에서 언어의 미묘한 차이를 예민하게 감각하고, 한자어에 시 의식을 응축시켜 나타내고자 하였던 이상의 언어의식이 그의 시를 특별하게 창조하게 한 요소였음을 살펴보았다. 한편으로 이상의 국문시에 나타나는 재래 국어 한자어와 일본 한자어의 혼용은 이중언어라는 이상의 언어 환경을 반영하고 있다. 또 이상은 그의 시에서 신문명어를 적극적으로 활용하고 있는데, 이는 이상 당대의 근·현대문명을 첨예하게 인식하는 그의 모더니즘적 인식을 분명하게 보여준다.

조선 중종 22년1527에 최세진이 편찬한 『訓蒙字會』는 16세기 조선에서 쓰이던 한자어를 확인해 볼 수 있는 한 자료이다. 이 글에서는 박성현의 『訓蒙字會註解』로써 한자어휘를 검색해 볼 것이다.[23] 조선 후기 한자어는 한국정신문화연구원에서 편찬한 『조선 후기 한자 어휘 검색사전－物名考·廣才物譜』[24]에 실

23 박성현, 『訓蒙字會 註解』, 태학사, 2013.

린 한자어를 지칭하는데, 이들 한자어휘 서적들과 이상의 시에 쓰인 한자어를 비교 검색하여 이상의 언어의식을 밝히는 데, 미미하나마 사실적 근거를 마련하고자 한다.

심경호 선생은 『조선 후기 한자 어휘 검색사전–物名考·廣才物譜』 편찬의 의의를 다음과 같이 서술하였다. "본 연구는 역어류를 제외한 한자어휘분류집 가운데 내용이 가장 풍부한 자료집인 『廣才物譜』와 표제항의 수는 적지만 중국문헌어휘와 조선조의 명칭과를 대조하여 그 이동異同을 자세히 논한 유희柳僖의 『物名攷』를 대상으로 항목을 재배열하여 검색사전을 만들어 이 분야 연구에 기여하고자 한다.[25] 『廣才物譜』는 편자 미상의 조선 후기 백과전서이고, 『物名攷』는 1820년대에 유희가 편한 어휘사전이다. 『조선 후기 한자 어휘 검색사전–物名考·廣才物譜』는 앞의 두 서적을 "대상으로 항목을 재배열하여" 만든 검색사전이다. 본절에서는 16세기 초에 통용되던 조선의 한자어를 확인할 수 있는 『訓蒙字會』와 19세기 초에 조선에서 쓰이던 한자어를 확인할 수 있는 『廣才物譜』와 『物名攷』에 이상의 국문시에 쓰인 한자어가 검색되는지 살펴보았다. 이들 한자어휘 서적과 이상 국문시의 한자어 대조 작업은 조선의 한자어와 일한자어와 구별할 수 있는 비교자료가 될 것이다.

다음은 『訓蒙字會』에서 검색한 이상 국문시의 한자어들이다.

以後「一九三三, 六, 一」, 至今「詩第十五號」, 事業「거울」, 以上「詩第四號」, 火爐「火爐」, 故事「詩第五號」, 萌芽·毒蛇「詩第七號」, 支給「詩第八號 解剖」, 骸骨「詩第十一號」, 句讀「行路」, 供養「危篤–禁

24 한국정신문화연구원 편, 『조선 후기 한자 어휘 검색사전–物名考·廣才物譜』, 한국정신문화연구원, 1997.

25 심경호, 「朝鮮後期 漢字語彙分類集에 관하여」, 위의 책, 2~3면.

制」, 髑髏「危篤-禁制」, 倚子「危篤-位置」, 學生·道理·時刻「街外街傳」, 女人「白晝」, 薔薇「I WED A TOY BRIDE」, 大陸「破帖」, 素行「제목 없음. "先行하는 奔忙을 싣고…"로 시작됨」, 水流「自畵像」, 惠澤「街外街傳」

다음은 『조선 후기 한자 어휘 검색사전-物名考·廣才物譜』에서 검색한 이상 국문시의 한자어들이다.

目睹「一九三三, 六, 一」, 握手「詩第十五號」, 「易斷-易斷」, 日月·無爲「普通記念」, 眼前「詩第五號」, 鸚鵡「詩第六號」, 果然「詩第六號」, 「제목없음, "내 마음의 크기는…"으로 시작하는 작품」, 四月·花草·濛濛·月芽「詩第七號」, 正面「詩第七號」, 「破帖」, 「詩第八號 解剖」, 爲先·水銀·解毒·翌日·剝落「詩第八號 解剖」, 絡繹·鬚髥「詩第十號 나비」, 燭臺「詩第十三號」, 帽子「詩第十四號」, 「危篤-位置」, 逆行·乞人·烙印「詩第十四號」, 囹圄「詩第十五號」, 位置「正式I」, 「易斷-易斷」, 「危篤-位置」, 先祖「自畵像」, 「正式 II」, 交際·努力「正式 II」, 冬柏「素榮爲題」, 種字「正式 V」, 灌木「正式 V」, 「危篤-位置」, 水銀「正式 V」, 「시제8호 解剖」, 瀑布·五月「明鏡」, 薔薇「明鏡」, 「I WED A TOY BRIDE」, 典當·家庭「易斷-家庭」, 白紙「詩第八號 解剖」, 「詩第十一號」, 「詩第十五號」, 「易斷-易斷」, 「危篤-內部」, 雜沓「自畵像」, 奸邪「易斷-易斷」, 學究「危篤-禁制」, 窓戶「危篤-追求」, 「易斷-家庭」, 天下「危篤-門閥」, 新婦「危篤-生涯」, 淋漓「危篤-內部」, 「詩第七號」, 襤褸·經營「危篤-肉親」, 破瓜·蒼天·陷穽·遺言·石碑「危篤-自傷」, 少年·老爺·櫻桃「街外街傳」, 太古「街外街傳」, 「自畵像」, 雌雄「危篤-買春」, 蜜柑「I WED A TOY BRIDE」, 砲火·丹楓·小便「破帖」, 閨房·崩落·物體「破帖」, 虛心「제목 없음, "내 마음의 크기는…"으로 시작하는 작품」, 呼吸·遺言·文字「自畵像」, 平生「이런 詩」, 「易斷-易斷」, 「危篤-生涯」

다음에 살펴볼 한자어들은 이상 국문시에 쓰인 일본 한자어들이다.

約束「易斷-易斷」,[26] 壁紙「街外街傳」, 差押「一九三三, 六, 一」,[27] 空氣「易斷-아츰」, 地球「普通記

念」, 鐵路「行路」, 鐵筆「詩第八號 解剖」, 鉛筆「易斷－易斷」,[28] 解放「詩第八號 解剖」, 絶對「詩第八號 解剖」, 「普通記念」,[29] 時計「正式 VI」,[30] 外出中「詩第十五號」, 平面「詩第八號 解剖」, 硝子「詩第八號 解剖」,[31] 電車「理由以前」, 時間「正式 III」, 人力車「破帖」, 運動「普通記念」, 牛乳「I WED A TOY BRIDE」, 標本「正式 III」,[32] 長靴「詩第十五號」,[33] 病院「紙碑」, 議員「破帖」[34]

---

26 송민은 "일반 일본 한자어가 전통적 국어 한자어를 크게 약화시키거나 아주 몰아낸 경우도 허다하다. 괄호 속에 든 것이 전통적 한자어이다. 美人(一色), 自白(吐說), 請負(都給), 交際(相從), 約束(言約), 職業(生涯), 工事(役事), 見本(着色), 現金(直錢), 利益(利文), 高利(重邊), 株券(股票), 費用(浮費), 表紙(冊衣), 日曜日(空日), 取調(査實) 등등. 이들 일본 한자어들은 전통적 국어 한자어 체계에 큰 변화를 불러 일으켰다"고 진술하였다(송민, 앞의 글, 31면).

27 송민은 '국어에 나타나는 번역 차용들'의 예로 '明渡, 編物, 言渡, 家出, 入會, 人口, 受付, 收取, 乳母車, 石女, 賣上, 賣出, 賣渡, 追越, 大幅, 落葉, 溺死, 織物, 買入, 賣店, 貸切, 貸出, 貸付, 壁紙－(…중략…) 差押, 挿木' 등을 들었다(위의 글).

28 '空氣' '地球' '鐵路'와 '鉛筆'은 일제 신문명어(新文明語)이다. 김광해는 송민의 '新文明語의 예'를 인용하였다. "송민(송민, 「어휘 변화의 양상과 그 배경」, 『국어생활』 17, 1990, 74~81면)에서 제시된 신문명어(新文明語)의 예 空氣, 電氣, 地球, 郵便局, 銀杏所, 電報局, 理髮, 寫眞, 大學校, 小學校, 公事, 領事, 內閣會議, 權利, 鐵筆, 鉛筆, 印刷, 牛乳, 針機, 電氣燈, 電線, 石油, 火輪船, 鐵路, 蒸氣, 洋鐵, 鐵絲, 紙錢, 磁石, 病院, 牛痘, 石硫黃, 時械"(김광해, 앞의 글, 17면).

29 강신항은 일본사람들이 두 개의 한자를 이용하여 새로운 단어를 만들어서 번역어로 사용한 예로 "예) 명사 : 哲學, 科學, 化學, 政策, 獨裁, 意圖, 現實, 條件, 原則, 代表 형용사 : 絶對, 抽象, 消極, 直接, 間接 동사 : 改良, 批判, 調査, 解放, 制約" 등을 들었다(강신항, 「일본 한자어」, 『새국어생활』 5-2, 국립국어연구원, 1995, 35면). 다테 타케히로도 '절대(絶對)'를 일제 한자어의 예라고 밝혔다. "潛在力 地方時代 絶對 主觀 中古車 脂肪 就職"(다테 타케히로, 「현대 한국어 신어의 어휘 연구－일본어 차용을 중심으로」, 고려대 석사논문, 1998, 37~49면).

30 '시계(時計)'는 일제 훈독 한자어이다. "훈독 한자어 編物 手編物 貸切 引上 引渡 引下 凍死 手續 積立 割引 挿木 組合 引受 市場 立場 植木 色紙 呼名 役割 下請 買占 切下 明渡 見様 手當 看做 船荷 送狀 仲買 懷中 時計 身元"(강신항, 위의 글, 54~56면).

31 강신항은 한국의 한자어를 대체한 일본한자어의 예로 "出入(한·한자어)－外出(일한자어) (…중략…) 琉璃(한·한자어)－硝子(일한자어)" 등을 들었다(위의 글, 35면).

32 시라이와 미호는 '1876~1918 『소년』 전까지' 조선에 유입된 일한자어의 예를 인용하였다. "時間, 時計, 新聞, 實業, 實驗, 株式會社, 蒸氣船, 蒸氣車, 尋常小學校, 語學, 演說, 鉛筆, 領事, 領事館, 牛乳, 右翼, 郵便局, 郵便船, 運動, 運動會, 運命, 原則, 衛生, -曜日, 理髮, 人格, 人力車, 印刷, 燐寸, 意匠, 銀行, 自動車, 資本金, 自然, 自由, 雜誌, 裁判所, 電報, 電信, 電車, 電話, 政黨, 靜脈, 情神, 組織, 職員, 蒸氣船, 蒸氣車, 進步, 參觀, 參照, 撮影, 鐵道, 哲學, 鐵筆, 總理, 體育, 出版, 統計, 特權, 特許, 判事, 編制, 評價, 平面, 標本"(시라이와 미호, 「현대 한국어 일본어계 외래어의 변천」, 홍정선 외, 『현대 국어의 형성과 변천』 3권, 박이정, 2000, 244면).

33 시라이와 미호에 따르면 '장화(長靴)'는 일본 고유어이다. "일본 고유어-이 시기에 한자어로 들어온 것 『日槎集略』(1881)에 頭取, 取締, 心得書와 『韓英字典』(재판, 1911)에 色狂 , 買主, 賣渡, 覺書, 買入, 書取, 株, 毛織, 小賣, 氷水, 小包, 支拂, 棱木, 取扱, 長靴, 葉書, 蟲齒 등 18개의 일본고유어가 보이는데 실제로 쓰인 용례는 별로 보이지 않는다"(위의 글, 228면).

다음은 이상의 국문시에 쓰인 의학용어와 신체 관련 한자어와 근대적 공간을 가리키는 한자어와 근대 과학 · 교통 · 통신 관련 한자어들이다.

腦髓「普通記念」, 痲醉「詩第八號 解剖」, 上肢「詩第八號 解剖」, 解剖「詩第八號 解剖」, 指紋「詩第九號 銃口」, 皮膚「沈歿」, 筋肉「正式 III」, 病院「紙碑」, 血管「素榮爲題」, 「內部」, 血淸「門閥」, 聽覺「肉親」, 扁桃腺「街外街傳」, 內出血「沈歿」, 解剖圖「破帖」, 手術室「詩第八號 解剖」, 都市「破帖」, 市街「普通記念」, 驛構內「破帖」, 醫科大學「禁制」, 氣壓「詩第八號 解剖」, 電流「破帖」, 發電「破帖」, 科學者「一九三三, 六, 一」, 物理學「普通記念」, 避雷針「詩第七號」, 實驗室「詩第八號 解剖」, 實驗動物「禁制」, 遞信「破帖」, 貨物「位置」, 電車「理由以前」, 客車「街外街傳」

「詩第八號 解剖」를 보면 이상의 국문시는 '재래 국어 한자어'와 '일한자어'가 함께 쓰이고 있으며, '신문명어'가 혼용되어 있음을 확인할 수 있다.

第一部實驗 手術室 一

水銀塗抹平面鏡 一

氣壓 二倍의平均氣壓

溫度 皆無

爲先痲醉된正面으로부터立體와立體를爲한立體가具備된全部를平面鏡에映像식

34 "1876년에 개항되자 서양에서 새로운 문물이나 개념이 들어왔는데, 그것을 나타내는 데 대부분 한자로 의역된 어휘가 사용되었다. 예를 들어 『日東記遊』(1876)에는 蒸氣船, 汽車, 人力車, 會社, 師範學校, 鐵道, 警察官, 『日槎集略』(1881)에는 蒸氣機關, 汽船, 開化, 日曜日, 土曜日, 大統領, 圖書館, 證券, 印紙, 稅關, 判事, 議員, 郵便局, 商社, 新聞, 經濟, 病院, 六法, 思想, 民權과 같은 개화기에 일본에서 번역어로 사용된 어휘가 보인다"(위의 글, 229면).

힘.平面鏡에水銀을現在와反對側面에塗沫移轉함.(光線侵入防止에注意하야)徐徐히 痲酔를解毒함.一軸鐵筆과一張白紙를支給함.(試驗擔當人은被試驗人과抱擁함을絶對 忌避할것)順次手術室로부터被試驗人을解放함.翌日.平面鏡의縱軸을通過하야平面鏡 을二片에切斷함.水銀塗沫二回.

ETC 아즉그滿足한結果를收得치못하얏슴.

第二部實驗室 直立한平面鏡 一

助手　　　　數名

野外의眞實을선택함.爲先痲酔된上肢의尖端을鏡面에附着식힘.平面鏡의水銀을剝 落함.平面鏡을後退식힘.(이때映像된上肢는반듯이硝子를無事通過하겟다는것으로 假設함)上肢의終端까지.다음水銀塗沫.(在來面에)이瞬間公轉과自轉으로부터그眞空 을降車식힘.完全히二個의上肢를接受하기까지.翌日.硝子를前進식힘.連하야水銀柱 를在來面에塗沫함

(上肢의處分)(或은滅形)其他.水銀塗沫面의變更과前進後退의重複等.

ETC 以下未詳

「詩第八號 解剖」[35]

위에서 살펴보았듯이 '爲先, 水銀, 正面, 白紙, 解毒, 翌日, 剝落, 公轉', '支給' 등은 재래 국어 한자어이고, '平面, 絶對, 鐵筆, 硝子', '解放' 등은 일한자어이다. '수술실手術室, 마취痲酔'는 근대의학 관련 용어이고, '상지上脂'는 해부학적 용어이다. '영상映像'은 신문명어이고, '광선光線, 기압氣壓, 진공眞空'은 근대과학 어휘이다. 이상이 위의 시에서 해부학 용어들과 과학용어들을 사용하여 인간 탐구

35 이상, 『조선중앙일보』, 1934.8.2.

를 시도한다. 인간과 또 다른 인간은 과학적 관찰의 거리만이 허용되는 실험실에서 '시험담당인試驗擔當人'과 '피시험인被試驗人'이 된다. 다양한 조건을 마련하여 인체해부과정을 보여주는 「詩第八號 解剖」에서 이상은 관념의 범주에 속하던 인간에 대한 이해가 과학적 탐구를 통한 규명으로 바뀌었음을 보여준다. 해부학적으로 인간을 이해할 때, 인간이 다른 동물과 구분된다는 생각은 인간 중심의 추상적 관념에 불과하다. 이상은 위의 시에서 기존의 인식을 완전히 붕괴시킨다. 이처럼 이상이 사용한 한자어들을 통해 이상의 모더니즘적 인식을 살펴볼 수 있다. 이상이 그의 국문시에서 사용하고 있는 한자어휘들에 대한 분석을 통해 이중언어 사용이라는 그의 언어적 환경뿐만 아니라, 신문명이 빠르게 유입되던 시기에 펼쳐진 그의 모더니즘적 인식의 첨예함을 사실적으로 규명할 수 있다.

4. 나가며

저자는 일제강점기 문인들의 언어의식에 대해 일반화시키거나 피상적으로 평가할 수 없다는 문제의식에서 출발하여 이상의 국문시를 텍스트로 하여 그의 언어의식이 어떻게 개별화되어 있는지를 살펴보았다. 기존의 연구들은 이상이 그의 시에서 언어의 폭을 확장시켰고, 한자어를 통해 조선어의 가능성을 시험하였다고 평가하였는데, 이들의 평가는 이상 작품의 구체적 분석을 통해 이루어지지는 않았다. 따라서 이 글에서는 이상의 국문시에 쓰인 한자어휘들의 특징을 분석함으로써 이상의 언어의식을 규명하고자 하였다.

이상은 어감을 언어의 특별한 변별점으로 여겼는데, 이 같은 그의 언어 감각은 기존 한자어를 변형시켜 차이를 만들어 내는 이자二字 한자어 조어造語로 이어진다. 한자어 조어들은 국문시에서 그의 시적 자아의 의식을 응집시키는 효과를 창조해 냄으로써 이상의 독창적인 시 의식을 형성하는데 중요한 역할을 하고 있다.

저자는 이상의 국문시에 쓰인 한자어들과 『조선 후기 한자 어휘 검색사전-物名考·廣才物譜』와 『訓蒙字會』를 대조하고, 국어에 섞여 쓰이는 일본 한자어휘를 연구한 언어학자들의 논문들을 대조하였다. 이를 통해 이상의 국문시에 쓰인 재래 국어 한자어와 일한자어를 미흡하게나마 구별할 수 있었다. 이상의 국문시에는 재래 국어 한자어와 일본어 한자어가 혼용되어 있는데, 이 같은 현상은 일제강점기의 언어 환경이 그의 시에 반영된 것으로 볼 수 있다. 이상은 의학용어와 신체 관련 한자어, 근대적 공간을 가리키는 한자어, 근대 과학·교통·통신 관련 한자어들을 시에서 빈번하게 활용하고 있는데, 이를 통해 이상은 신문명어를 적극적으로 수용하고 있음을 알 수 있었다. 이상의 국문시에 쓰인 한자어휘 분석을 통해 확인할 수 있는 것은 새로운 언어를 창조하려는 이상의 언어의식과 근·현대문명의 유입에 따른 신문명어의 수용의지 등이 이상 당대의 언어 환경을 배경으로 하여 이상의 국문시에 혼융되어 나타난 것이라고 요약할 수 있다.

제3장

이상의 「위독危篤」 연작시 어휘 연구

1. 들어가며

이상의 「危篤」 연작시는 1936년 10월 4일부터 10월 9일까지 『조선일보』에 게재된다. 이상은 "요새 『조선일보』 학예란에 근작시 「危篤」 연재 중이오. 기능어, 조직어, 구성어, 사색어로 된 한글 문자추구 시험이오. 다행히 고평을 비오. 요다음쯤 일맥의 혈로血路가 보일 듯하오"[1]라고 하며 「危篤」 연작시를 통해 언어 실험을 하고자 하였다.

먼저 그동안의 이상 연구를 살펴보면, 근대인의 대표적인 정서인 불안과 소외감 등 내면의식을 주제로 한 이상 작품에 대한 연구는 지속적으로 이루어져 왔다.[2] 인상 비평과 단평에 머문 1930년대의 이상 연구는 김기림과 최재서와 김문집에 의해 이루어진다.[3] 1950년대는 전후의 불안 속에서 실존주의와 이상 연구가 맞물리기도 했으며,[4] 1960년대는 정신분석학과 결합된 분석이 성행하였다.[5] 1970년대는 사회적인 관심사로 부각되었던 소외론의 영향을 받기도 했다.[6] 역

1 이상, 「私信 5」, 김윤식 편, 『이상문학전집 3－수필』, 문학사상사, 1993, 231면.

2 이 글의 연구사 검토 부분은 「자의식 해명의 구체화－이상 연구사의 최근 동향」(졸고, 『전환의 문학』, 국학자료원, 2006, 35~45면)을 참고하여 보완한 것이다.

3 김기림, 「현대시의 발전 7」, 『조선일보』, 1934.7.19; 김기림, 「모더니즘의 역사적 위치」, 『인문평론』, 1939.10, 80~85면; 최재서, 「리얼리즘의 擴大와 深化－'천변풍경'과 '날개'에 대하여」, 『조선일보』, 1936.11.31~12.7.

4 임종국 편, 『이상 전집』, 태성사, 1956; 임종국, 「이상론」, 『고대문화』, 1955.12, 114~141면; 이어령, 「나르시스의 학살」, 『신세계』, 1956.10, 239~247면; 이어령, 「續·'나르시스'의 학살」, 『신동아』, 1957.1, 128~139면; 고석규, 「시인의 역설 3」, 『문학예술』, 1957.4, 162~171면; 고석규, 「시인의 역설 4」, 『문학예술』, 1957.5, 199~207면; 고석규, 「시인의 역설 6」, 『문학예술』, 1957.7, 201~219면.

5 정명환, 「부정과 생성」, 『한국인과 문학사상』, 일조각, 1964(정명환, 『한국작가와 지성』, 문학과지성사, 1978, 100~161면에 재게재).

6 정귀영, 「이상문학의 초의식 심리학」, 『현대문학』, 1973, 7~9면; 추은희, 「이상 문학의 단절의식과 파괴적 요소」, 『숙명여대 논문집』 16, 1976.12, 77~96면; 추은희, 「쉬르레알리슴에 비춰본 箱의 작품세계」, 『현대문학』, 1973.7, 275~284면; 김종은, 「이상의 理想과 異常－한국예술가에 관한 정신의학적 추적」, 『문학사상』, 1973.7, 241~252면; 김종은, 「이상의 정신세계」, 『심상』, 1975.3, 80~88면.

사적 시각이 작품 연구의 중요한 평가의 척도로 작용하였던 80년대에는 내면의식을 보여주는 이상 문학에 대한 관심은 상대적으로 위축되었으나, 병리학적 이상異常으로 작품을 평가하는 태도를 지양하게 된다.[7] 90년대에 이르러 이상 텍스트에 대한 세밀한 분석과 함께 다양한 시각의 접근이 이루어진다.[8] 이상 문학 텍스트의 생산과정에 대한 연구도 90년대 이후 연구의 한 축을 이루며,[9] 그동안의 연구가 지나치게 의미를 부여하는 연구 경향에 대한 반성적 시각[10]과 이상 문학의 상호텍스트성을 살핀 일련의 논문들[11]과 수사학적 관점에서 이상 시를 분석한 연구가 있다.[12] 2000년대 들어오면, 이상의 시간·공간의식을 바탕으로 육체의식과의 연관성을 살핀 연구가 전개되고,[13] 이상 연구자의 폭이 확대되어 국문학자 외에 타학문 전공자의 참여가 이루어진다. 이는 이상 문학이 가지는 특수함이 반영된 현상으로, 이상 문학과 수학, 건축, 미술, 영화 등과의 밀접한 연계

---

7 김승희, 「접촉과 부재의 시학-이상 시에 나타난 '거울'의 구조와 상징」, 서강대 석사논문, 1980; 유재천, 「이상 시 연구」, 연세대 석사논문, 1982; 이기서, 「1930년대 한국시의 의식구조 연구-세계상실과 그 변이과정을 중심으로」, 고려대 박사논문, 1983; 이승훈, 「이상시 연구-자아의 시적 변용」, 연세대 박사논문, 1983; 김윤식, 「이상 연구 각서」, 『문학사상』, 1986.10, 143~151면; 김윤식, 「텍스트의 세 범주와 규칙 세 가지」, 『시문학』, 1986.12, 74~90면; 서준섭, 『한국 모더니즘문학 연구』, 일지사, 1988.

8 황도경, 「이상의 소설 공간연구」, 이화여대 박사논문, 1993; 염철, 「이상 시에 나타난 시간의식 연구」, 중앙대 석사논문, 1995; 노지승, 「이상 소설의 시간성 연구」, 서울대 석사논문, 1997; 최혜실, 「1930년대 한국 모더니즘 소설 연구」, 서울대 박사논문, 1990; 김윤식, 『이상 문학 텍스트 연구』, 서울대 출판부, 1998; 조영복, 「1930년대 문학에 나타난 근대성의 담론 연구-김기림과 이상을 중심으로」, 서울대 박사논문, 1995; 이보영, 『이상의 세계』, 금문서적, 1998; 김성수, 『이상소설의 해석』, 태학사, 1999.

9 임명섭, 「이상의 문자 경험 연구」, 고려대 박사논문, 1997; 김주현, 「이상 소설의 글쓰기 양상 연구」, 서울대 박사논문, 1998.

10 황현산, 「오감도 평범하게 읽기」, 『창작과비평』 가을호, 1998, 345~346면.

11 김윤식, 『이상 문학 텍스트 연구』; 김주현, 「이상 문학의 텍스트 확정을 위한 고찰」, 『안동어문학』 4, 1999, 191~222면; 김주현, 「이상 시의 창작방법 연구」, 『어문학』 69, 2000.2, 177~204면; 박현수, 「토포스(topos)의 힘과 창조성 고찰」, 『한국학보』 914, 1999, 20~45면; 박현수, 「이상 시학과 '전원수첩'의 수사학」, 『한국학보』 103, 2001, 77~106면; 이상문학회 편집위원회 편, 『13인의 아해가 도로로 질주하오』 수류산방, 2013.

12 박현수, 「이상 시의 수사학적 연구」, 서울대 박사논문, 2002.

13 졸고, 「이상 시의 근대성 연구」, 고려대 박사논문, 2000; 안미영, 『이상과 그의 시대』, 소명출판, 2003.

가 두드러지게 나타난다.[14] 또한 외국인 연구자들의 참여가 활발해진다. 대체로 이상 문학에 미친 외국문학의 영향 관계 연구와 여러 문화 현상들과의 상호텍스트성 연구 등으로 요약해 볼 수 있다.[15] 그동안 이상 문학에서 독자적으로 다루어지지 않던 이상의 수필에 대한 연구[16]와 그동안의 주제론적 연구 방법을 지양하고 이상의 언어의식을 규명하려는 언어학적 연구가 있다.[17]

이 글은 이상 시를 언어학적으로 접근함으로써 이상 국문시에 나타나는 언어의식을 고찰하는 저자의 일련의 연구에 포함된다. 그동안 이상 문학에 나타난 언어학적 접근은 거의 이루어지지 않았다. 조성문은 「이상 시의 음운론적 특성 분석」[18]에서 시어의 음절을 구성하는 소리의 빈도를 분석하여 이상이 한 편의 시에 많은 시어를 사용한 것은 자신의 시에 담고 싶은 말들이 많았다는 의도를

---

14 김민수, 『멀티미디어 인간 이상은 이렇게 말했다』, 생각의 나무, 1999; 안상수, 「타이포그라피적 관점에서 본 이상 시에 대한 연구」, 한양대 박사논문, 1996; 김태화, 「2분법 사고에서 3분법으로」, 『이상리뷰』 1, 역락출판사, 2001, 315~332면; 김용섭, 「이상 시의 건축공간화」, 위의 책, 333~357면; 함돈균, 『시는 아무것도 모른다』, 수류산방, 2012; 송민호, 『이상이라는 현상』, 예옥, 2014; 윤수하, 『이상의 시, 예술 매체를 노닐다』, 지식산업사, 2016.

15 사노 마사토(佐野正人), 「韓國モダニストの小説的實衒」, 『山形女子短期大學紀要』 第二十七集, 平成七年三月, 87~125면; 사노 마사토(佐野正人), 「날개를 잃은 이상」(「翼を失った李箱」), 『山形女子短期大學紀要』 第二十八集, 平成八年三月, 135~157면(『이상리뷰』 1, 역락출판사, 2001, 205~223면에 재수록); 월터 K. 류(Walter K. Lew), "JEAN CCTEAU IN THE LOOKING GLASS : A Homotetual Reading of Yi Sang's Mirror Poems", *Muae* 1, NY : Kaya Production, 1995, pp.118~149(위의 책, 225~281면에 재수록); 월터 K. 류, 조은정 역, 「이상의 "山村旅情, 成川紀行 중의 몇 절"에 나타나는 활동사진과 공동체적 동일시」, 『Trans』 1, 1999(김윤식 편, 『이상전집』 5, 문학사상사, 2001, 189~228면에 재수록); 사에구사 도시카스(三枝壽勝), 심원섭 역, 「이상의 모더니즘—그 성립과 한계」, 『조선학보』 141, 1991.10(김윤식 편, 『이상전집』 5, 257~328면에 재수록).

16 졸고, 『이상 산문 연구』 개정증보판, 2016.

17 하재연, 「이상의 연작시 「위독」과 조선어 실험」, 『어문논집』 54, 민족어문학회, 2006.10, 249~272면; 하재연, 『근대시의 모험과 움직이는 조선어』, 소명출판, 2012, 243~247면; 조성문, 「이상 시의 음운론적 특성 분석」, 『언어학』 20, 대한언어학회, 2012, 125~136면; 이만식, 「이상 시의 어휘 사용 양상과 공기관계 네트워크 연구」, 건국대 박사논문, 2013; 졸고, 「이상 日文詩의 새로운 번역을 위한 一考」, 『우리어문연구』 47, 2013.9, 425~465면; 졸고, 「이상 국문시의 한자어에 나타난 언어의식 연구」, 『이상리뷰』 10, 이상문학회, 2015.12, 136~158면.

18 조성문, 앞의 글.

드러낸다고도 볼 수 있으며, 이점이 일반적인 시인들과는 다른 이상만의 문체라고 분석하였다. 이상은 음절 초성에서 부드러운 공명음을 많이 사용하였고, 중성에서는 'ㅏ' 모음을 많이 사용했으며, 종성에서는 'ㄴ'을 가장 많이 사용했다는 결과를 도출하였다. 그런데 이 같은 음운론적 통계 결과는 동시대의 다른 시인들의 작품에서도 발견되는 특성이라고 함으로써 결과적으로 그의 음운론적 분석 방법이 이상 시의 특징을 변별해 내기에는 한계가 있음을 드러낸다.

이만식은 「이상 시의 어휘 사용 양상과 공기관계 네트워크 연구」[19]에서 '계량언어학'으로 이상 시를 분석하였다. 그는 "이상이 시를 쓸 때 사용한 시어 중에서 출현 빈도가 높은 단어"를 찾아서 이상의 '작가 의식'을 살피고자 하였다. 그의 언어과학적 접근 방법은 독창적이었으나 이상의 일문시 초역본을 언어 연구의 텍스트에 포함시켜 주장의 근거로 삼기에는 미흡하다. 그 이유는 번역본에서 이상 시의 독특한 어감과 문체적 특징을 찾아내기 어렵기 때문이다.

하재연은 「이상의 연작시 '위독'과 조선어 실험」에서 「위독」 연작이 언어 실험이라는 방법론을 이상이 자각한 상태에서 연재되었음이 분명해 보인다고 하였다. 그런데 이상이 언어 실험으로 제시한 '기능어, 조직어, 구성어, 사색어' 등에 해당하는 어학적 지시어가 당시의 조선어에 따로 존재하는 것은 아니기 때문에, 이상의 언어실험이란 단어들의 기능과 조직, 시어의 구성, 사색적 내용을 담을 수 있는 시어의 고안 등 여러 가지 측면에서 언어 실험을 하겠다는 의도를 밝힌 것으로 보았다.[20] 하재연은 『근대시의 모험과 움직이는 조선어』에서도 「위독」 연작시의 특징으로 한자 사용의 빈번함을 들었다.[21] 이들 논문에서 하재연은 「危篤」 연작시에서의 언어 실험이 가지는 의의에 대해 살피고 있지

19 이만식, 앞의 글.
20 하재연, 앞의 글, 249~272면.
21 하재연, 앞의 책, 243~247면.

만, 이상이 시도한 '기능어, 조직어, 구성어, 사색어' 실험에 관한 세부적인 고찰은 나타나지 않는다.

이 글에서는 이상이 「危篤」 연작시 창작에서 시도했던 언어실험, 즉 "기능어, 조직어, 구성어, 사색어" 실험이 과연 어떤 것이며, 그것이 이상의 시 창작에 어떠한 결과를 가져왔는지에 대해 꼼꼼하게 살펴보고자 한다. 그런데 이상이 「危篤」 연작시 창작과정에서 제시했던 언어실험인 "기능어, 조직어, 구성어, 사색어" 가운데 국어학에서 통용되는 용어는 '기능어'에 한정된다. 따라서 이 글에서는 '기능어'를 중심으로 이상의 언어 실험을 고찰하고, 그 외에 「危篤」 연작시에 독특하게 드러나는 특징들이 실현되는 과정을 살펴보고자 한다.

「危篤」 연작시에 쓰인 '기능어' 가운데 내용어의 의미를 보완하고 강조하는 역할을 하는 보조사와 보조용언을 중심으로 살펴보고, 「危篤」 연작시에서 특징적으로 나타나는 '이자二字 한자어'에 대해서도 살펴볼 것이다. 무엇보다도 「危篤」 연작시에서 두드러진 표현적 특징은 '수식어구와 수식 대상의 독특한 결합'이다. 따라서 이 글에서는 기능어와 이자二字 한자어에 대한 것과 수식 방식에 의해 발생하는 의미를 살펴봄으로써 이상이 표방했던 「危篤」 연작시에서의 언어 실험과 그의 언어의식을 규명해 보고자 한다.

2. 「위독危篤」 연작시에서의 '기능어' 실험

이상이 「危篤」 연작에서 시도하였던 "기능어, 구성어, 조직어, 사색어" 등의 언어 실험 가운데, 기능어를 제외하면 국어학에서 통용되거나 인정된 용어가 아니다. 기능어는 내용어와 대립하는 용어이다. 기능어는 조사, 보조사, 어미 활용, 보조용언 등 문법적인 기능을 갖는 것들로 내용어가 문법화된 것을 가리킨다. 이에 대응하는 내용어로는 명사, 동사, 부사 등이 있다. 유창돈은 "일정한 의미를 가진 실사가 다른 말 뒤에 연결되면 선행어사의 영향 하에 들어가서 본래의 의미가 소실되거나 희박하게 되어 허사로 변하는 현상을 허사화라 불렀다".[22] 실사實辭, 즉 내용어가 허사虛辭, 즉 기능어로 변하는 것이 곧 문법화인 것이다.[23] 위 인용문의 "부정법, 피동·사동법, 동작의 문법 범주를 형성하기도 하고 화자의 생각이 결부되기도 한다"에서 알 수 있듯이 문법적인 성격을 갖는 기능어 가운데, 특히 보조사와 보조용언은 화자의 생각과 심정을 보완하여 드러내 주는 기능을 한다.

이상은 「危篤」 연작시에서 기능어를 다양하게 시도하였는데, 특히 보조조사[24]와 보조용언[25]을 다채롭게 활용하고 있다. 이지선은 기능어에 속하는 보조용언의 국어사적 의미에 대해 국어 문법 연구의 초기 단계에는 현대적 의미의 보조용언에 대한 인식은 찾아볼 수 없으며, 현대적 의미로 보조용언이란 개념이 인식되기 시작한 것은 최현배의 『우리말본』1937부터라고 할 수 있는데, 최현배가 정리한 보조용언의 개념은 이후 가장 보편적인 것으로 받아들여졌다[26]고 본다.

현대적 의미의 보조용언이란 개념이 분명하게 인식되고 국어를 용례로 하여 상세하게 구분하고 분류한 국어학자는 최현배이다. 여기에서 '보조용언'에 포함되는 '보조동사'라는 용어와 구분은 윤치호의 『英語文法捷徑』1911에 나와 있다. 윤치호는 "보조동사補助動詞는다른動詞우헤첩용疊用ᄒᆞ야그의사意思를도아주ᄂᆞ니라"라고 설명한 후에 미래표보조동사未來表補助動詞, 가능표보조동사可能表補助動詞, 요긴

22 유창돈, 「허사화 고구」, 『인문과학』 7, 연세대 인문과학연구소, 1962, 201면; 김태엽, 「기능어의 문법화」, 『우리말글』 23, 2001, 3면에서 재인용.
23 김태엽, 위의 글, 1~24면 참조.
24 보조사 항목은 나은미·최정혜의 「현대국어보조사의 분포에 대한 연구」, 『한국학연구』 30, 고려대 한국학연구소, 2009, 13~159면을 참고하였다.
25 보조용언 항목은 이지선의 「국어 보조용언의 변화 추이에 대한 연구-19세기어와 20세기어의 대비를 통하여」, 서울여대 석사논문, 1990, 67~88면을 참고하였다.
26 위의 글, 2~9면.

표보조동사要緊表補助動詞, 의무표보조동사義務表補助動詞, 과거표보조동사過去表補助動詞 등 다섯 가지 종류의 보조동사로 구분하여 적어놓았다.[27] 물론 그것의 용례는 영어의 경우이므로 한국어의 용례에 적용할 때는 미래, 가능, 요긴, 의무, 과거의 의미를 담은 보조동사의 종류와 구분이라는 것만을 적용할 수 있을 것이다. 최현배가 『우리말본』에서 보조동사에 대해 상세하게 다룬 바 있다.[28]

〈표 1〉

작품명	보조사	보조용언	보조용언 형태
「危篤－禁制」		하고십흔	싶다
		배아터노튼	놓다
「危篤－追究」		하지못하도록	못하다
		벗어버리는	버리다
		감춰버렷다	버리다
「危篤－沈殁」		펴지지안으니	않다
		끈치려든다	들다
		떠밀어노코	놓다
		건드렷나보다	보다
		뻑뻑해온다	오다
		죽고십흔	싶다
「危篤－絕壁」	묘혈(墓穴)도	보이지도안는	않다
「危篤－白晝」	나더러 세음이냐는 그리고는	내어보엿드니	보다
		어떠냔다	하다
「危篤－門閥」	백골(白骨)까지	생각하지안으시나요	않다
		끌러버릴수가참업다	버리다
		강청(强請)하고잇다	있다
「危篤－位置」	나가버리랴는 준비(準備)라도 범위(範圍)에는	잊어버리고잇다	있다
		나가버리랴는	버리다
		귀먹은체할때	체하다

27 윤치호, 『英語文法捷徑』, 東洋書院, 1911, 101~103면; 김민수 외편, 『歷代韓國文法大系』 제2부 제29책, 탑출판사, 1983.

28 최현배는 『우리말본』에서 우리말에 쓰이고 있는 보조동사를 '도움움직씨'라 칭하며 이를 상세하게 구분하고 분류하였다(최현배, 『우리말본』 개정판, 정음사, 1955, 380~398면).

작품명	보조사	보조용언	보조용언 형태
		어떠케해보여야하나	보이다 + 여야 한다
		나가버렷는데	버리다
		하고잇슬	있다
		와잇는	
		이저버리고잇다	
「危篤 – 買春」	피로(疲勞)는 피해(避)야겟지만 이런때는	마타보는	보다
		해(傷)들어가기	들어가다
		벗어버린	버리다
「危篤 – 生涯」	신부(新婦)는 기력(氣力)도 이저버리지는 까므라치거나	죽고한다	하다
「危篤 – 內部」	분류(奔流)는 전고(典故)만이 바드려야	몰려들어왓나보다	들어오다 + 보다
		벗어노은	놓다
		빼겨제치지못하니	못하다(부정)
		기절(氣絕)하려나보다	보다
「危篤 – 肉親」	운명(殞命)까지도 암살(暗殺)하지안코는 운명(殞命)까지도	벗어버릴수가업다	버리다
		암살(暗殺)하지안코는	않다
		벗어버릴수가업다	버리다
「危篤 – 自像」	도적(盜賊)마젓다는 소문도 떼드마스크는	생식(生殖)하지안는다	않다
		하지안튼	않다
		빠저잇는	있다
		침몰(沈沒)되어잇다	있다

〈표 2〉

「危篤」 연작시 보조사	빈도 등위
도	1
는	2
까지	3
더러	4
라도	4
만	4

「危篤」 연작시 보조사	빈도 등위
거나	4
야	4

조선총독부 편 『朝鮮語辭典』[29]에 '도, 만, 부터, 더러, 까지, 는, (이)나'는 실려 있고, '라도, 에는, 거나, 야, 조차' 등의 보조사는 실려 있지 않다. 그러나 이상이 「危篤」 연작시를 쓰고 발표했던 1936년 10월과 시간적으로 근접해 있는 최현배 선생의 『우리말본』1937에 정리된 보조사 19개는 "는, 도, 만, 야, 라도, 조차, 마저, 나마, 부터, 까지, 마다, 나1가림, 나2어림, 야말로, ㄴ들, 든지, 커녕, 서껀, 씩"[30]으로 국어의 문법화와 문법 체계의 정리가 최현배 선생에 이르러 최초로 이루어졌음을 알 수 있다.[31]

〈표 2〉는 「危篤」 연작시에서 쓰인 보조사를 정리한 것이다. 이상이 「危篤」 연작시에서 사용한 보조사 목록은 '도, 더러, 는, 까지, 라도, 만, 거나' 등이다. 그런데 이상이 사용한 보조사 "더러"는 최현배의 보조사 목록 19개에 포함되어 있지 않다는 것이 확인되었다.

「危篤」 연작시에서 시도한 이상의 '기능어' 실험의 결과가 가지는 국어사적 의의와 시문학에서의 의의를 확인하기 위해서는 「危篤」 연작시가 발표된 1936년 무렵의 다른 시인의 작품과 비교 대조할 필요가 있다. 따라서 이 글에서는 이상의 「危篤」 연작시 발표 시기에 비교할 만한 정지용의 『정지용시집』1935과 김기림의 『氣象圖』1936와 백석의 『사슴』1936을 선정하여 그들의 시 작품에 나타나는 보조사와 보조용언을 이상의 「危篤」 연작시의 경우와 비교하고자 한다.

---

29 조선총독부 편, 『朝鮮語辭典』, 國書刊行會, 1920.

30 최현배, 『우리말본』 재판, 정음사, 1978; 나은미 · 최정혜, 앞의 글, 134면에서 재인용.

31 최낙복은 최현배 선생의 국어학사에서의 의의를 다음과 같이 평가한 바 있다. "현대 국어문법의 형성과정을 큰 틀에서 보면, 주시경의 『국어문법』(1910)에서 그 기초가 마련되었고, 최현배의 『우리말본』(1937)에서 그 완성을 보게 되었다"(최낙복, 『주시경 문법의 형성론』, 경진, 2013, 9면).

이러한 비교 과정으로 「危篤」 연작시에서의 기능어 실험이 어떤 의미를 갖는지 살펴볼 것이다.

정지용의 『정지용시집』에서 이상의 「危篤」 연작시의 '1946자字'와 비슷한 분량인 '1913자字' 인 「카페 · 프란스」, 「海峽」, 「 琉璃窓 2」, 「鄕愁」, 「그의 반」, 「不死鳥」를 텍스트로 하여 보조사를 조사해 보았다. 김기림 시인의 경우는 「危篤」 연작시와 동일한 '1946자字'에 해당하는 『氣象圖』 「제1부–세계의 아침」부터 「제3부–태풍의 기침시간起寢時間」의 제2연 "한 사명使命에로 편성編成된 단파"까지의 보조사를 조사하였다. 백석의 경우에는 『사슴』에서 총 '1940자字'에 해당하는 「여우난골족」, 「가즈랑집」, 「모닥불」을 비교하여 보조사를 비교해 보았다.

〈표 3〉

『氣象圖』 일부 시편의 보조사	빈도 등위
는	1
도	2
만	3
(에)야	4

〈표 4〉

『鄭芝溶詩集』 일부 시편의 보조사	빈도 등위
은/는	1
도	2
야	3
ㄴ들	4
에는	5
까지	5

〈표 5〉

『사슴』 일부 시편의 보조사	빈도 등위
도	1
은/는	2
나	3
들	4
만	5
라도	5
까지	5

〈표 3〉『氣象圖』 일부 시편의 보조사를 보면, '는'이 10회, '도'가 8회, '만'이 4회, '야'가 1회 쓰여 총 4개의 보조사가 나타난다.[32] 〈표 4〉『鄭芝溶詩集』 일부 시편의 보조사를 보면, '은 / 는'이 18회, '도'가 14회, '야'가 6회, 'ㄴ들'이 5회, '에는'과 '까지'가 각각 1회 쓰여 총 6개의 보조사가 나타난다.[33] 〈표 5〉『사슴』 일부 시편의 보조사를 보면, '도'가 37회, '은 / 는'이 26회, '나'가 6회, '들'이 3회, '만'이 1회, '라도'가 1회, '까지'가 1회 쓰였다.[34]

위에서 살펴본 결과들과 「危篤」 연작시에서 사용한 보조사 목록과 비교해 보면, 「危篤」 연작시에는 '도'가 3번, '라도'가 1번, '더러'가 1번, '는'이 12번, '까지'가 1번, '까지 + 도'가 2번, '만'이 1번, '거나'가 1번, '야'가 1번 쓰여 총 7개의 보조사가 나타난다. 김기림의 『氣象圖』 일부 시편과 정지용의 『鄭芝溶詩集』에 비해서 이상이 보조사를 다양하게 활용하고 있음을 확인할 수 있다. 그런데 이상의 「危篤」 연작시와 백석의 『사슴』을 비교해 보면, 뚜렷하게 변별되지는 않는다. 이는 이상과 백석이 상대적으로 보조사 활용에 예민하였음을 드러낸다. 윤재원이 "국어의 보조조사는 미세한 의미 차이를 드러내는 데 이용된

32 김기림, 『김기림 전집 1 시』, 심설당, 1988, 127~154면.
33 정지용, 『鄭芝溶詩集』, 건설출판사, 1946, 16~140면.
34 백석, 이동순 편, 『白石詩全集』, 창작과비평사, 1987, 16~25면.

다[35]고 하였는데, 이상은 「危篤」 연작시에서 다양하게 보조사를 구사함으로써 시적 의미의 결을 생성하고 있음을 확인할 수 있다.

다음으로 「危篤」 연작시에 쓰인 보조용언에 대해 살펴보자. 남기심과 고영근에 따르면, "보조용언은 의존명사와 함께 "준자립형식"을 구성한다. 자립성이 결여되어 있거나 희박하다는 점에서 그렇고 의미에 있어서도 어휘적이기보다는 문법적 성격이 더 강하다. 이들은 부정법, 피동·사동법, 동작상의 문법범주를 형성하기도 하고 화자의 생각과 결부되기도 한다".[36] 다시 말하여 보조용언은 의미상으로 화자가 내용어로 지시한 내용 외에 심정과 생각을 좀 더 미세하게 드러내는 역할을 하는 것이다.

최현배의 『우리말본』[37]에 이르러 국어 문법이 체계적으로 정리되었는데, 여기에 '보조용언'에 대해 상세하게 설명되어 있다. 최현배 이전의 국어사에서 보조용언에 관한 자료를 확인해 본 결과, 조선총독부 편 『朝鮮語辭典』[38]에 '있다, 들어오다, 오다' 등의 동사는 실려 있고, '가다, 않다, 들다, 보다'는 실려 있지 않다. 또한 보조동사와 보조형용사는 나타나지 않는다. 다만 "동사의 아래에 붙어 희망을 표시하는 말"이라는 설명이 붙은 '십흐다'가 유일하게 보조동사의 개념이 담긴 것이다. 1933년의 『한글 맞춤법 통일안』[39] '제삼절第三節 규칙용언規則用言'과 '제사절第四節 변격용언變格用言'에 관한 설명이 나오지만, 아직 보조용언에 관한 내용은 없다. 그런데 '제삼절第三節 규칙용언規則用言'을 설명한 "제구항第九項 다음과 같은 동사動詞는 그 어간語幹 아래에 다른 소리가 붙어서 그 뜻을 바꿀 적에 소리가 변變하거나 아니하거나를 묻지 아니하고 다 그 원형原形을 밝히

35 윤재원, 『국어 보조사의 담화분석적 연구』, 형설출판사, 1989, 22~29면.
36 남기심·고영근, 『표준국어문법론』, 도서출판 박이정, 1993, 114면.
37 최현배, 『우리말본』, 연희전문학교출판부, 1937; 최현배, 『우리말본』 개정판.
38 조선총독부 편, 앞의 책.
39 조선어학회 편, 『한글 맞춤법 통일안』, 한성도서주식회사, 1933, 10~15면.

어 적는다"[40]를 보면, "묻지 아니하고" 같은 '부정'의 '보조용언'이 1933년에 이미 실현되어 있음을 알 수 있다. 문세영의 『初刊本 朝鮮語辭典』에는 '않다, 들다, 놓다, 못하다, 버리다, 하다, 보다, 가다, 두다' 등의 동사는 있지만, 보조용언의 의미가 담긴 것으로는 "어떠한 동사 아래에 붙어서 희망의 뜻을 표하는 말"이라는 설명이 붙은 '싶다'가 유일하다.

위에서 나타나 있듯이 현대국어가 정립되어 가던 시기에 이상은 「危篤」 연작시에서 '시인의 감정과 의식을 좀 더 섬세하게 드러낼 수 있는 보조용언들'을 다채롭게 사용하였음을 확인할 수 있다.

다음 표는 「危篤」 연작시에 쓰인 보조용언과 정지용의 『鄭芝溶詩集』의 일부 시편의 보조용언과 김기림의 『氣象圖』 일부 시편의 보조용언을 비교 정리한 것이다.

〈표 7〉

「危篤」 연작시 보조용언	빈도 등위
어 버리다	1
지 않다	2
고 있다	3
아 보다	3
어 놓다	4
게 하다	4
고 싶다	5
지 못하다	5
어 들다	6
고 들어가다	6
체하다	6
어 들어오다	6
여야 한다	6

40 위의 책, 10면.

〈표 8〉

『氣象圖』 보조용언	빈도 등위
가다	1
여야 하다	2
고 오다	2

〈표 9〉

『정지용시집』 보조용언	빈도 등위
가다	1
지 못하다	2
내다	2
지다	2
보다	2
않다	2
하다	3

정지용의 경우는 『鄭芝溶詩集』에서 「危篤」 연작시의 '1946자字'와 비슷한 분량인 '1913자字'인 「카페 · 프란스」, 「海峽」, 「 琉璃窓 2」, 「鄕愁」, 「그의 반」, 「不死鳥」를 살펴보았고, 김기림의 경우는 「危篤」 연작시와 동일한 '1946자字'에 이르는 『氣象圖』 「제1부 : 세계의 아침」부터 「제3부 : 태풍의 기침시간起寢時間」의 제2연 "한 사명使命에로 편성編成된 단파"까지의 보조용언을 조사하였다. 김기림의 경우, 보조용언은 '가다'가 2번, '것이다'와 '게 하다', '야 하다', '오다'가 각 1번 나타난다.[41] 정지용의 경우, 보조용언은 '가다'가 5회, '지 못하다'가 2회, '내다'가 2회, '지다'가 2회, '보다'가 2회, '않다'가 2회, '하다'가 1회로 나타난다. 이에 비교해 볼 때, 이상의 「危篤」 연작시에 쓰인 보조용언은 '어 버리다'가 11회, '지 않다'가 9회, '고 있다'가 7회, '아 보다 / 보이다'가 7회 '어 놓다'는 3회, '게 하다'는 3회, '고 싶다'는 3회, '지 못하다'가 2회, '어 들다' '고 들어가다' '체하다' '것이다' '어 들어오다', '여야 한다'가 각 1회 나타난다. 김기림과

41 김기림, 앞의 책, 127~154면.

정지용 시에 비해 이상의 경우에 보조용언이 다채롭고 빈번하게 쓰였음을 확인할 수 있다.

〈표 7〉「危篤」 연작시에서 확인할 수 있듯이, 보조용언 출현 빈도 등위 1위는 '어 버리다'이다. 김소연은 '어 버리다'에 대해 보조용언 '-버리다'의 의미는 화자의 심리적인 요인이 가장 크게 작용하는데 '-버리다'는 종결완결, 아쉬움, 기대에 어긋남, 부담제거 등으로 세분화하여 논의되며, 보조용언 '-버리다'의 의미는 화자의 받아들이는 심리 상태가 부정적이냐 부정적이지 않느냐에 따라 그 의미가 다르게 표현된다[42]고 하였다.

이상이 「危篤」 연작시에서 가장 많이 사용한 '어 버리다'의 경우를 살펴보면, "닮아온여러벌표정表情을벗어버리는추행醜行이다"「危篤-追究」에서 '벗어버리는'은 외출에서 돌아온 아내가 세수하는 모습을 보고 느끼는 화자의 역겨움을 표현하는 부분이다. '벗어버리는'에서 보조용언 '어 버리는'은 아내가 얼마나 자기 얼굴 혹은 마음을 쉽게 바꿀 수 있는 사람인가를 누구보다 잘 알고 있는 화자의 감정 상태를 생생하게 드러내는 데 중요한 역할을 한다.

"나는이렇게싫은결산決算의함수函數를내몸에지닌내도장圖章처럼쉽사리끌러버릴수가참없다"「危篤-門閥」에서 화자는 깨끗이 결산하듯이 벗어나고 싶어하지만, 쉽게 벗어날 수 없는 '문벌門閥'이라는 정신적 압박감을 드러낸다. '끌러버릴'에서 '어 버리는'이라는 보조용언은 화자가 심리적 부담을 제거하고 싶은 상태를 섬세하게 드러낸다. 「危篤-門閥」과 유사한 의미를 담은 시로 「危篤-肉親」이 있다. "내신선新鮮한도망逃亡이그끈적끈적한청각聽覺을벗어버릴수가없다"「危篤-肉親」의 '벗어버릴'에서 '어 버릴' 역시 육친을 부양해야 하는 부담감에서 벗어나고 싶어 하는 화자의 감정을 좀 더 분명하게 만든다.

"신부新婦의생애生涯를침식浸蝕하는내음삼陰森한손찌거미를불개아미와함께잊어

42 김소연, 「보조용언 '버리다, 보다, 가다, 주다'의 연구」, 충남대 석사논문, 2003.

버리지는않는다. 그래서 신부新婦는그날그날까무러치거나웅봉雄峰처럼죽고죽고 한다"「危篤-生涯」는 부분은 화자가 자신의 신부에게 날마다 거르지 않고 폭행하고 있음을 보여준다. '잊어버리지는'의 보조용언 '어 버리는'은 종결완결의 의미를 나타내며 뒤이어 오는 부정의 보조용언 '지는않는다'와 함께 자신의 폭력행위에 심리적 거리를 두는 화자의 심리를 보여준다. 이 같은 보조용언들은 신부에 대한 화자의 냉혹한 감정을 좀 더 분명하게 만든다. 이상은 「危篤」 연작시에서 기능어인 보조용언들을 활용하여 내용어인 용언의 의미를 강화시켰다. 다시 말하여 다채로운 보조용언들의 활용으로 이상은 시적 화자들의 감정과 심정을 세밀하게 드러낼 수 있었던 것이다.

문법적인 기능을 가진 기능어는 내용어로 나타나는 의미 외에 화자의 심정을 섬세하게 드러내는 역할을 한다. 특히 이상이 시에서 보조용언을 집중적으로 사용하여 그가 중시하는 어감의 시, 언어 감각이 돋보이는 시를 창작해 내는 데 큰 역할을 하고 있다. 이상은 시 창작에서 기능어, 특히 보조사와 보조용언을 활용함으로써 '내용어'로 다 드러내지 않은 감정을 세밀하고 감각적으로 표현할 수 있었던 것이다.

3. '이자二字 한자어' 실험과 수식어와 수식 대상의 독특한 결합

이상의 「危篤」 연작시에서의 언어실험 가운데, 앞 절에서 다루었던 '기능어' 외에 '사색어'의 경우를 살펴볼 수 있다. '사색어'의 뜻이 방대해서 이상의 '사색어'가 구체적으로 무엇을 뜻하는지 명확하지 않다. 「危篤」 연작시에서의 '사색어' 실험에 관련하여, 하재연의 논문 「이상의 연작시 「위독」과 조선어 실험」[43]을

43 하재연, 앞의 글, 249~272면.

참조할 수 있다. 이상의 한자어 실험은 「危篤」 연작의 이자二字 한자어로 된 시 제목에서 찾을 수 있다. 「危篤」 연작은 시제목과 시 본문의 결합력이 강한 작품들로, 제목이 본문의 내용과 의미를 명료한 두 글자 한자어로 압축시키고 있다. 뜻글자인 한자어가 시 본문에서 생성되는 의미를 드러낸다고 말할 수 있다. 「危篤」 연작시에서 '이자二字 한자어'로 나타나는 언어 실험은 한자어 조어를 만들어 내거나 기존 한자어에 시적 의미를 응집시키는 것으로 나타난다. 즉, 기존 한자 어휘를 활용한 실험과 새롭게 창조해 낸 조어를 통한 실험이라고 말할 수 있다.

'이자二字 한자어'는 「危篤」 연작시의 각 시편의 제목이나 시 본문 중에 쓰여 이상의 시 의식을 응축시켜 드러낸다. 「禁制」, 「追求」, 「沈歿」, 「絶壁」, 「白晝」, 「門閥」, 「位置」, 「買春」, 「生涯」, 「內部」, 「肉親」, 「自像」의 의미는 각 시 제목인 '이자二字 한자어'에 응축되고, 각 시 제목이 지닌 응축성은 시 본문에서 형성되고 완성된다. '이자二字 한자어' 외에도 이상은 문학적 함의를 지닌 '정조貞操빼지'「白晝」, '분신제출分身提出'「位置」 등 독창적인 어휘를 만들어낸다. 이상은 기존 어휘들로 언어 실험을 하기도 하고, 조어造語로 언어 실험을 하기도 하였던 것이다.

「危篤」 연작시의 어휘적 측면에서의 언어 실험 외에도 두드러지게 나타나는 것은 수식어구와 수식 대상의 독특한 결합이다.

10〉

작품명	수식어구	수식 대상	생성된 의미
「危篤 – 禁制」	비타민E를지닌	개[拘]	비타민E를 지닌 개는 특화된 실험동물로 키워진 개를 뜻하는데, 여기에는 자신을 지극히 타율적인 존재로 자각하는 화자의 자의식이 함축되어 있다.
	개짓듯배아터노튼	세월(歲月)	시간의 흐름을 청각적으로 표현하여 추상성을 지닌 시간은 감각적으로 바뀐다.
	억울한	촉루(髑髏)	이름도 없는 누군가의 '촉루'가 연구논문에 활용된다. 여기에서도 자신의 의지와 상반되는 처지에 놓인 화자의 심정이 드러난다.

작품명	수식어구	수식 대상	생성된 의미
「危篤 – 追究」	표정(表情)을벗어버리는	추행(醜行)	표정을 '바꾸는' 대신에 '벗어버리는'이라 표현하여 '표정'이 마치 구상의 사물처 느껴진다. 이 같은 수식은 화자가 아내에 가지는 불신을 드러내는 단어인 '추행'까 감각적으로 전달한다.
「危篤 – 沈歿」	노호(怒號)하는	초조(焦燥)	화자는 자살을 위해 칼을 찾지만, 접이식 펴지지 않는다. "노호(怒號)하는초조(焦燥)"는 자살의 두려움과 죽음충동이 교차하는 화자의 내 드러낸다.
	가친	자수(自殊)	자수(自殊)는 자살의 뜻으로, '가친 자수'는 자살한 후에 진행되는 육체적 변 상상하며 죽은 육체에 갇힌 자신의 영혼 답답해하는 화자의 심정을 표현한다.
「危篤 – 絕壁」	보이지안는	묘혈(墓穴)	생과 죽음 욕망 사이에서 화자는 긴장감 극한 상태에 처한다. 화자의 생 욕망에 집중하는 행위와 죽음 욕망에 집중하는 행위 각각 극대화되는 순간이 '보이지안는'과 '보이지도안는' 상태이다.
	보이지도안는	꽃	
「危篤 – 白晝」	좀선명(鮮明)한	정조(貞操)	매춘부가 화자와 흥정하는 장면에서 매춘 화자에게 내세우는 제안은 '정조'이다. '정조 매춘을 위한 거래의 기준으로 삼는 아이러 상황이 '좀선명(鮮明)한'과 '요조(窈窕)하다든'에서 잘 드러난다.
	요조(窈窕)하다든	정조(貞操)	
「危篤 – 門閥」	분총(墳塚)에게신	백골(白骨)	'문벌(門閥)'은 관념에 불과한 것이지만 그것은 화자에게 부채감을 갖게 만든다 무기물인 백골에 높임말을 붙임으로써 화자 느끼는 백골의 위력을 드러낸다.
「危篤 – 位置」	외국어(外國語)의관목(灌木)이막돌어서서나가버리려는	동기(動機)	인격화된 화분과 의자는 불편한 상황에 화 자신이 끼어들게 되었음을 알아차리게 만 것들이다.
「危篤 – 買春」	기억(記憶)을마타보는	기관(器官)	성을 구매하는 화자는 자신의 신체를 "기억(記憶)을마타보는기관(器官)"으로 대상화시키고 감정까지도 객관적 평가의 대상으로 삼는다.
「危篤 – 生涯」	써늘한	무게	두통이 있는 화자는 자신을 만지는 신부 장갑에서 써늘함을 느끼는데, 이 촉감은 화자가 피할 수 없는 두통의 중량감으로 다가온다. 화자는 신부의 생애를 침식하 폭력성으로 신부에 대응한다. "써늘한무게

작품명	수식어구	수식 대상	생성된 의미
			신부에 대한 화자의 심적 거부감을 중량으로 드러낸 표현이다.
「危篤 – 內部」	참회(懺悔)로벗어노은내구긴	피부(皮膚)	구겨버린 백지(白紙)를 '내구긴피부'라고 표현함으로써 화자가 체감하는 글쓰기의 고통을 나타낸다.
	다무른입안에그득찬	서언(序言)	화자는 글을 쓰고자 하나 글의 처음을 쓸 수 없는 답답함을 인체 비유를 통해 드러낸다.
「危篤 – 肉親」	한시대(時代)나눌변(訥辯)인	트집	육친에게 가지는 화자의 심적 거부감이 지체하는 시간으로 드러난다.
「危篤 – 自像」	점잔튼	내용(二字)	화자는 '점잔튼'이라는 반어적 수사로 자신의 본모습을 드러내고자 한다.

이상은 이질적이고 유사한 속성을 찾기 힘든 수식 어구로써 대상을 수식한다. 또한 감정의 수식어로 추상어나 생명이 없는 무기물을 수식함으로써 독특하고 새로운 느낌을 창조해 낸다. 다시 말하여 수식 어구는 수식 대상을 유일하게 수식하고 수식 대상의 의미를 새롭게 규정한다. 수식어구 수식 대상의 이질적인 결합, 구상어와 추상어의 결합, 무기물과 추상적인 관념에 감정과 행동을 결합시킨다. 이처럼 수식어구와 수식 대상의 독특하고 낯선 결합은 이상의 시를 독창적으로 만든다고 볼 수 있다.

4. 나가며

이 글은 이상 연구의 주제론적 접근 방법의 한계를 벗어나 언어학적 접근을 통해 「危篤」 연작시에 나타나는 이상의 언어의식을 고찰한 것이다. 이상이 그의 산문에서 밝힌 「危篤」 연작시에서의 언어적 실험, 즉 "기능어, 조직어, 구성어, 사색어" 가운데 의미와 개념이 불분명하며 국어학 용어로도 통용되지 않는 '구성어'와 '조직어'와 '사색어'는 제외하고, 국어학에서 통용되는 용어인 '기능어'에 한정시켜서 살펴보았다.

기능어를 통해 이상은 「危篤」 연작시에서 이상의 어감을 중시하는 언어의식을 분명하게 드러냈다고 볼 수 있다. 이상은 「危篤」 연작시에서 기능어를 다양하게 시도하였다. 특히 그는 보조용언을 다양하게 활용하여 창작하였음이 확인된다. 이는 「危篤」 연작시에서 이상의 시적 자아의 감정과 인식을 좀 더 세밀하게 드러내는 결과로 나타난다.

이상의 「危篤」 연작시에는 '이자二字 한자어'가 빈번하게 쓰이고 있음을 볼 수 있다. '이자二字 한자어'는 「危篤」 연작의 시 제목들은 시 본문에 나타나는 시 의식을 응집시키는 역할을 한다. 시의 제목뿐만 아니라 시의 본문에서도 '이자二字 한자어'는 문맥에서 생성되는 의미를 극대화시키고 명료하게 드러낸다. 그러나 무엇보다도 「危篤」 연작시의 가장 두드러진 특징은 수식어구와 수식 대상의 독특한 결합에 의한 새로운 의미 창조에 있다. 수식 어구를 이루는 어휘들은 독특한 결합을 보여준다. 이상은 추상어와 감각어를 결합시켜서, 이질적이고 유사성이 없는 대상들을 병치시키고 충돌시켜 새로운 느낌을 만들어낸다.

제4장

이상 국문시의 문체 연구

서울방언을 중심으로

1. 들어가며

이상이 국문시를 창작할 무렵[1]에 『한글 맞춤법 통일안』[2]에 대해 인식하고, 서울토박이인 그 자신이 사용하는 서울방언을 표준어와 구분하여 사용하였는지를 판단하기는 어렵다. 다만 다음과 같은 자료를 통해 서울토박이인 이상은 자신이 사용하는 서울방언을 '방언'이 아닌 중앙어로 인식하였고, 다른 지역에서 쓰는 언어를 '사투리'로 이해하고 있었다는 것을 확인할 수 있다. 이상의 시 「街外街傳」에 '사투리'에 관한 표현이 나온다. "묵묵默默히—전도全圖를봉쇄封鎖한체하고말을하면사투리다. 아니—이무언無言이훤조喧噪의사투리리라."[3] 여기에서 '사투리'는 '다른 지역 말'로 해석된다.

또한 그는 '사투리'를 아름다운 어감을 느낄 수 있는 것으로 인식하였음이 나타난다. 그는 「아름다운 조선말 가운데도 내가 그중 아름답게 생각하는 말 다섯 가지와 자랑하고 싶은 점」이라는 산문에서 "무관無關한 친구가 하나 있대서 걸핏하면 성천成川에를 가구 가구 했습니다. 거기서 서도인西道人 말이 얼마나 아름답다는 것을 깨쳤습니다"[4]라고 말한다. 여기에서 그는 서도사투리의 '어감'이 주는 한없는 매력을 역설한다. 이상에게 사투리는 매력적인 어감을 전해주는 기표인 것이다. 이처럼 이상은 서도사투리가 주는 인상적인 어감을 표현하였는데, 그의 시에도 서울방언이 상당히 많이 보존되어 있다. 1930년대에는 아직 표준어와 방언에 대한 뚜렷한 개념과 구분이 이루어지지 않았음을 알 수 있다.[5] 이상의 국문시는 우리말의 표준어화가 아직 보편화되지 않았던 시기에 창

---

1 이상은 『카톨릭청년』(1933.7)부터 『조광』(1939.2)에 이르기까지 52편의 국문시를 발표하였다.
2 조선어학회 편, 『한글 맞춤법 통일안』, 한성도서주식회사, 1933.
3 이상, 「街外街傳」, 『詩와 小說』, 1936.3, 16~19면.
4 이상, 「아름다운 조선말」, 김윤식 편, 『이상문학전집 3－수필』, 문학사상사, 1993, 355면.
5 최용기는 조선총독부가 1912년 4월에 '보통학교용 언문 철자법'을 확정하여 고시하면서 '표준어'와 관련된 항목에서 "경성어를 표준으로 함"이라고 명시하였는데, 당시에 표준어와 철자법의

작되었으며, 방언을 의도적으로 문학에 활용하게 되는 시기 이전에 창작되었다. 그럼에도 불구하고 이상 시에 쓰인 서울방언은 이상 시의 개성적인 문체를 형성하는 데 중요한 역할을 하고 있음이 나타난다.

서울방언은 해방과 6·25전쟁을 거치면서 다른 지역어들과 섞이게 되는데, 이상 시에는 다른 지역어와 섞이기 전의 서울방언이 보존되어 있다. 따라서 이상 시의 문체적 특성을 이해하기 위해서는 이상의 시에 투영된 서울방언의 특징과 의의를 규명하는 것이 전제되어야 할 것이다. 이상의 시에 서울토박이들이 사용하는 언어가 반영되어 있다는 것은 이상이 관념적인 시인이라는 평가를 넘어서 서울의 생활언어를 반영한 시인으로서 새롭게 평가받을 수 있는 기회를 마련할 것이다. 이를 위하여 이상과 언어 환경이 유사한 다른 서울토박이 발화자들의 사례와 비교하고 대조하는 작업이 필요하다.

이상은 「危篤」 연작시를 쓰면서 '기능어, 조직어, 구성어, 사색어'[6]로 한글 문자를 실험하고자 하였다. 그는 이들 시편에서 기능어인 보조사와 보조용언을 다채롭게 실현시키고, 기존 한자어를 변형시킨 '이자二字 한자어'를 만들어서 사용하기도 하였다. 이러한 그의 언어실험 가운데 기능어를 통한 의미의 섬세한 보완과 강화'[7]는 그의 국문시 전반에 걸쳐 나타나는 문체적 특징이다. 그런데

개념이 분명하지 않았지만 경성어를 표준으로 삼고자 한 것에서 이 당시에도 이미 표준어에 대한 개념이 있었다고 진술한다(최용기, 「일제 강점기의 국어 정책」, 『한국어문학연구』 46, 한국어문학연구학회, 2006.2, 26~28면).

송철의는 훈민정음 창제 이후 한글문헌들에 사용된 말이 서울말이었고 시조나 가사와 같은 문학 작품을 짓는데 쓴 말이 서울말이어서 어느 정도 서울말로 표준화가 이루어져 있었다는 조동일의 견해에 의지하여, 근대화 초기에는 표준어 문제가 심각하게 부각되지는 않았을 것이라고 진술한다(송철의, 「한국 근대 초기의 어문운동과 어문정책」, 『한국 근대 초기의 언어와 문학』, 서울대 출판부, 2005, 38면).

최학근은 정치적 중심지의 언어가 표준어가 되는데, 한국어를 대표하는 표준어는 서울 지방의 언어, 즉 서울방언이라고 진술한다(최학근, 「서울 방언권의 형성과 서울 방언」, 한국방언학회 편, 『국어방언학』, 형설출판사, 1994, 262면).

6 이상, 「私信 5」, 김윤식 편, 앞의 책, 231면.

7 졸고, 「이상의 '危篤' 연작시 어휘 연구」, 『비평문학』 62, 한국비평문학회, 2016.12, 223~249면.

이상이 시에서 사용한 특수조사와 복합조사 등은 다른 서울토박이들의 자연발화 사례에서도 빈번하게 발견되는 특징이기도 하다.

따라서 이 글의 2절에서는 방언의 변별적 특징이 나타나는 모음을 중심으로 이상 시에 나타난 서울방언의 특징을 살펴보고, 그 의의에 대해 고찰할 것이다. 3절에서는 이상 시에 서울방언이 자연적으로 투영되고, 그것이 그의 언어실험 의식과 결합되기도 하는 측면을 특수조사와 복합조사 등을 중심으로 살펴보고자 한다.

2. 모음으로 살펴 본 서울방언의 특징과 이상의 시적 실현

이상의 국문시 문체가 독특하게 느껴지는 데에는 그가 현대 문명어를 비롯한 현대적 어휘들을 사용해서만이 아니라, 서울 지역의 언어문화가 그대로 담긴 서울방언을 사용한 데에서 기인한다. 대부분의 방언 연구가 서울방언 자연발화자의 입말을 녹취한 자료를 텍스트로 하여 연구를 하였다는 것을 염두에 둘 때, 자연발화와는 또 다른 글말로서의 실현이라는 점에서 서울방언 연구사에서 이상의 국문시가 차지하게 될 위상이 상당할 것으로 기대된다. 지금까지 이상 시에 나타난 서울방언에 주목한 연구는 없다. 이상 연구뿐만 아니라, 국어학자들에 의하면 서울방언에 대한 연구는 그동안 소홀히 다루어져 왔음을 알 수 있다. 김정수는 "서울말은 근본적으로 현대 한국 방언 가운데 하나이나 표준말이 바탕을 이루는 만큼 가장 중요한 방언이라 할 수 있다. 그러나 그 비중이 큼에도 불구하고 서울말은 여느 방언만큼도 본격적인 조사의 대상이 된 일이 거의 없다"고 하였다.[8] 한성우는 서울·경기 방언이 반영된 문학작품이 적은 이유는

8 김정수, 「서울 토박이말의 홀소리 조직에 대한 조사 연구」, 『서울학연구』 10, 서울시립대 서울

"첫째는 이 지역에 방언이 없어 작품에 반영될 수 없는 것이고, 둘째는 방언은 있지만 작가가 작품에 반영하지 못하는 것이고, 셋째는 작품에 반영되어 있지만 독자가 인식하지 못하는 것"[9]이라고 하였다.

비교적 순수한 서울방언의 보존 상태를 논할 때, 서울방언 사용자인 서울토박이의 기준에 대해 다음과 같은 견해가 있다. 송현호의 연구는 그가 속한 조사집단인 '성균관대학교 국어학 연구반'의 결과물에 의지하고 있는데, "1925년 을축년 장마를 알고 있는 서울 사람들이 살던 시기의 서울을 그 범위로 잡았다. (…중략…) 현대 서울 지역어를 조사함에 있어서 다른 지역어와 비교적 섞이지 않았을 가능성을 높이기 위하여 1925년 서울에서의 큰 장마를 알고 있는 사람들을 제보자로 선정했다는 뜻이다"[10]라고 하며 1925년 을축년 장마를 알고 있는 서울 사람들의 말에서 서울방언의 기준을 정한다. 유필재에 따르면, "비교적 순수한 서울말을 구사할 수 있는 화자는 1950년 중반 이전에 이미 청소년 시기를 지낸 사람이어야 한다. 대략 1930년대 이전에 출생한 사람이라면 이와 같은 조건에 맞는 제보자일 것이다"[11]라고 말한다.

김정수는 "서울말의 순수성을 온전히 지키고 있는 세대는 70대 이상으로 보인다"[12]라고 하였는데, 그의 논문이 1998년도에 발표되었으므로 그가 말하는 '70대 이상'은 적어도 1928년도 이전에 출생한 사람을 가리킨다. 이는 해방과 전쟁으로 다른 지역의 언어가 서울로 급격하게 유입되기 이전에 청소년기를 지

학연구소, 1998.5, 271면.

9 한성우, 「서울·경기 방언과 현대문학」, 『영주어문』 21, 영주어문학회, 2011.2, 57면.

10 송현호, 「서울 지역어의 助詞」, 성균관대 석사논문, 1996, 15면.

11 "역사적으로 볼 때 6·25사변 이후 각지로부터 이주한 방언 화자들의 영향 때문에 젊은 세대의 서울말이 그 이전과는 다른 모습을 보여줄 수 있다는 가능성을 배제하지 않았다. (…중략…) 이러한 방언의 영향을 받지 않은 비교적 순수한 서울말을 구사할 수 있는 화자는 1950년 중반 이전에 이미 청소년 시기를 지낸 사람이어야 한다. 대략 1930년대 이전에 출생한 사람이라면 이와 같은 조건에 맞는 제보자일 것이다"(유필재, 「서울방언 용언 자음어간의 형태음운론」, 『국어학』 35, 국어학회, 2000.6, 36면).

12 김정수, 앞의 글, 283면.

낸 사람들이다. 서울방언뿐만 아니라 일반적인 방언 연구에서 '이상적인 제보자'[13]를 확보하기는 어렵다.[14]

이상은 1910년에 서울 사직동에서 출생하였고[15] 그의 본적지는 통동通洞, 1936년에 통인동으로 개칭됨 154번지이다. 통동 집은 이상의 10대조 때부터 살던 집이다.[16] 1936년에 일본으로 가기 전까지 서울에서 거주한 서울토박이인 이상의 조건은 국어학자들이 내세운 '이상적인 서울토박이' 기준을 충족시킨다. 이 글에서는 이상과 언어 환경이 유사한 서울토박이들인 'igd', 'jjg', 'sjs', 'sis', 'jsy', 'isy', 'ays', 'cyg', 'bht', 'ims'의 자연발화 녹취 사례를 이상 시에 쓰인 서울방언과 비교하고 대조하여 이상 시에 나타난 서울방언 연구를 위한 근거로 삼았음을 밝혀둔다.[17]

---

13 이주행, 「서울 방언에 대한 연구」, 『국어교육』 107, 한국어교육학회, 2002, 284면.

14 강정희 역시 방언 제보자 확보의 어려움에 대해 언급한 바 있다. "방언 전공자들의 공통적인 이 '고민'이란 방언 조사현장에서 보수형이라고 하는 '고형(古形)'을 기대하기가 어려워졌다는 점이다. '보수형을 얻기 어렵다'는 것은 다시 말해서 방언 자료의 제보자인 고령자 보수형 화자들이 이미 수명을 다 해버리고 그들의 자리를 대부분 표준어를 섞어 쓰는 그 다음 세대가 메우고 있기 때문에 조사자가 기대하던 보수형 방언 자료를 채록하지 못한다는 말이다"(강정희, 「방언 변화와 방언 연구의 방향」, 『한국어학』 21, 한국어학회, 2003.11, 2면).

15 임종국, 『이상 전집』, 문성사, 1966, 461면; 이명자, 「이상」, 문학사상연구자료실 편, 이어령 교주, 『이상소설全作集』 1, 갑인출판사, 1977, 304면.

16 이명자, 위의 글, 304면.

17 'igd'는 93세(1997년도에 출간된 『서울 토박이말 자료집』 (I)에 게재된 나이) 여성으로 종로구 다동에서 700년 이상 거주한 집안의 사람이며, 보통학교를 졸업하였다(최혜원, 『서울 토박이말 자료집』 (I), 국립국어연구원, 1997, 153~172면). 'igd'의 출생지와 성장지는 종로구이다. 1930년도 'igd' 나이는 26세로 추정된다. 'jjg'는 86세(위의 책에 게재된 나이) 남성으로 중구 회현동에서 14대째 500년간 살아온 집안의 사람이며, 대학 졸업 학력을 가졌다(위의 책, 173~197면). 'jjg'는 1930년도에 19세로 추정된다. 'sjs'는 'jjg'의 아내로 86세(위의 책에 게재된 나이)의 여성으로, 회현동에서 살았고 거주 기간은 미상이다. 'sjs'는 무학이다(위의 책, 198~225면). 'sjs'의 1930년도 나이는 19세로 추정된다. 'sis'는 85세(위의 책에 게재된 나이) 여성으로 출생지는 성북구 세검정이고 성장지는 공릉동이다. 거주 기간은 미상이고 중학교를 중퇴하였다(위의 책, 226~240면). 'sis'의 1930년도 나이는 20세로 추정된다. 'jsy'는 78세(위의 책에 게재된 나이) 남성으로 출생지 및 성장지는 종로구 안국동이다. 7대째 115년간 거주한 집안의 사람으로 대학 졸업 학력을 가졌다(위의 책, 241~255면). 'jsy'의 1930년도 나이는 13세로 추정된다. 'isy'는 78세(위의 책에 게재된 나이) 남성으로, 출생지 및 성장지는 종로구 신문로1동이다. 21대째 64년간 서울에 거주한 집안의 사람으로 고등학교 졸업 학력을 가졌다(위의

각 지역 방언이 지닌 특징을 변별하는 기준은 '모음'의 차이 혹은 변화에 있다. 유필재는 "국어의 자음 목록은 방언차가 거의 없"[18]다고 보았고, 김정수는 "순수 서울방언의 보존 형태는 모음에서 확인된다"[19]고 말한다. 실제로 이상 시에서도 '모음'에서 서울방언이 뚜렷하게 드러난다.

이 글에 인용한 이상의 시 작품에는 발표연도를 병기하였는데, 이상 생전에 발표된 최초의 국문시인 「꽃나무」와 「이런 詩」와 「一九三三. 六. 一」『카톨릭청년』, 1933.7부터 이상 생전의 최후 시편인 「危篤」 연작시『조선일보』, 1936.10.4~1936.10.9에 이르기까지 서울방언의 흔적들과 일관성 없는 맞춤법이 나타나는데, 이는 이상의 시편들이 1933년 한글맞춤법 제정안의 영향력 속에 있지 않았음을 보여준다.

움라우트

서울방언의 한 특징으로 '움라우트 현상'을 들 수 있다. 서울방언에는 'ㅣ'모음동화현상이 나타나는데, '먹이>멕이' '누더기>누데기' 등이 이에 해당된다.[20] 송철의·유필재는 움라우트의 예로 '맥히다, 맬기다, 백히다, 생키다, 핵교, 땡기다. 양복쟁이, 대리다, 채리다, 대리미, 대림질' 등[21]을 제시한다. 드리다>디

책, 256~274면). 'isy'의 1930년도 나이는 11세로 추정된다. 'ays'는 78세(위의 책에 게재된 나이) 남성으로, 출생지 및 성장지는 종로구 삼청동이며 5대째 150년간 거주한 집안의 사람으로 보통학교 졸업 학력을 가졌다(위의 책, 275~287면). 'ays'의 1930년도 나이는 11세로 추정된다. 'cyg'는 76세(위의 책에 게재된 나이) 남성으로, 출생지 및 성장지는 종로구 팔판동이고 거주 기간은 미상이다. 'cyg'는 보통학교 졸업 학력을 가졌고(위의 책, 288~305면), 1930년도에 9세로 추정된다. 'bht'는 74세(위의 책에 게재된 나이) 남성으로 출생지 및 성장지는 중구 삼청동이다. 집안의 거주 기간은 25대째 604년이다. 'bht'는 대학원 졸업 학력을 가졌고(위의 책, 306~317면), 1930년도에 7세로 추정된다. 'ims'는 73세(위의 책에 게재된 나이) 여성으로 출생지 및 성장지는 종로구 이화동이다. 집안의 거주 기간은 5대째 125년이다. 'ims'는 보통학교 졸업 학력을 가졌고(위의 책, 318~338면), 1930년도 'ims' 나이는 6세로 추정된다.

18 유필재, 앞의 글, 45면.

19 김정수, 앞의 글, 271면.

20 한국방언학회 편, 『국어방언학』, 형설출판사, 1994, 285면.

21 송철의·유필재, 「서울 방언의 국어학적 연구」, 『서울학연구』 15, 서울시립대 서울학연구소, 2000, 14~15면.

리다, 듣기[싫다]〉딛기[싫다], 접히다〉젭히다, 벗기다〉벳기다, 먹이다〉멕이다 등을 움라우트의 예시로 든다.[22]

이상의 시에 나타나는 움라우트 현상은 다음과 같다.

ㅏ〉ㅐ

방망이〉방맹이「烏瞰圖 詩第十二號」, 1933.8

빨래방망이〉빨래방맹이「易斷－火爐」, 1936.2

삼켜버린〉생켜버린「易斷－易斷」, 1936.2

두루마기〉두루매기「危篤－白晝」, 1936.10

ㅓ〉ㅔ

한뭉텅이〉한뭉텡이「烏瞰圖 詩第十二號」, 1933.8

끄덕인다〉끄덱인다「街外街傳」, 1936.3

전설모음화

한국방언학회에서 밝힌 "서울방언의 뚜렷한 현상은 치음 'ㅅ, ㅈ, ㅊ' 밑에 오는 'ㅡ'모음이 'ㅣ'모음으로 변하는 현상이다. 며츨〉며칠, 츩〉칡, 슳다〉싫다, 법측〉법칙, 금슬〉금실[23]" 등이 이에 해당한다. 이상의 시에는 전설모음화가 나타나기도 하고, 전설모음화가 일어나지 않는 'ㅡ' 보수형도 발견된다.

전설모음화 'ㅡ〉ㅣ'

쓰러지면서〉씰어지면서「街外街傳」, 1936.3

22 조규태, 「서울 토박이말의 홀소리 체계에 대하여」, 『한글』 254, 한글학회, 2001.12, 85면.
23 한국방언학회 편, 앞의 책, 275면.

'ㅡ' 보수형

마침내>마츰내「危篤-位置」, 1936.10

이상의 시에서 전설모음화가 일어난 경우도 발견되고, 전설모음화가 일어나지 않은 경우도 발견되는데, 이는 강희숙의 견해에 따르면, "개신형과 보수형이 공존하는 모습으로 실현되고 있음을 반영하는"[24] 사례에 해당된다.

단모음화

서울방언의 특징으로 단모음화를 들 수 있다.

단모음화 'ㅖ>ㅔ'

차례>차레「이런 詩」, 1933.7

계신>게신「危篤-門閥」, 1936.10

모음상승과 음성모음화

에>이, 어>으, 오>우 등과 같은 음운 현상을 한국방언학회는 서울방언의 특징으로 파악하고, 'ㅓ'모음은 'ㅡ'모음에 가깝게 발음함으로써 특징을 보이며 '거지>그지, 거짓말>그진말, 어깨>으깨, 없다>읍따, 언제>은제, 어제>으제'[25] 등의 예시를 제시한다. 이주행과 강희숙도 모음상승 현상에 대해 다루었다.[26]

---

24 강희숙, 「《천변풍경》의 음운론」, 『국어학』 40, 국어학회, 2002.12, 188~189면.
25 한국방언학회 편, 앞의 책, 281~282면.
26 이주행, 앞의 글, 293면; 강희숙, 앞의 글, 175면.

고모음화 'ㅓ〉ㅡ'

메고 나가더니〉메고나가드니, 큰길가더라〉큰길가드라, 없더라〉업드라, 사랑하던〉사랑하든「이런 詩」, 1933.7

아니었던들〉아니엿든들「거울」, 1933.10

버렸던〉버렸든, 골몰하였더니라〉골몰하얏드니라, 다 알았더라〉다알앗드라「普通記念」, 1934.6

싸움하지 아니하던〉싸홈하지아니하든「烏瞰圖 詩第三號」, 1934.7

遮戴하였더라〉遮戴하얏드라, 起動할 수 없었더라〉起動할수업섯드라「烏瞰圖 詩第七號」, 1934.7

불더니〉불드니, 그러더니〉그리드니, 내어 뱉었더냐〉내여배앗헛드냐「烏瞰圖 詩第九號 銃口」, 1934.8

接木처럼 돋히더니〉接木처럼도치드니, 가지 났던〉가지낫든, 움직였던들〉움즉엿든들「烏瞰圖 詩第十一號」, 1934.8

느끼던〉느끼든, 가졌던〉가졌든, 빼꾹 그러길래〉빼꾹그리길래, 滅形하여 버리더라〉滅形하야버리드라, 느끼던〉늣기든, 가졌던〉가졌든「正式」, 1935.4

올라서면〉올라스면「易斷－火爐」, 1936.2

많기도 하더라〉많기도하드라「易斷－아츰」, 1936.2

비켜서는〉비켜스는「易斷－易斷」, 1936.2

나더니〉나드니, 剛하던〉剛하든, 건넌다〉건는다「街外街傳」, 1936.3

外出하고 싶어하더니〉外出하고 싶어하드니, 나갔던〉나갔든, 맞섰던〉맞섰든「明鏡」, 1936.5

뱉아 놓던〉배아터노튼, 치던〉치든「危篤－禁制」, 1936.10

내어 보였더니〉내어보엿드니, 흔들었더니〉흔들엇드니, 窈窕하다던〉窈窕하다든「危篤－白晝」, 1936.10

없었던가〉업섯든가「危篤－位置」, 1936.10

비켜설〉비켜슬, 비켜서는 수가〉비켜스는수가「危篤－生涯」, 1936.10

점잖던〉점잔튼, 破瓜하지 않던〉破瓜하지안튼「危篤－自像」, 1936.10

배웠더니라〉배웠드니라「제목 없음(“내 마음에 크기는…”으로 시작됨)」, 1938.10

거짓말〉그즛말「無題(其二)」, 1938.12

모음상승 현상인 ‘ㅓ〉ㅡ’는 다른 서울토박이의 사례에서도 풍부하게 발견된다.[27] 이상의 시에서 ‘-더라’ 대신 ‘-드라’를 씀으로써 발생하는 의미상의 차이는 없다. 그러나 그가 ‘ㅓ〉ㅡ’를 사용함으로써 이상에게 자연스럽게 배태된 생활언어가 그의 시에 실현된 양상을 살펴볼 수 있으며, 그로 인해 형성된 독특한 이상 시 문체를 감각할 수 있는 것이다.

음성모음화 ‘ㅏ〉ㅓ’

차갑기때문에〉차겁기 때문에「易斷－火爐」, 1936.2

---

27 ‘ㅓ〉ㅡ’가 실현된 다른 서울토박이의 사례
주더군〉주드군, 얼마쯤〉을마쯤, 앉았던〉앉었든, 더럽게〉드럽게, 먹드래도〉먹드래두－igd / 이렇게〉요룹게, 어떠신가〉어뜨신가, 그러고〉그르구, 왜그러냐 하면〉왜그르냐면, 어떻게〉으트게, 없어〉읎어, 있던〉있든, 이렇게〉이룹게, 없고〉읍구, 그렇지만〉그룹지만, 젊었을 적에〉젊었을 쯕에, 없지〉읍지, 그렇게〉그룹게, 그러니까〉그르니까, 그러니까는〉그릉깐, 그런데〉그른데－jjg / 어른〉으른, 이렇게〉요룹게, 그러고〉그르구, 그렇게 해서〉그룹게서, 어저께〉어즈께, 어떻게〉어트게, 의복〉으복, 언어〉은어, 없어요〉읎에요, 걱정〉걱증, 그러니까〉그르니까, 없고〉읍구, 적에〉쯕에－sjs / 건강〉근강, 언어〉은어, 언젠가〉은젠가, 선〉슨, 어떻게〉어트게, 성경〉승경, 저금〉즈금, 전철〉즌철, 처음〉츰, 접때〉즙때－sis / 그런데〉그른데, 넣는〉늫는, 그러고〉그르구, 그렇게〉그룹게, 잘살던〉잘살든, 얼마〉을마－jsy / 강 건너〉강 근너, 그러고〉그르구, 이렇게〉이룹게, 이렇고〉이룹구, 이렇게〉요룹게, 그러기〉그르기－jsy / 없는〉읍는, 그렇게〉고룹게. 어른〉으른, 어떻게〉으트게, 정말〉증말, 얼마〉을마, 들어와서〉들으와서, 거짓말로〉그짓말루－isy / 어르신네〉으르신네, 언어〉은어, 어떻게〉어뚱게, 웃어른〉웃으른, 언제〉은제－ays / 들〉덜, 점심〉즘심, 어른〉으른, 어떻게〉어퉁게, 얼마〉을마, 없어요〉읎어요－cyg / 어떻게〉어트게, 없애야〉읎애야, 정말〉증말, 정상화〉증상화, 놀던〉놀든, 없어졌던〉읎어졌던 －bht / 이렇게〉이르케, 그렇지〉그룹지, 없으니까〉읎으니까, 넣고〉늫구, 언제〉은제, 서고〉스구－ims(최혜원, 앞의 책 참조).

찾아가서>찾어가서, 앉아>앉어「易斷-易斷」, 1936.2

주저앉아서>주저앉어서「易斷-行路」, 1936.2

앉아버리다>앉어버린다「街外街傳」, 1936.3

들어앉아>들어앉어「I WED A TOY BRIDE」, 1936.10

닮았다>달멋다「破帖」, 1937.11

음성모음화 현상인 'ㅏ>ㅓ'가 이상의 시에서 11회 정도 발견되지만, 다른 서울토박이들의 발화에서는 빈번하게 나타난다.[28] 오새내는 서울방언을 사회언어학적 시각으로 접근하였는데, 그는 접속조사, 동사어간, 접사에서 나타나는 '하>허' 음성모음화는 중하류계층어에서 우세한 경향을 보이는 반면 전반적으로 서울의 중상류계층어에서 음성모음화는 적극적으로 실현되지 않았다고 진술한다.[29] 그런데 이상의 시에 음성모음화 'ㅏ>ㅓ'는 나타나지만, 'ㅗ>ㅜ'의 사례는 전혀 발견되지 않는다. 반면에 다른 서울토박이의 발화 사례에서는 'ㅗ>ㅜ'가 상당히 많이 발견된다.[30] 'ㅗ>ㅜ' 현상의 하나로 연결어미 '-구' 역시 이상의 시에 전혀 발견되지 않는다. 다른 서울토박이들의 자연발화 사례에서 연

28 걸으냐구, 잡어가니깐, 살어서, 밝어지구, 맞어서, 맞었는데, 남었구나, 많어야, 아꺼운-igd / 굴뚝 걸애두, 올러와서-sjs(위의 책 참조).

29 오새내, 「20세기초 서울말 모음 음운 현상에 반영된 계층적 지표-1930년대 김복진의 동화구연 유성기 자료의 분석」, 『국어문학』 40, 국어문학회, 2005.12, 148~151면.

30 'ㅗ>ㅜ'가 실현된 다른 서울토박이의 사례
골목>굴목, 시키는 대로>시키는 대루, 일본말로>일본말루, 아무도>아무두, 일곱 살>일굽 살, 억지로>억지루, 손으로만>손으루만, 어디로>어드루, 양쪽으로는>양쪽으룬, 먹드래도>먹드래두, 돈>둔, 구경도>구경두-igd / 따로>따루, 먹고>먹구, 별로>별루, 그러고>그르구, 이리루>일루, 저리로>절루, 끌고>끌구, 그쪽으로>그쪽으루, 앓는다고>알른다구, 아무도>아무두, 물론이지>물룬이지-jjg / 목동>묵동, 그리로>글루, 돈>둔, 동네>둥네, 시골>시굴, 못>뭇-sis / 돈>둔-bht / 이렇고>이룽구, 다닐 적에도>댕길 쩍에두, 만드려고>맹길라구, 그리고>그르구-jsy / 절대로>절때루, 얻어 가지고>읃어 가지구, 시골>시굴, 하나도>하낭두-ays / 주로>주루, 도로>도루, 거기로>글루, 반역자로>반역자루, 없고>없구-cyg / 주로>주루, 가까운데도>가꺼운데두, 서고>스구, 없고>업구, 지금도>지끔두, 시골>시굴, 만들어 가지고>맹길어 가지구, 개어가지고>개가 주구, 것으로>걸루, 인원수도>인원쑤두-ims(최혜원, 앞의 책 참조).

결어미 '-구'[31]가 빈번하게 실현된 것에 반해 이상의 시에는 나타나지 않는 것에서 이상의 시가 다른 서울토박이 발화자들의 사례와 대조되는 실현의 차이를 확인할 수 있다. 한국방언학회에서는 서울방언의 특징인 'ㅗ〉ㅜ' 현상이 더욱 강화된 이유로 하류계급어의 영향을 든다.[32] 이는 이상이 생활언어와 그것의 글말로서의 실현을 인식하고 있었음을 보여준다.

연결어미 '-드키 / 듯키'

연결어미 '-듯이〉-드키 / 듯키'는 인상적인 서울방언이다. 이주행은 서울방언에 나타나는 연결 어미 가운데 특이한 것으로 "-드키 / -뜨키"를 제시한다.[33] 송철의와 유필재는 의미를 확실히 규정하기 어려운 연결어미의 예로 '-드키'-듯이를 든다.[34]

> 총쏘듯이〉銃쏘으듯키「烏瞰圖 詩第九號 銃口」, 1933.8
>
> 앉았다 일어서듯이〉안젓다이러서드키「烏瞰圖 詩第十號 나비」, 1933.8
>
> 囹圄되어 있듯이〉囹圄되어잇듯키「烏瞰圖 詩第十五號」, 1933.8
>
> 모심듯이〉모심드키「素榮爲題」, 1934.6

연결어미 '-듯이〉-드키 / -듯키'는 이상과 언어 환경이 유사한 서울토박이들인 'igd', 'jjg', 'sjs', 'sis', 'jsy', 'isy', 'ays', 'cyg', 'bht', 'ims'의 자연발화 녹취 사례에서 '갈비탕 먹듯이〉갈비탕 먹드키'igd와 '모자 쓰듯이〉모자쓰드키'ims, '그렇듯이〉그러뜨기'ims 단 세 차례만 발견된다. 자연발화 사례에서는

31 연결어미 '-구'의 경우는 음성모음화 'ㅗ〉ㅜ'에 해당한다.
32 한국방언학회 편, 앞의 책, 281~282면.
33 이주행, 앞의 글, 303면.
34 송철의 · 유필재, 앞의 글, 32면.

드물게 나타나는 연결어미이지만, 이상은 그의 시에서 '-듯이〉-드키 / -듯키'를 활용하였다는 점이 특이하다.

「烏瞰圖 詩第九號 銃口」를 통해 이상 시에 실현된 서울방언들이 이상의 독특한 시 문체 형성에 있어 중요한 요소임을 살펴보고자 한다.

> 每日가치列風이불드니드듸여내허리에큼직한손이와닷는다. 恍惚한指紋골작이로내땀내가숨여드자마자 쏘아라. 쏘으리로다. 나는내消化器管에묵직한銃身을늣기고내담으른입에맥근맥근한銃口를늣긴다. 그리드니나는銃쏘으듯키눈을감이며한방銃彈대신에나는참나의입으로무엇을내여배앗헛드냐.
>
> 「烏瞰圖 詩第九號 銃口」[35]

위의 시에 쓰인 서울방언은 '매일每日가치, 불드니, 그리드니, 내여배앗헛드냐, 총銃쏘으듯키' 등이다. '매일每日가치'는 'ㄷ구개음화'가 실현된 것이다. 이상 시에서 'ㄷ구개음화'가 나타나는 경우는 '매일같이〉每日가치'「普通記念」, 1934.6, '맹아와 같이〉萌芽와갓치'「烏瞰圖 詩第七號」, 1934.7, '뱀과 같이〉배암과갓치'「烏瞰圖 詩第十一號」, 1934.8가 있다. '불더니〉불드니'와 '내어 뱉었더냐〉내여배앗헛드냐'와 '그러더니〉그리드니'는 'ㅓ〉ㅡ' 현상이 실현된 것이다. '총 쏘듯이〉銃쏘으듯키'는 연결어미 '듯이〉-듯키'가 실현된 것이다. 위의 시 「시제9호 총구」에서 서울방언이 내용상의 변화를 가져오지는 않는다. 그러나 '-가치, -드니, -헛드냐, -듯키' 등이 생성해 내는 공감각적인 어감이 이상의 독특한 시 문체를 형성하는 중요한 요소로 확인된다. 이들 서울방언이 이상 시에서 생성해 내는 독특한 어감의 중심에 "총銃쏘으듯키"가 뚜렷한 자리를 차지하고 있다.

---

35 「烏瞰圖 詩第九號 銃口」, 『朝鮮中央日報』, 1934.8.2.

3. 서울방언의 자연적 배태와 시적 투영

서울방언의 문학적 활용과 실현이 이상에 의해 적극적으로 의도되지 않았다고[36] 할지라도 이상 시에서 서울방언은 특별하고 개성적인 어감을 형성하는 요소임은 분명하다. 서울토박이인 이상이 '나그네>나가네', '누깔 사탕>댕구알', '어서 어서>엉야-'[37]로 변하는 서도사투리의 남다른 '어감'을 언급한 바 있는데, 이상의 시에 쓰인 서울방언은 독특한 시 문체를 형성하는 중요한 요인이다.

이상은 "요새 『조선일보』 학예란에 근작시 「危篤」 연재 중이오. 기능어, 조직어, 구성어, 사색어로 된 한글 문자추구 시험이오. 다행히 고평을 비오. 요다음 쯤 일맥의 혈로血路가 보일 듯하오."[38]라고 하며 언어 실험을 표방한다. 이상이 시 창작에서 언어 실험을 표방한 것에 대한 기존 연구로는 하재연과 저자의 연구 논문이 있다. 하재연의 「이상의 연작시 '위독'과 조선어 실험」[39]과 『근대시의 모험과 움직이는 조선어』[40] 등은 「危篤」 연작시에서 한자어 조어를 비롯한 이상의 언어 실험이 가지는 의의에 대해 살피고 있다. 졸고인 「이상 국문시의 한자어에 나타난 언어의식 연구」와 「이상의 「危篤」 연작시 어휘 연구」[41]에서는

---

36 이상규에 따르면, 시인들이 창작을 위하여 방언을 의도적으로 활용한 시기는 '30년대 이후'의 일이다. 그는 "1933년 『한글 맞춤법 통일안』이 제정되기 이전 시기인 1920~30년대 작가나 시인들의 작품에서 나타나는 방언을 일괄해서 문학적 효용성을 높이기 위한 목적으로 사용되었다고 보기는 힘들다. 개인적 습관에 의해 문학 작품에 방언형이 나타난 것으로 보는 것이 옳을 것이다. 그러다가 30년대 이후 미당이나 목월을 중심으로 방언을 고도로 계획된 목적으로 문학 작품에 활용하는 전통이 생겨난 것이다"(이상규, 「문학 작품에 나타난 방언」, 『새국어생활』 13-4, 국립국어연구원, 2003, 50~51면)라고 진술한다.

37 이상, 「아름다운 조선말」, 김윤식 편, 앞의 책, 355면.

38 이상, 「私信 5」, 위의 책, 231면.

39 하재연, 앞의 글, 249~272면.

40 하재연, 앞의 책, 243~247면.

41 졸고, 「이상 국문시의 한자어에 나타난 언어의식 연구」, 『이상리뷰』 10, 이상문학회, 2015.12, 136~158면; 졸고, 「이상의 「危篤」 연작시 어휘 연구」, 223~249면.

각각 이상이 창조한 한자어 조어의 시적 의미와 다양하게 시도한 기능어 실험을 살펴보았다.

이 글에서는 앞에서 연구된 '이상의 언어실험' 가운데 기능어 실험에 서울토박이 이상에게 자연스럽게 배태된 서울방언이 투영되어 있음을 규명하고자 한다. 이를 위해 다른 서울토박이들의 자연발화 사례에서 빈번하게 나타나는 특수조사와 복합조사를 연결어미에 조사를 붙이거나 복합조사를 사용하는 이상의 언어 습관들과 비교하여 고찰해 보고자 한다. 특히 특수조사와 복합조사의 경우 이상이 기능어 실험을 시도한 그의 「危篤」 연작시에서뿐만 아니라 그의 국문시에 빈번히 등장한다.

1) 다른 서울토박이의 사례에 나타난 특수조사와 복합조사

연결어미 + 조사 '은 / 는'

가물면은〉가무며는－igd

하셨냐면은〉허셨냐며는－jjg

어떻게 하느냐면은〉어떡허느냐며는－jjg

되면은〉되며는－jjg

해 가지고서는〉해 가주구서는－sjs

보면은〉보며는－sjs

해 가지고서는(+ 준말)〉해 가지구선－jsy

가면은〉가며는－jsy

낳으면은〉났이며는－jsy

들어와서는〉들어와선(+ 준말)－igd

허며는〉하면은, 했다기보다는〉했다기보단(+ 준말)－bht

끓일라면은〉끓일래면은－ims

잘못하면은>잘못허면은–ims

넘으면은–ims

그러니까는>그른깐(+ 준말)–jjg

그러니까는>그릉깐(+ 준말)–jjg

그러니까는>그링깐(+ 준말)–isy

돌아다니니까는>돌아댕기니깐(+ 준말)–cyg[42]

복합조사

먼저에는>먼점엔(+ 준말)–igd

손으로만>손으루만–igd

여기에서는>여기선(+ 준말)–igd

양쪽으로는>양쪽으룬(+ 준말)–igd

때까지는>때꺼정은–ims[43]

2) 이상 시에 나타난 특수조사와 복합조사

연결어미 + 조사 '은 / 는'

보면은「普通記念」, 1934.6 : 연결어미 '-면' + 조사 '은'

暗殺하지안코는「危篤–肉親」, 1936.10 : 연결어미 '-고' + 조사 '는'

그리고는「危篤–白晝」, 1936.10 : 연결어미 '-고' + 조사 '는'

避해야겟지만「危篤–買春」, 1936.10 : 연결어미 '-지' + 조사 '만'

이저버리지는「危篤–生涯」, 1936.10 : 연결어미 '-지' + 조사 '는'

---

42 최혜원, 앞의 책 참조.

43 위의 책 참조.

복합조사

反對요만은「거울」, 1933.10 : 모음 뒤에서 '-이다'의 하오체 활용형이 실현된 것인 '요' + 복합조사 '만은'

안가젓소만은「거울」, 1933.10 : 종결 어미 '소' + 복합조사 '만은'

그러케뿐이「烏瞰圖 詩第一號」, 1934.7 : 복합조사 '뿐이'

내게서는「易斷-아츰」, 1936.2 : 복합조사 '에게서는'

典故만이「危篤-內部」, 1936.10 : 복합조사 '만이'

殞命까지도「危篤-肉親」, 1936.10 : 복합조사 '까지도'

範圍에는「危篤-位置」, 1936.10 : 복합조사 '에는'

위에서 인용한 다른 서울토박이의 자연발화 사례와 이상의 시를 비교해 보면, 공통적으로 드러나는 특징은 연결어미에 조사 '은/는'을 붙여 쓰거나 복합조사를 활용한 점이다. 특수조사와 복합조사 같은 이들 기능어는 이상의 시에서 내용상의 의미를 보완하고 강화시킴으로써 시적 화자의 심정을 세밀하게 드러내는 역할을 하고 있음을 살펴볼 수 있다. 한 예로 이상의 시 「거울」의 "나는지금至今거울을안가젓소만은거울속에는늘거울속의내가잇소"와 "거울속의나는참나와는반대反對요만은/또꽤닮앗소"에서 '소만은'과 '요만은'의 '-만은'은 단독의 의미기능과 '강조'의 의미도 나타내는 '-만'의 의미기능[44]에 앞말을 힘 있게 쓰는 조사인 '-은(는)'[45]의 결합을 보여주는데, '-소만은'과 '-요만은'은 시의 화자가 처한 상황과 감정을 보완하여 분명하게 드러내 주는 기능을 한다.

위에서 살펴 본 대로 다른 서울토박이의 자연발화 사례와 이상의 시에 공통

44 윤재원, 『국어 보조사의 담화분석적 연구』, 형설출판사, 1989, 37~39면.

45 "에는: 에를 힘 있게 쓰는 토"(문세영, 『초간본 조선어사전』(1933년 간행 원본) 상·하권, 대제각, 1988).

적으로 나타나는 특수조사와 복합조사의 사용에 '준말'이라는 요소가 동반되기도 한다. 강희숙은 "준말 현상은 서울이라는 지역에서 매우 일상적으로 사용되고 있는 말의 유형을 반영하고 있"는 것으로 보았다.[46] 준말이 서울방언에만 특징적인 요소라고 말하기 힘들지만, 준말은 서울토박이들의 자연발화 사례에 상당히 많이 등장하는 사례이다.[47] '준말'의 다른 서울토박이의 사례'를 보면, 서울토박이 'igd'의 '오라고 하여서〉오래서' 경우는 이상의 시에서 '튼튼하다고 하여서〉튼튼하대서'와 준말 형태가 일치한다. 이상 시에 쓰인 준말은 이처럼 일상생활에서 쓰이는 구어적 특성을 반영하며, 동시에 「危篤－禁制」에서처럼 산문 형태의 시에서 리듬감을 생성하기도 한다.

이상의 시에 쓰인 준말

어디에선가〉어데선가「이런 詩」, 1933.7

어디에다〉어데다「이런 詩」, 1933.7

어디에라도〉어데라도「易斷－家庭」, 1936.2

튼튼하다고 하여서〉튼튼하대서「危篤－禁制」, 1936.10

어떠하냐 한다〉어떠냔다「危篤－白晝」, 1936.10

셈이냐 하는〉셈이냐는「危篤－白晝」, 1936.10

나가버리려고 하는〉나가버리랴는「危篤－位置」, 1936.10

---

46 강희숙, 앞의 글, 190면.

47 '준말'의 다른 서울토박이의 사례
배우게〉배게, 배우고〉배구, 주었던〉줬든, 세워〉셔, 그런데〉근데, 오라고 해서〉오래서, 넣었어〉늤어, 모아다〉뫄다, 해 놓으면〉해 노면 이사를〉이살, 넣으면〉느믄, 추우면〉추믄－igd / 추웠어〉춰어, 그러니까는〉그른깐, 비워〉벼, 무엇을〉멀, 보도를〉보돌'－jjg / 제일〉젤, 배우지를〉배질'－sjs / 주인〉쥔, 잡아내라고 했지〉잡아내랬지, 군대인지〉군댄지, 거기로〉글루, 태워다〉태다, 술 취한〉술췐'－sis / 부엌일〉벅닐, 보이면〉비먼, 부모를〉부몰, 공부를〉공불, 농사를〉농살, 넣어 놓고〉너놓고－jsy / 하지를〉허질, 제일〉질, 보여주면〉벼주면, 내일〉낼, 여기로에다〉일루다, 태워요〉태요, 거기로〉글루, 의지가지를〉으지가질, 때문에〉땜에－cyg / 배웠다고〉뱄다고, 알지는〉아진, 공부를〉공불, 소개를〉소갤－bht(최혜원, 앞의 책 참조).

받으려고 해야>바드려야「危篤－內部」, 1936.10

盜賊맞았다고 하는>盜賊마젓다는「危篤－自像」, 1936.10

어두우면>어두면「I WED A TOY BRIDE」, 1936.10

어두운 속에서>어둔속에서「I WED A TOY BRIDE」, 1936.10

어두운데도>어둔데도「I WED A TOY BRIDE」, 1936.10

다음 작품은 준말의 사용이 산문시 형태에 리듬을 생성하게 하는 요소임을 확인할 수 있는 경우이다.

> 내가치든개拘는튼튼하대서모조리實驗動物로供養되고그中에서비타민E를지닌개拘는學究의未及과生物다운嫉妬로해서博士에게흠씬어더맞는다하고십흔말을개짓듯배아터노튼歲月은숨엇다. 醫科大學허전한마당에우뚝서서나는必死로禁制를알는患다. 論文에出席한억울한髑髏에는千古에氏名이업는法이다.
>
> 「危篤－禁制」[48]

위 시에서 "내가치든개拘는튼튼하대서"는 "모조리실험동물實驗動物로공양供養되고"와 대구를 이룬다. '튼튼하대서'는 원인이며, 뒤에 따라오는 "모조리실험동물實驗動物로공양供養되고"는 그 결과이다. 이 같은 인과율적인 구성은 산문적 특성에 해당된다. 에밀 슈타이거는 시 작품에서 쓰인 "원인의 접속사와 결과의 접속사는 가장 멋없는 인상을 주는 듯싶다"[49]고 말하였는데, 위의 시에서 '튼튼하다고 하여서' 대신 준말인 '튼튼하대서'가 쓰임으로써 인과율적인 접속사의 기능과 뜻은 약화된다. 이 같은 준말의 사용이 산문시 형태를 가진「危篤－禁制」

48 이상,「危篤－禁制」,『조선일보』, 1936.10.4.
49 에밀 슈타이거, 이유영 · 오현일 역,『시학의 근본개념』, 삼중당, 1978, 58면.

에서 운문적 특성을 발현시키는 역할을 하고 있음을 확인할 수 있다. "생물生物다운질투嫉妬로해서"도 "박사博士에게흠씬어더맞는다"와 인과 관계를 이루는데, '질투嫉妬로해서' 역시 '질투嫉妬로 인하여서'나 '질투嫉妬로 하여서'에 비교해 볼 때, 인과율적인 접속사의 기능과 뜻이 약화된 반면에 리듬감을 지니게 된 경우이다. 이상 시에서 준말의 사용은 산문적 요소인 인과율적인 접속사의 기능과 뜻을 약화시키고 대신에 운문적 특성을 발현시키는 기능을 하고 있다.

특수조사와 복합조사의 사용과 준말은 서울방언만의 특징으로 분류되지는 않지만, 서울토박이들의 자연발화 사례에서 현저하게 나타나는 생활언어라는 사실을 확인할 수 있다. 이상의 시에 자연스럽게 선택되고 수용된 기능어들과 준말은 이상의 개인적인 언어 습관이면서 동시에 다른 서울토박이들의 언어적 습관이기도 한 것으로 보인다. 다시 말하여 서울토박이인 이상에게 서울방언의 자연스러운 배태와 학습은 그의 시 문체를 형성하는 데 중요한 요인이 되었다고 말할 수 있다.

4. 나가며

이상 시의 문체적 특성을 이해하기 위해서는 이상의 국문시에 투영된 서울방언의 특징과 의의를 규명하는 것이 전제되어야 한다. 이 글에서는 서울토박이인 이상이 그의 시에 사용한 서울방언 역시 그의 시 문체를 형성하는 데 영향을 미쳤다고 보고 그의 시에 반영된 서울방언의 특징을 살펴보았다.

방언의 변별적 특징은 모음에서 나타나는데, '모음'을 중심으로 이상의 시에 움라우트 현상과 모음상승 등으로 나타난 서울방언의 특징과 의의를 살펴보았다. 또한 연결어미 '-드키'는 이상의 시에서 특징적인 서울방언이 실현된 경우이다. 다른 서울토박이들의 자연발화 사례에서 연결어미 '-구'가 빈번하게 실현된 것에 반해 이상의 시에는 '-구'가 나타나지 않는데, 이는 이상이 생활언어를 시 창작에 투영하면서도 입말과는 뚜렷하게 구분되는 글말로서의 언어를 자각하고 있음을 보여준다.

이상은 「危篤」 연작시에서 기능어인 보조사와 보조용언을 다채롭게 실현시키고, 기존 한자어를 변형시킨 '이자二字 한자어'를 만들어서 사용하였다. 이 같은 이상의 언어실험이 그의 언어 환경인 서울방언과 겹쳐져 있음을 실제로 확인할 수 있는 시편이 「危篤」 연작시 시편이다. 여기에서 쓰인 특수조사와 복합조사의 경우는 다른 서울토박이들이 습관적으로 사용하는 자연발화 사례들과 일치한다. 시적 화자의 심정을 섬세하고 감각적으로 보완하고 강화시키는 특수조사와 복합조사의 사용은 이상의 국문시에 빈번하게 나타난다.

이상의 시는 '문학방언'으로써 방언이 창작에 활용되기 이전에 창작되었으므로 이상 시에 실현된 서울방언은 적극성과 의도성을 가지지는 않는다. 그러나 서울방언이라는 생활언어는 자연스럽게 이상의 시적 언어로 투영되었으며, 그의 언어실험에 있어 하나의 배경이 되었음을 확인할 수 있다. 따라서 이상의 국문시가 지닌 개성적인 시 문체의 형성에는 이상의 의식적이고 의도적인 언어 실험과 함께 자연스럽게 배태되고 학습된 서울방언에 의해 이루어졌다고 말할 수 있다.

이상의 국문시 문체가 독특하게 느껴지는 데에는 그가 현대문명어를 비롯한 현대적 어휘들을 사용해서만이 아니다. 서울방언의 문학적 활용과 실현이 이상에 의해 적극적으로 의도되지 않았다고 할지라도 이상의 시에 자연스럽게 투영된 서울방언은 이상의 고유한 시 문체를 형성하는 한 요인으로 작용하고 있는 것이다.

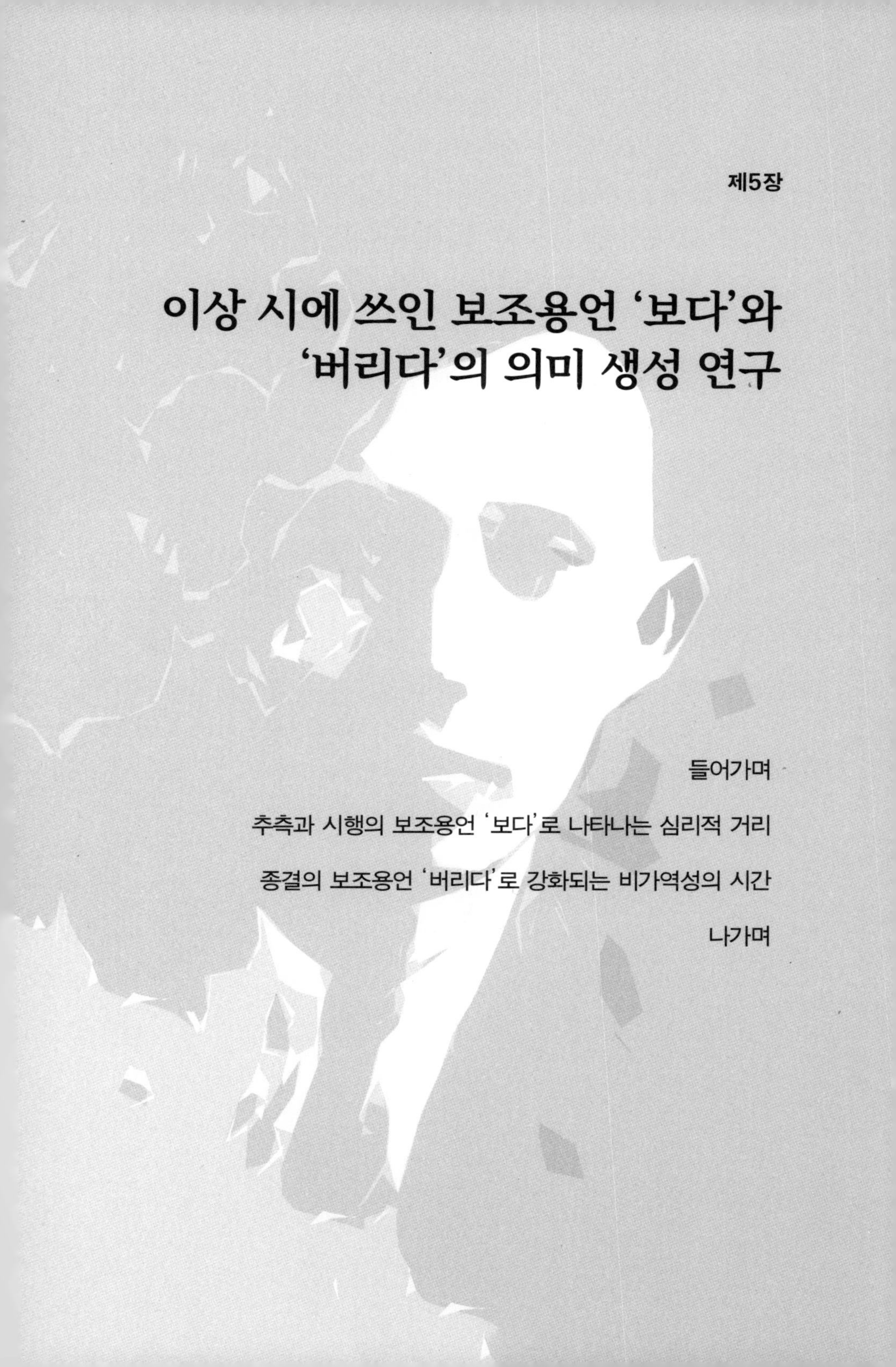

제5장

이상 시에 쓰인 보조용언 '보다'와 '버리다'의 의미 생성 연구

1. 들어가며

이상 시 해석이 의미 해석에 국한되지 않으려면, 국어학적 접근 방법을 통해 문체에 대한 규명이 필요하다는 인식 아래 저자는 이상 시의 문체적 특성을 국어학에 기초하여 연구를 수행해 오고 있다. 이 글은 그동안의 이상 시 문체 연구의 일환으로, 이상 시에 나타난 보조용언의 특징과 보조용언이 이상의 시 의식과 어떠한 연관성을 갖는지를 고찰한 글이다.

1930년대 현대시 연구에 있어 기능어인 보조용언이 의미 생성에 어떻게 참여하고 있는지를 규명하는 연구는 현재 거의 이루어지지 않고 있다. 그러나 1930년대 시인들은 그들의 시 창작에 있어서 각기 보조용언 사용에 있어서 특징적인 측면을 보여준다. 예를 들면 이상 시에서 빈도수가 높은 보조용언 '버리다'의 사용은 이상의 비가역성의 시간 의식과 연관성을 갖는다. 백석 시에는 희망의 보조용언 '싶다' 사용의 빈도수가 높게 나타나는데, 이 같은 특징적 사용은 백석의 갈망의 시 의식과 연관성을 갖고 있다. 김기림 시에서는 진행의 보조용언 '-고 있다'의 빈도 등위가 높게 나타나는데, 보조용언 '-고 있다'의 빈번한 사용은 김기림의 현재시간에 대한 분명한 인식과 연관성을 갖는다. 이처럼 시인들마다 시 창작에서 특징적인 보조용언을 활용하는 것이 시인의 시 의식 생성에 일정 정도의 역할을 하고 있다는 것을 확인할 수 있다.

손세모돌은 "보조용언은 동작의 기술이 아니라 섬세한 말할 이의 심리 태도를 경제적으로 표현할 수 있는 언어 기재"[1]라고 하였다. 호광수 역시 현대에 이르러 보조용언의 사용이 늘어나고 있는 것은 인간의 의사 표현 방법이 다양해지고 직접적인 표현보다는 간접적인 표현이 많아지고 있기 때문이라고 보았다.[2] 마찬가지로 시 작품에 사용된 보조용언의 유의미성은 시적 화자의 섬세한

1 손세모돌, 『국어보조용언연구』, 한국문화사, 1996, 403면.

심리를 드러내는 역할을 한다는 것에서 찾을 수 있다. 이상의 경우, 시적 화자의 내면적 갈등과 자의식에 초점이 맞춰진 작품에서 보조용언이 적극적으로 사용되었는데, 이상 시를 해석해 내는 변별적 자질의 하나로 보조용언을 이해하고, 이상 시 문체적 특징을 규명해 내는 한 방법으로 활용할 수 있다.

이상은 그의 「危篤」 연작시에서 기능어에 속하는 보조조사와 보조용언을 다양하게 활용한 바 있다. 그는 「危篤」 연작시를 창작하면서 언어학적 실험의 하나로 문법적 요소에 관심을 갖고 이를 시 창작에 적극적으로 수용하였던 것이다.[3] 보조용언이 시에서 의미를 형성하는 핵심적 자질은 아니지만, 보조용언은 화자의 감정과 의지를 강조하거나 세밀하게 드러내는 데 일정 정도의 역할을 한다. 보조용언은 화자의 비판적 입장을 전달하기도 하고, 대상을 관찰하고 평가하는 태도를 나타내기도 한다. 그것은 화자 자신의 감정을 전달하며, 화자의 욕구와 희망, 그리고 화자 자신의 행위 완료 후 결과를 기대하는 심리를 나타내기도 한다. 다시 말하면, 내용어에 나타나는 의미 외에 화자의 심리를 강화시키는 역할을 기능어인 보조용언이 하는 것이다.

이 글에서는 「危篤」 연작시뿐만 아니라 이상의 국문시 52편[4]을 텍스트로 삼

---

2 호광수, 「보조용언 '보다' 구성의 역사적 변천」, 『국어문학』 34, 국어문학회, 1999, 152면.

3 졸고, 「이상의 〈危篤〉 연작시의 어휘 연구」, 『비평문학』, 한국비평문학회, 2016, 223~249면.

4 이상의 시 작품은 세 유형으로 나눠 살펴볼 수 있다. 첫째, 일문으로 지어진 작품으로 1931.7~1932.7까지 『조선과 건축』에 실린 28편이다. 이들 일문시는 임종국의 『이상 전집』(태성사, 1956)에 임종국과 김수영의 한글 번역으로 실려 있다. 둘째, 『카톨릭청년』(1933.7)~『조광』(1939.2)까지 발표된 국문시 52편이다. 셋째, 임종국이 이상의 유품인 액자에서 발견한 유고시 9편이 있는데, 이들 일문시는 임종국이 번역하여 『이상 전집』(태성사, 1956)에 실려 있다. 그 밖에 조연현 발굴원고가 있는데, 작자 미상의 일문 원고 뭉치로 시 형식으로 완결되지 않은 상태의 원고가 있다. 김수영과 김윤성과 유정이 번역하였다. 따라서 이 글에서는 이상의 고유한 시 문체가 아니라, 번역자의 문체가 나타나는 일문시 번역 작품들은 연구 대상에서 제외시켰다. 이 글에서는 이상의 시 작품 88편에서 이상이 발표하였거나 유작으로 발표된 국문시 작품 52편을 연구 텍스트로 삼았음을 밝혀 둔다.

* 일문시 — 김해경(金海卿), 「異常ナ可逆反應」, 「破片ノ景色」, 「▽ノ遊戯」, 「ひげ」, 「BOITEUX · BOITEUSE」, 「空腹」(이상은 조선건축회 편, 『朝鮮と建築』, 1931.7에 실림). / 김해경(金海卿), 「二人....1....」(1931.8.11), 「二人....2....」(1931.8.11), 「神經質に肥滿した三角形－▽は俺のAM

아 보조용언 사용이 시에서 의미 생성에 기여하는 바가 무엇인지 살펴볼 것이다. 또한 내용어처럼 의미 생성의 핵심적인 자질은 아니지만, 기능어인 보조용언이 섬세한 화자의 감정과 의식을 강화시킨다는 전제 아래 이상 시에서의 보조용언의 특징과 그것이 의미 생성 과정에 관여하는 과정에 대해 살펴볼 것이다.

OUREUSEである」(1931.6.1), 「LE URINE」, 「顔」, 「運動」, 「狂女の告白」, 「興行物天使－惑る後日譚そして」(이상은 조선건축회 편, 『朝鮮と建築』, 1931.8에 실림. 「鳥瞰圖」라는 큰 제목 붙음). / 金海卿, 「線に關する覺書 1」, 「線に關する覺書 2」, 「線に關する覺書 3」, 「線に關する覺書 4」, 「線に關する覺書 5」, 「線に關する覺書 6」, 「線に關する覺書 7」(이상은 조선건축회 편, 『朝鮮と建築』, 1931.10에 실림. 三次角設計圖」라는 큰 제목이 붙음). / 이상, 「AU MAGASIN DE NOUVEAUTES」, 「熱河略圖 No.2」(未定稿), 「診斷 0：1」, 「二十二年」, 「出版法」, 「且8氏の出發」, 「眞晝」(이상은 조선건축회 편, 『朝鮮と建築』, 1932.7에 실림. 「建築無限六面角體」라는 큰 제목이 붙음).

* 국문시 — 「꽃나무」, 「이런 詩」, 「一九三三.六.一」(『카톨릭청년』, 1933.7), 「거울」(『카톨릭청년』, 1933.10), 「普通紀念」(『月刊每申』, 1934.6) / 「詩第一號」(1934.7.24), 「詩第二號」(1934.7.25), 「詩第三號」(1934.7.25), 「詩第四號」(1934.7.28)-「診斷 0：1」와 유사한 詩, 「詩第五號」(1934.7.28)-「二十二年」와 유사한 詩, 「詩第六號」(1934.7.31), 「詩第七號」(1934.8.1), 「詩第八號 解剖」(1934.8.2), 「詩第九號 銃口」(1934.8.3), 「詩第十號 나비」(1934.8.3), 「詩第十一號」(1934.8.4), 「詩第十二號」(1934.8.4), 「詩第十三號」(1934.8.7), 「詩第十四號」(1934.8.7), 「詩第十五號」(1934.8.8)(이상은 『朝鮮中央日報』, 1934.7.24~1934.8.8에 실림. 「鳥瞰圖」라는 큰 제목 붙음) / 「素榮爲題」(『중앙』, 1934.9) / 「正式」, 「正式 II」, 「正式 III」, 「正式 IV」, 「正式 V」, 「正式 VI」(『카톨릭청년』, 1935.4) / 「紙碑」(『조선중앙일보』, 1935.9.15) / 「易斷－火爐」, 「易斷－아츰」, 「易斷－家庭」, 「易斷－易斷」, 「易斷－行路」(『카톨릭청년』, 1936.2)(이상은 『카톨릭청년』, 1936.2에 실림. 「易斷」이라는 큰 제목이 붙음). / 「街外街傳」(『詩와 小說』, 1936.3) / 「明鏡」(『女性』, 1936.5)(이상은 『조선일보』, 1936.10.4~1936.10.9에 실림. '易斷'이라는 큰 제목이 붙음). / 「危篤－禁制」(『조선일보』, 1936.10.4), 「危篤－追求」(『조선일보』, 1936.10.4), 「危篤－沈歿」(『조선일보』, 1936.10.4), 「危篤－絶壁」(『조선일보』, 1936.10.6), 「危篤－白晝」(『조선일보』, 1936.10.6), 「危篤－門閥」(『조선일보』, 1936.10.6), 「危篤－位置」(『조선일보』, 1936.10.8), 「危篤－買春」(『조선일보』, 1936.10.8), 「危篤－生涯」(『조선일보』, 1936.10.8), 「危篤－內部」(『조선일보』, 1936.10.9), 「危篤－肉親」(『조선일보』, 1936.10.9), 「危篤－自像」(『조선일보』, 1936.10.9) / 金海卿, 「I WED A TOY BRIDE」, 『三四文學』 5, 1936.10(『문학사상』, 1977.4에 재게재) / 「破帖」(『子午線』 1호, 1937.11) / 「제목 없음. "내 마음에 크기는…"으로 시작됨」(『貘』 3호, 1938.10) / 「無題(其二)」(『貘』 4호, 1938.12) / 「自畵像」 『평화신문』(1956.3.20)

* 유고시 — 「隻脚」, 「距離」, 「囚人の作つた箱庭(囚人이만들은小庭園)」, 「肉親の章(육친의장)」, 「內科」, 「骨片ニ關スル無題(골편에관한무제)」, 「街衢ノ寒サ(가구의추위)」, 「朝(아침)」, 「最後」(이상은 임종국 편, 『이상全集』 개정판, 문성사, 1966에 임종국의 번역으로 게재됨).

2. 추측과 시행의 보조용언 '보다'로 나타나는 심리적 거리

이상의 국문시 작품들에는 총 16개 보조용언이 나타난다.[5] 다음은 이상 시에 나타난 보조용언 빈도 등위 표이다.

5　보조용언이 나타나는 이상의 국문시 49편(1933~1939)에 쓰인 보조용언

작품명	보조용언	보조용언 형태
「이런 詩」	ᄶᅩ차나가보니	보다
	찢어버리고십드라	버리다 + 싶다(겹보조용언)
「ᄭᅩᆾ나무」	ᄭᅩᆾ을피워가지고	가지다
「一九三三, 六, 一」	다헤여놋코	놓다
	잇지안앗다	않다
「거울」	만저보지를못하는(試行)	보다 + 지 못하다(겹보조용언)
「普通記念」	신용(信用)치안는	않다
	신용(信用)하려들지 안는다	들다 + 않다
「鳥瞰圖 詩第一號」	질주(疾走)하지아니하야도좋소	않다
「鳥瞰圖 詩第二號」	넘어야하는지 살아야하는것이냐	(-어야) 하다
「鳥瞰圖 詩第三號」	구경을하고십거든	싶다
	싸움하지아니하든	않다
「鳥瞰圖 詩第六號」	아알지못하는것이니라	지 못하다
「鳥瞰圖 詩第八號 解剖」	수득(收得)치못하얏슴	지 못하다
「鳥瞰圖 詩第十號 나비」	새여나가지는안케한다	지 않다 + -게 하다(겹보조용언)
「鳥瞰圖 詩第十一號」	사수(死守)하고잇스니	있다
「鳥瞰圖 詩第十三號」	장식(裝飾)하야노앗다	놓다
「鳥瞰圖 詩第十四號」	버서노앗다	놓다
	지어지지안앗다	않다
「鳥瞰圖 詩第十五號」	떨고잇다	있다
	더럽혀노앗다	놓다
	자살(自殺)하지아니하면 등장(登場)하지안는	않다
「普通紀念」	신용(信用)치안는 신용(信用)하려들지안는	않다
「素榮爲題」	발언(發言)하지아니하고	않다
	심어가네나	가다
	진이고잇는	있다
	헤뜨려놓음이냐 부어놓는	놓다
「正式 I」	멸형(滅形)하야버리드라	버리다
	유기(遺棄)되어있드라	있다
「正式 II」	아지못할	지 못하다

작품명	보조용언	보조용언 형태
	근심하여야하고	하다
「正式 V」	수척(瘦瘠)하야가고	가다
「易斷－火爐」	미나보다(推定)	보다
	담아가지고 떼어가지고	가지다
「易斷－아츰」	실어들여오기도하고하다가	하다
	오지않을듯이	않다
	도로와있다	있다
「易斷－家庭」	들어가야하지않나	하다 + 않다(겹보조용언)
	감(減)해가다	가다
	알나보다(推定) 찍나보다(推定) 전당(典當)잡히나보다(推定)	보다
「易斷－易斷」	놓아두고	두다
	잡아놓았다 파헤처놋는다	놓다
	기입(記入)하야본다 있어본다 입어보면 끌고와보면 살아보는(試行)	보다
	생켜버린 달아나버렸다	버리다
	맛지않고	않다
	앉어있다	있다
「易斷－行路」	배앗하놋는다	놓다
	삭여버린다 달아나버리다	버리다
「街外街傳」	앉어버린다	버리다
	반역(反逆)한가싶다	싶다
	어루맍이기만한다	하다
	앓게하는것이다	(－게) 하다
	되고되고한다	하다
	견듸지못하겠다	지 못하다
	안볼수있스랴	있다
	띄이지않는	않다
	피(避)하나보다	보다
「明鏡」	젖지않고 훠지않고 오지않는다	않다
	외출(外出)하고싶어하드니	싶다 + 하다
「紙碑」	되어버린다	버리다

이상 국문시에 나타난 보조용언 빈도 등위 표

등위	보조용언 형태	
1	지 않다	33회
2	어 버리다	21회
3	보다(추정 / 시행)	17회
4	어 오다	10회
4	고 있다	10회
5	어 놓다	9회
6	고 싶다(희망)	5회
7	가지다	4회
7	어 가다	4회
8	체하다	3회
8	어 주다	3회
9	싶다(추정)	2회
9	게 하다	2회
9	듯하다	2회
10	지 말다	1회
10	두다	1회

작품명	보조용언	보조용언 형태
「危篤－禁制」	하고십흔	싶다
	배아터노튼	놓다
「危篤－追究」	하지못하도록	지 못하다
	벗어버리는 감춰버렷다	버리다
「危篤－沈歿」	펴지지안으니	않다
	끈치려든다	들다
	떠밀어노코	놓다
	건드렷나보다	보다
	빽빽해온다	오다
	죽고십흔	싶다
「危篤－絕壁」	보이지안는다	않다
「危篤－門閥」	생각하지안으시나요	않다
	끌러버릴수가	버리다
	강청(强請)하고잇다	있다
「危篤－位置」	잊어버리고잇다	버리다 + 있다
	나가버리랴는 나가버렷는데	버리다
	귀먹은체할때	체하다

작품명	보조용언	보조용언 형태
	해보여야하나	보이다 + 하다
	나가버렷는데	버리다
	하고잇슬 와잇는	있다
「危篤 - 買春」	벗어버린	버리다
「危篤 - 生涯」	죽고한다	하다
	안는다	않다
「危篤 - 內部」	몰려들어왓나보다	보다
	벗어노은	놓다
	빼겨제치지못하니	지 못하다
	멸형(滅形)하야버린	버리다
	기절(氣絕)하려나보다(推定)	보다
「危篤 - 肉親」	벗어버릴수가업다	버리다
	암살(暗殺)하지안코는	않다
「危篤 - 自像」	생식(生殖)하지안는다 파과(破瓜)하지안튼	않다
	빠저잇는 침몰(沈沒)되어잇다	있다
「I WED A TOY BRIDE」	머(ㄹ)지 아니하야 갖이지않은 아파하지않고	않다
	나기도한다	하다
	나으려나보다(推定) 속삭여본다(試行)	보다
	암송(暗誦)해갖이고온것인지도	가지다 + 오다(겹보조용언)
	들어앉어있음즉한 돋아있는	있다
	수척(瘦瘠)해간다	가다
	모른체한다	체하다
「破帖」	남기지않았다 발아(發芽)치않는다 참가(參加)하지않는다	않다
	싸인을하지말고	말다
	향(向)하고있다	있다
	와야만하느냐	야 한다
「自畵像(習作)」	드나들고있다 응고(凝固)하여있으니 내려있다	있다
	퇴色되지않는다 자라지않는	않다
	말러버리듯이	버리다

위의 빈도 등위 표에서 알 수 있듯이 이상 시에서 가장 빈도 등위가 높은 보조용언은 '-지 않다'이다. 보조동사 또는 보조형용사인 '-지 않다'는 본용언이 뜻하는 행동이나 상태를 부정하는 뜻을 나타낸다. 이상 시의 부정의식과 파편적 자의식을 표출하는데 부정의 보조용언은 적절하게 쓰이고 있다. 이상 시에서 보조용언으로 '보다, 수 없다, 싶다, 놓다, 않다, 하다, 있다, 못하다, 버리다, 체하다, 가다, 말다, 두다, 들다, 여야 한다, 듯하다' 등이 사용되었는데, '지 못하다', '않다아니하다', '말다' 등 부정의 보조용언이 상대적으로 빈도가 높게 나타난다. 서정수는 최현배가 정리한 부정의 보조용언들을 보조용언의 범주에 넣지 않아야 한다고 주장한다. 그는 "보조동사로 쓰인다는 '않는다', '못하다', '말다' 따위는 '아니 하다', '못 하다', '말다' 따위와 각각 의미적으로도 다르지 않다는 점이다. (…중략…) '지 못하다'와 '못'부정부사과 '하다'동사가 분리된 경우 그 의미적 차이가 없다. 이와 같은 사실도 '않다', '못한다' 따위를 구태여 보조동사로 볼 근거를 주지 못한다"[6]고 말한다.

이상의 시에서 보조용언 '않다'의 출현 빈도 등위는 가장 높다. 그러나 부정의 보조용언인 '않다', '못하다', '말다' 등은 이상의 시에서 본용언 '못하다', '않다', '말다'와 의미 생성에 있어 차이가 나지 않는다. 따라서 화자의 메시지가 명확한 '부정의 보조용언인 '않다'는 논의에서 제외하고 두 번째 출현 빈도 등위를 차지하는 '버리다'와 세 번째로 빈도 등위가 높은 '보다'를 중심으로 하여 이들 보조용언이 생성해 내는 화자의 심리가 강화되는 과정에 대해 논의하고자 한다.

'보다'는 화자의 '추측'[7]과 '시행試行'[8]을 나타내는 보조용언이다. 호광수는 '보다'가 중세 국어 단계에서는 단순 '추측'의 기능만을 담당하였으나, 연결어

6 서정수, 「보조용언에 관한 연구 (1)-비합성적 보조용언」, 『한양어문연구』 2, 한양대 국학연구원, 1980, 70~73면.
7 남기심 · 고영근, 『표준국어문법론』, 도서출판 박이정, 1993, 120면.
8 위의 책, 117면.

미와 결합한 '보다' 구성은 중세 국어에서부터 그 모습을 볼 수 있으며, 현대국어에서와 같이 다양한 유형과 의미를 보여주지는 못하고, '시행'의 의미를 나타내는 '-어 / 아 보다' 구성이 유일한 형태라고 서술한다. 또 종결 어미와 결합하는 '보다' 구성은 현대국어에 와서 그 쓰임이 일반화된 것으로 보인다고 정리하였다.[9]

박선옥은 보조동사 '보다'는 상 의미 표현의 기능은 없고 주로 '시행試行'이라는 양태 의미를 표현한다고 서술한다. 그에 따르면, '보다'는 구문에 따라서 '경험'의 의미를 함께 나타내기도 하고 특정한 구문에서는 '가정'의 의미를 드러내기도 한다. '가정'의 뜻을 드러내기 위해서는 두 가지 조건이 충족되어야 하는데, 첫째, '보다'에 명령형 어미가 와야 한다. 둘째, 명령형 어미를 사용한 '보다'가 결합된 문장이 조건절이 되어야 한다. 또 보조동사 '보다'를 덧붙여서, 결국 스스로 시행하도록 하여 부드러운 표현 효과를 얻을 수 있다. 이와 같이 보조동사 '보다'는 명령에 대한 완곡 표현이라는 화용의미를 갖는다고 주장한다.[10] 권순구는 '보다'가 갖는 또 하나의 의미는 '완곡함' 또는 '공손함'이라고 서술한다.[11] 박유정은 경험의 의미를 갖는 '보다'의 결합 구성 예로써 "-어 + 가지고 + 보니까, -어 + 갖고 + 보니, -어 + 내고 + 보니, -어 + 놓고 + 보니, -어 + 버리고 + 보니, -어 + 있고 + 보니, -어 + 주고 + 보니" 등을 제시한 바 있다.[12]

이상의 국문시 작품에서 '보다'는 빈도 등위가 세 번째로 높은 보조용언으로, 「易斷－家庭」에 쓰인 '보다'는 '추측'의 의미를 생성하고, 「易斷－易斷」에 쓰인 '보다'는 '시행'의 의미를 생성해 낸다.

---

9 호광수, 「보조용언 '보다' 구성의 역사적 변천」, 『국어문학』 34, 국어문학회, 1999, 170~176면.
10 박선옥, 「국어 보조동사 연구」, 중앙대 박사논문, 2002, 149~153면.
11 권순구, 「국어 보조용언의 연구」, 충남대 박사논문, 2005, 110면.
12 박유정, 「한국어 '본용언 + 보조용언1 + 보조용언2(보다)' 구성 연구」, 울산대 석사논문, 2017, 9~35면.

門을암만잡아단여도않열리는것은안에生活이모자라는까닭이다. 밤이사나운꾸즈람으로나를졸른다. 나는우리집내門牌앞에서여간성가신게아니다. 나는밤속에들어서서제웅처럼작구만滅해간다. 食口야封한窓戶어데라도한구석터노아다고내가收入되여들어가야하지않나. 집웅에서리가나리고뾰족한데는鍼처럼月光이무덨다. 우리집이알나보다그러고누가힘에겨운도장을찍나보다. 壽命을헐어서典當잡히나보다. 나는그냥門고리에쇠사슬늘어지듯매여달렸다. 門을열려고않열리는門을열려고.

「易斷 – 家庭」, 『카톨릭청년』, 1936.2

위 시의 화자는 추측으로 전개되는 자의식을 보여준다. 「易斷 – 家庭」의 화자는 가정의 가장이지만, 현재 식구들로부터 소외된 존재로 나타난다. 그는 집에 문을 열고 들어갈 수 없는 처지이다. 화자로부터 '우리집' 문이 잠겨 있는 이유는 "안에생활生活이모자라는까닭이다"에서 알 수 있듯이, 화자의 경제적 무능함이 그 원인이 된다. 집 문패에 화자의 이름이 적혀 있다는 것은 그가 호주라는 것을 알려준다. 호주로서 그는 집안의 생계를 책임져야 하는 가장이다. 화자는 가장의 역할을 맡고 있으나 그 역할을 다 하지 못하기 때문에 그는 집으로 들어가지 못하고 문밖에서 떨고 있는 것이다. 집에 들어갈 수 없는 이유가 자신의 무능함 때문이라는 것을 알고 있는 그는 닫힌 문밖에서 '제웅'처럼 점점 작아진다.

화자는 닫힌 문 앞에서 자의식을 전개시키고 있다. 여기에서 추측의 보조용언인 '보다'는 "우리집이알나보다", "도장을찍나보다", "전당典當잡히나보다"에 나타난다. 보조용언 '보다'가 세 번 연속되어 나타나면서 '우리집'의 위태로움이 재차 강조되고 있다. 화자는 모른 척하고 있지만, '우리집'은 병들어 있고, 집문서 도장이 찍히는 중이고, 전당 잡히는 중이다. '보다'를 통한 자의식의 전개는 화자가 직면한 현실, 즉 집의 위태로운 현실로부터 거리를 두려는 그의 심정을 드러낸다. 그는 집 안에서 일어나는 일들, 즉 '우리집'이 앓고 있는 것, 그리고 '우리집'이 전당 잡히는 상황으로부터 자기 자신을 분리시키고 심리적 거리를 둔다. 그는 직면한 현실을 알고 있으면서도 현실과 거리를 유지함으로써 자신의 책무로부터 벗어나려고 하는 것이다.

> 그이는白紙우에다鉛筆로한사람의運命을흐릿하게草를잡아놓았다. 이렇게홀홀한가. 돈과過去를거기다가놓아두고雜踏속으로몸을記入하야본다. 그러나거기는他人과約束된 握手가있을뿐, 多幸히空欄을입어보면長廣도맞지않고않드린다. 어떤뷘터전을찾어가서실컨잠잣고있어본다. 배가압하들어온다. 苦로운發音을다생켜버린까닭이다. 奸邪한文書를때려주고또멱살을잡고끌고와보면그이도돈도없어지고疲困한過去가멀건이앉어있다. 여기다座席을두어서는않된다고그사람은이로位置를파헤쳐놋는다. 비켜스는惡息에虛妄과復讐를느낀다. 그이는앉은자리에서그사람이平生을살아보는것을보고는살작달아나버렸다.
>
> 「易斷 – 易斷」, 『카톨릭청년』, 1936.2

"몸을기입記入하야본다", "잠잣고있어본다", "멱살을잡고끌고와보면"에는 시행試行의 보조용언 '보다'가 쓰였다. 시의 화자는 점바치와 마주 앉아 자신의 미래를 미리 경험해 보고자 한다. 그러나 화자가 자신에 대한 확신이 없기 때문에 점바치를 찾은 것처럼, 그는 점바치가 자신의 미래 운명을 점치는 것을 신뢰하지 않는다. 그는 다만 점을 보는 과정에 피로감만을 가질 뿐이다. 그는 점바치도 신뢰하지 않기 때문에 그와의 거리를 좁히려 하지 않는다.

점바치인 '그이'는 화자의 사주 풀이를 백지 위에 쓰기 시작한다. 화자는 한 사람의 미래를 이처럼 간단히 백지 위에 쓸 수 있는 것인가에 의문을 갖는데, 이 같은 그의 의구심은 '홀홀하다'가 '조심성이 없고 행동이 매우 가볍다' 또는 '별로 대수롭지 아니하다'는 뜻이 있는 것처럼, "이렇게 홀홀한가"에 잘 나타나 있다. "몸을기입記入하야본다"에는 점바치가 백지 위에 화자의 운명을 점치는 과정을 바라보는 화자의 심리적 대응이 나타난다. "잠잣고있어본다"에서의 '보다' 역시 점바치의 말을 의심하는 화자의 심리가 전제된 시행의 보조용언이다. 점바치의 점은 "장광長廣도맛지않고않드린다"에서처럼, 화자에게 믿음이나 위안을 주지 못한다. 그것이 못마땅한 화자가 "간사奸邪한문서文書를때려주고또멱살을잡고끌고와보면" 화자는 백지 위에 피곤한 자신의 과거만이 멀거니 앉아 있음을 발견한다. '끌고와보면'에서의 시행의 보조용언 '보다'에는 화자의 분노가 드러나 있다.

위에서 살펴본 대로, 이상의 시에서 보조용언 '보다'에 나타나는 시적 화자의 '추측'에는 화자가 당면한 상황에 거리를 두어서 그 상황에 직접 개입하지 않으려는 화자의 심리가 나타난다. 반면에 시행의 보조용언 '보다'가 쓰인 경우에 '보다'는 시의 화자가 상대에게 가지는 불신을 바탕으로 한 시행임이 드러난다.

3. 종결의 보조용언 '버리다'로 강화되는 비가역성의 시간

국어학자들은 보조용언 '버리다'가 의미 생성에 관여하고 있다고 말한다. 최현배는 보조용언 '버리다'를 '나다'와 '내다'와 함께 "끝남 도움 움직씨終結補助動詞"의 하나로 분류한다.[13] 서정수는 '버리다'를 일종의 복합적 결합을 보임으로써 의미적 변화가 수반되는 합성적 보조용언으로 파악한다.[14] 김기혁에 따르면 본동사 '버리다'는 '쓰이지 못할 것을 던짐'의 의미를 갖지만, 보조동사 '버리다'는 '완결'의 의미나 '심리적으로 부담되는 것의 제거', '기대의 어긋남'의 의미를

13 최현배, 『우리말본』 개정판, 1955, 401면.
14 서정수, 앞의 글, 66면.

갖는다.[15] 손세모돌은 '버리다'의 "'종결'은 단순한 동작의 완료와는 달리 '완전히 끝났음'이라는 말할 이의 인식이 포함된 개념이"라고 말한다.[16] 김소연은 "보조용언 '-버리다'의 의미는 화자의 받아들이는 심리 상태가 부정적이냐 부정적이지 않느냐에 따라 그 의미가 다르게 표현된다"[17]고 말한다. 박선옥은 "보조동사 '버리다'는 문장의 명제 내용 장면이 이미 끝났다는 완료상을 표현한다. 완료는 선행동사 행위나 상황이 수행되는 것을 전제로 하기에 보조동사 '버리다'의 원형의미는 '수행'이다. 그리고 완료된 문장 명제 내용에 대한 '강조'의 양태 의미와 더불어 화용적 맥락에 따라 화자나 청자 혹은 제삼자의 '생각에 어긋남', '악처리' 혹은 '부담의 제거'와 같은 양태적 의미 표현을 주기능으로 한다. 따라서 문장의 주어와 관련된 것이 아니라 '화자의 양태'를 표현한다"[18]고 주장한다. 권순구는 "'버리다'가 부정적인 판단의 의미를 주는 것이 아니라, 부정적으로 여겨지는 문장에 쓰임으로 부정적 판단을 더 강화할 뿐"[19]이라고 말한다. 앞에서 언급한 국어학자들의 견해들에 의하면, 보조용언 '버리다'는 완료의 기능을 갖고 있으며, '부담감의 제거' 즉 화자의 홀가분한 심정을 나타내기도 하고, 화자의 아쉬운 감정을 나타내기도 하는 보조용언으로 정리해 볼 수 있다.

이상 시에 쓰인 보조용언 '버리다' 역시 화자의 홀가분함과 아쉬움의 감정을 나타낸다. 이상 시에서 보조용언 '버리다'는 출현 빈도 등위가 두 번째로 높다. 보조용언 '버리다'가 지닌 아쉬움의 감정이 「正式 I」, 「紙碑」, 「易斷－易斷」, 「危篤－內部」, 「破帖」, 「街外街傳」, 「自畵像」에 나타나며, 「易斷－行路」, 「危篤－門閥」, 「危篤－位置」, 「危篤－肉親」 등에서 '버리다'는 화자의 심리적 홀가분함을

---

15 김기혁, 『국어문법연구』, 박이정, 1995, 451~452면.
16 손세모돌, 앞의 책, 189면.
17 김소연, 「보조용언 '버리다, 보다, 가다, 주다'의 연구」, 충남대 석사논문, 2003, 35면.
18 박선옥, 앞의 글, 131면.
19 권순구, 「보조용언 '버리다'의 양태 의미」, 『어문연구』 51, 어문연구학회, 2006, 10~11면.

나타낸다. 또한 「이런 詩」에서는 '버리다'에 희망의 보조용언 '싶다'가 결합하면서 '버리다'에 담긴 홀가분함의 감정은 완료되지 않는다.

다시 정리하자면, 이상 시에서 보조용언 '버리다'는 세 가지 의미 유형으로 쓰이고 있다는 것을 확인할 수 있다. 첫째, 아쉬움의 의미를 생성하는 경우, 둘째, 홀가분함의 의미를 생성하는 경우, 세 번째는 '버리다'가 '버리다' + '싶다'로 구성된 겹보조용언으로 활용된 경우이다.

아쉬움의 의미를 생성하는 보조용언 '버리다'는 「紙碑」, 「自畵像」, 「易斷－易斷」 등에서 쓰였는데, 보조용언 '버리다'는 어떤 상황이 완료된 상태를 나타낸다.

> 내키는커서다리는길고왼다리압흐고안해키는적어서다리는짧고바른다리가압흐니내바른다리와안해왼다리와성한다리끼리한사람처럼걸어가면와아아이夫婦는부축할수업는절름바리가되여버린다無事한世上이病院이고꼭治療를기다리는無病이끗끗내잇다
>
> 「紙碑」, 『조선중앙일보』, 1935.9.15

"절룸발이가되여버린다"에서 보조용언 '버리다'는 부부로서 합일된 관계를 갖지 못하는 것에 대한 화자 자신의 안타까운 감정을 드러낸다. 화해할 수 없는 부부의 관계성은 '절름발이'에 비유된다. 이 같은 부부관계는 완료된 시간을 지시하는 종결의 보조용언 '버리다'와 결합함으로써 부부관계의 회복이 불가능함을 지시한다. 따라서 '아쉬움'의 의미를 생성하는 보조용언 '버리다'의 활용은 이상의 '불가항력적인 시간'[20] 인식, 즉 다시 돌아갈 수 없는 비가역성의 시간을 자각하는 시적 자아의 시간의식과 연결 지어 살펴볼 수 있다.

"멸형滅形하야버린전고典故만이죄업罪業이되어이생리生理속에영원永遠히기절氣絶

20 졸고, 『이상 시의 근대성 연구』, 소명출판, 2000, 132면.

하려나보다"「危篤-內部」의 "멸형滅形하야버린"에서 '버리다'는 아쉬움을 나타낸다. "苦로운발음發音을다생켜버린까닭이다"「易斷-易斷」에서 '생켜버린'에 쓰인 보조용언 '버리다'는 완료상인데, 화자는 '후회해도 이미 완료되어 돌이킬 수 없는 상태'를 인지하고 있다. '달아나버렸다'에서도 '버리다'는 화자의 입장에서 보면, 점바치가 화자의 미래 운명을 점치는 행위로부터 책임을 지지 않고, 회피해 버리는 상황이 있고, 화자는 이 같은 상황에 아쉬운 감정을 내비친다.

> 여기는도무지 어느나라인지 分간을할 수 없다. 거기는 太古와繼承하는 版圖가있을뿐이다. 여기는 廢허다. 피라밋드와같은 코가있다. 그구녕으로는 悠久한것이드나들고 있다. 空氣는퇴色되지않는다. 그것은先祖가或은 내前身이呼吸하던바도그것이다. 瞳孔에는蒼空이 凝固하여있으니 太古의映像의略圖다. 여기는 아무記憶도遺言되어있지는않다. 文字가 달아없어진 石碑처럼文明의 雜踏한 것이 귀를 그냥지나갈뿐이다. 누구는 이것이 떼드마스크死面라고 그랬다. 또누구는 떼드마스크는 盜賊맞었다고도 그랬다. 주검은서리와같이 내려있다. 풀이말러버리듯이 수염은자라지않는채거칠어갈뿐이다. 그리고 天氣모양에 따라서입은 커다란소리로 외우친다.
> —水流처럼
>
> 「自畵像」, 『평화신문』, 1956.3.20

위의 시에서 화자는 자신의 주검을 관찰하고 있다. "자라지않는채거칠어갈뿐"에서처럼, 그의 수염은 말라버린 수염에 비유된다. "풀이말러버리듯이"에서 '버리다'는 아쉬움의 의미를 생성해 낸다. 말라버린 풀에 생기가 다시 돌지 않는 것처럼, 주검은 생명성을 회복할 수 없다. 화자인 나는 죽은 사람이며, 모든 생명력을 상실한 채, 다만 소멸의 시간만이 흐르고 있다. 불가항력의 시간은 "풀이말러버리듯이"에 잘 나타나 있다.

이상 시에서 화자의 홀가분한 심정을 나타내는 보조용언 '버리다'는 「危篤－門閥」, 「危篤－肉親」, 「危篤－位置」, 「이런 詩」, 「易斷－行路」, 「危篤－追求」 등에서 나타난다. 그러나 '버리다'가 홀가분함의 뜻을 가질 때라도 부정의 문맥 속에서 쓰인다면, 화자의 홀가분한 감정은 부정되거나 차단된다. 「危篤－門閥」『조선일보』, 1936.10.6에서 "끌러버릴수가참업다"에서의 '끌러버리다'는 문벌이라는 공동체가 화자에게 강요하는 의무로부터 벗어나고 싶은 화자의 심정을 나타낸다. 여기에서 '버리다'는 화자의 부담을 덜어내는 의미를 갖고 있지만, 이어지는 시행 속에서 화자의 바람은 부정되고 있다. 「危篤－門閥」에서처럼, 「危篤－肉親」『조선일보』, 1936.10.9에서도 혈연이라는 공동체가 부과하는 압박감에서 벗어날 수 없는 화자의 현실을 드러낸다. "청각聽覺을벗어버릴수가업다"에서 '버리다'가 함의한 홀가분함이 부정되고 있다.

> 기침이난다. 空氣속에空氣를힘들여배앗하놋는다. 답답하게걸어가는길이내스토오리요기침해서찍는句讀을심심한空氣가주믈러서삭여버린다. 나는한章이나걸어서鐵路를건너질를적에그때누가내經路를디디는이가있다. 압흔것이匕首에버어지면서鐵路와열十字로어얼린다. 나는문어지느라고기침을떨어트린다. 우슴소리가요란하게나드니自嘲하는表情우에毒한잉크가끼언친다. 기침은思念우에그냥주저앉어서떠든다. 기가탁막힌다.
>
> 「易斷－行路」, 『카톨릭청년』, 1936.2

"기침해서찍는구두句讀을심심한공기空氣가주믈러서삭여버린다"에서 보조용언이 쓰인 '삭여버린다'의 뜻은 기침을 '가라앉게 한다'의 뜻이므로, 여기에서의 '버리다'는 '부담을 덜다'라는 의미를 생성한다. 그러나 이후에 진행되는 시간 속에서도 기침은 가라앉지 않고 화자가 주저앉을 정도로 격렬해진다.

안해를즐겁게할條件들이闖入하지못하도록나는窓戶를닷고밤낫으로꿈자리가사나워서나는가위를눌린다어둠속에서무슨내음새의꼬리를逮捕하야端緖로내집내未踏의痕迹을追求한다. 안해는外出에서도라오면房에들어서기전에洗手를한다. 닮아온여러벌表情을벗어버리는醜行이다. 나는드듸어한조각毒한비누를發見하고그것을내虛僞뒤에다살작감춰버렷다. 그리고이번꿈자리를豫期한다.

「危篤 – 追求」, 『조선일보』, 1936.10.4

위 시에서 보조용언 '버리다'는 화자와 '안해'가 대립 관계에 놓여 있음을 잘 보여준다. "여러벌표정表情을벗어버리는" 아내의 행위는 자신의 불온함을 남편인 화자에게서 숨길 수 있는 행위가 된다는 점에서 심리적 부담을 더는 것이 된다. 반면에 화자의 입장에서 아내가 세수를 함으로써 "여러벌표정表情을벗어버리는" 행위는 '추행醜行'이 된다. 이처럼 '벗어버리다'에서 쓰인 보조용언 '버리다'는 화자와 안해의 갈등이 정점에 놓여 있는 정황을 드러내는 역할을 한다.

다음은 '버리다' + '싶다'로 구성된 겹보조용언으로, 이상 시에서 인상적인 보조용언의 활용 형태를 보여준다. '버리다'와 결합된 희망의 보조용언 '싶다'에 '버리다'의 홀가분함은 완료되지 않는다.

내가 그다지 사랑하던 그대여 내한平生에 차마 그대를 잊을수없오이다. 내차례에 못올사랑인줄은 알면서도 나혼자는 꾸준히생각하리다. 자그러면 내내어여쁘소서.

엇던돌이 내얼골을 물끄럼이 치어다보는것만갓하서 이런詩는 그만찌저버리고 십드라.

「이런 詩」, 『카톨릭청년』, 1933.7 부분

"찢어버리고싶더라"는 '버리다' + '싶다'로 구성된 겹보조용언이다. '찢어버리다'는 '부담을 덜다'의 뜻을 가진 완료상이 되는데, 여기에 '희망'의 보조용언 '싶다'가 결합되면서 찢는 행동은 완료되지 못한 상태를 나타난다. 즉 보조용언 '버리다'의 완료상을 희망의 보조용언 '싶다'가 유보함으로써 '버리다'가 지닌 '부담을 더는 행위'가 실현되지 않았음을 보여준다. 위 시에서 화자가 "사랑하는 그대"에게 보내는 '시詩'를 찢어버리고 싶었지만 찢어버리지는 못하였다는 사실이 나타나 있다.

이상에서 살펴본 대로 종결의 보조용언 '버리다'는 이상 시에서 출현 빈도 등위가 두 번째로 높은 보조용언으로 '버리다'는 대부분 화자의 '아쉬움의 감정이나 홀가분함의 감정'을 각각 강화시키고 있음을 살펴볼 수 있다. 그러나 「이런 詩」에서처럼 홀가분함의 '버리다'가 또 다른 보조용언인 '싶다'와 결합하여 겹보조용언이 될 경우, '버리다'가 본래 가졌던 홀가분함의 의미는 실현되지 못한다는 것을 확인할 수 있다. 또 「危篤－追求」에서처럼 '안해'의 입장에서는 '버리다'가 홀가분함의 의미를 갖고 있지만, 동시에 '버리다'에는 아내에 대한 화자의 염오감이 중첩되어 있다.

4. 나가며

이 글은 그동안 이상 시 연구에서 다뤄지지 않았던 추정의 보조용언 '보다'와 종결의 보조용언 '버리다'의 연구를 통해 보조용언의 의미 생성 과정을 확인할 수 있었다. 이 글에서는 이상의 국문시를 텍스트로 삼아서 시에 나타난 보조용언의 특징을 살피고 보조용언이 이상의 시 의식을 형성하는데 어떠한 상관성을 갖는지를 고찰하였다. 이상 시에는 부정의 보조용언이 출현 빈도가 높지만, 부정의 뜻을 갖는 본용언으로서의 '않다'와 의미 생성에서의 차이가 거의 나타나지 않기 때문에 이 글에서는 '지 않다'를 제외하고, 두 번째 출현 빈도 등위를 차지하는 '버리다'와 세 번째로 빈도 등위가 높은 '보다'가 쓰인 작품들을 중심으로 화자의 내밀한 심리가 강화되어 드러나는 과정을 살펴보았다.

이상의 국문시 작품에서 '보다'는 사용 빈도 등위가 세 번째인 보조용언으로, 「易斷-家庭」에 나타나는 추정의 보조용언 '보다'는 화자의 소외감과 직면한 상황에 심리적 거리를 두고자 하는 화자의 심리가 반영되어 있다. 「易斷-易斷」에 나타나는 시행의 '보다'는 화자가 당면한 상황으로부터 자신을 분리시켜 거리를 두고자 하는 심리를 강화시키는 역할을 한다. 반면에 시행의 보조용언 '보다'가 쓰인 경우에 '보다'는 상대에 대한 화자의 불신을 바탕으로 한 시도로 나타난다.

종결의 보조용언 '버리다'는 이상 시에서 출현 빈도 등위가 두 번째로 높은 보조용언이다. 이상 시에서 보조용언 '버리다'는 세 가지 의미 유형으로 쓰이고 있다. 첫째, 아쉬움의 의미를 생성하는 경우, 둘째, 홀가분함의 의미를 생성하는 경우이다. 아쉬움의 의미를 생성하는 보조용언 '버리다'는 「紙碑」, 「自畫像」, 「易斷-易斷」 등에 나타나는데, 종결의 보조용언 '버리다'를 통해 화자는 비가역성의 시간을 드러낸다. 「危篤-門閥」, 「危篤-肉親」, 「危篤-位置」, 「이런 詩」, 「危篤-追求」 등에 홀가분함의 의미를 갖는 보조용언 '버리다'가 나타난다. 이들 시에서 부정적인 문맥 속에서 '버리다'에 담긴 화자의 홀가분함의 감정은 부정되거나 차단된다. 세 번째는 '버리다'가 '버리다' + '싶다'로 구성된 겹보조용언으로 활용된 경우, '버리다'가 생성하는 홀가분한 감정은 '버리다'와 결합한 희망의 보조용언 '싶다'에 의해 실현되지 못한다. 「危篤-追求」에서는 화자의 염오감이 '버리다'에 중첩되어 나타나기도 한다.

제6장

이상 시와 임화 시에 나타난 서울방언 비교 연구

1. 들어가며

순수한 서울방언의 제보자[1]가 거의 사라져 가는 방언의 현실에서 이상 시와 임화 시를 텍스트로 하여 서울방언이 보존된 사례를 살펴보는 것은 의미가 있다. 또한 서울방언, 즉 생활언어의 문학적 반영 양상이 두 시인의 시에서 일부분 상이하게 나타나는데, 이 같은 상이한 실현에 있어서 이상과 임화의 시 의식이 어떠한 영향을 미치고 있는지 규명할 필요가 있다. 따라서 이 글은 이상과 임화의 시 문체와 시 의식의 결합 양상을 파악하여 비교하는 것으로 이어질 것이다.

서울방언 연구가 미흡한 가운데 소설 작품에 나타난 서울방언에 대한 논의는 다음과 같다. 송현호는 「서울 지역어의 助詞」에서 박태원의 작품에 나타난 서울방언을 간단하게 언급한다. 그는 "박태원의 작품에는 귀중한 서울말의 모습들이 매우 다양하게 나타나 있는데, '비웃'과 같은 서울지역어를 찾을 수 있다"고 하였다.[2] 강희숙은 박태원의 소설 『천변풍경』에서 '오>우' 변화와 '오>우' 변화 보수형의 잔존, '어>으' 변화와 '에>이' 변화를 보여주는 사례들, 움라우트와 음성모음화의 활발한 실현을 사례로써 밝히고, 실제 언어 현실을 반영하고 있는 문학방언 연구의 의미에 대해 다루고 있다.[3] 김미지는 박태원의 『천변풍경』이 "'중류 이하' 사람들이 쓰는 서울말과 '중류 이상'의 서울말을 기준으로 만들어진 표준어 양자를 구분하여, '대화는 사투리로, 지문은 표준어로'라는 당대 문학인들 사

---

* 저자의 방언학적 지식의 미비함을 2018년 제15회 한국방언학회 전국학술대회에서 지적하고 보완해 주신 이진호 선생님께 심심한 감사를 드린다.

1 서울방언 제보자에 대한 논의로는 송현호, 「서울 지역어의 助詞」, 성균관대 석사논문, 1996, 15면; 이주행, 「서울 방언에 대한 연구」, 『국어교육』 107, 한국어교육학회, 2002, 284~285면; 김정수, 「서울 토박이말의 홀소리 조직에 대한 조사 연구」, 『서울학연구』 10, 서울시립대 서울학연구소, 1998.5, 283면; 유필재, 「서울방언 용언 자음어간의 형태음운론」, 『국어학』 35, 국어학회, 2000.6, 30면 등에서 찾아볼 수 있다.

2 송현호, 위의 글, 4면.

3 강희숙, 「《천변풍경》의 음운론」, 『국어학』 40, 국어학회, 2002.12, 171~194면.

이에 등장한 일종의 창작 슬로건을 실천하고자 한 글쓰기"[4]로 파악한다.

위에서 살펴보았듯이 문학작품을 텍스트로 한 서울방언 연구는 박태원의 『천변풍경』에 머물러 있음을 볼 수 있다. 앞으로 문학과 서울방언의 연관성을 살피기 위해서는 박태원 외의 다른 서울 출신 소설가들[5]의 작품으로 그 연구 범위를 넓혀가야 할 것이다. 서울방언이 보존된 시문학에 관한 기존의 연구는 졸고 「이상 국문시의 문체 연구-서울방언을 중심으로」가 유일하다. 이 글에서 저자는 서울토박이인 이상의 시에 실현된 서울방언도 이상의 시 문체를 형성하는 데 일부분 영향을 미쳤다고 보았다. 이상 시에서 인상적인 연결어미인 '-드키'가 '-듯이'의 서울방언임을 확인하였고, 이상이 생활언어를 활용함으로써 화자의 심정을 섬세하고 감각적으로 보완하고 강화시키고 있음을 확인하였다. 또한 이상 시에 쓰인 특수조사와 복합조사가 다른 서울토박이들이 습관적으로 사용하는 자연발화 사례들[6]과 일치하고 있음을 밝혔다.[7]

이상 시와 임화 시는 '문학방언'이라는 용어가 생기기 이전, 즉 시 창작에서 방언의 역할에 대한 인식이 생기기 이전에 창작되었다. 이상은 조선건축회가 편한 『朝鮮と建築』의 1931년 7월호부터 1932년 7월호까지 일문시를 28편 발표하였고, 서울방언을 살펴볼 수 있는 국문시는 『카톨릭청년』1933.7부터 『조광』1939.2에 이르기까지 총 52편을 발표하였다. 임화는 「戀主臺」를 『동아일보』1924.12.8에 발표하여 「四○년」을 『문학예술』1952.4에 이르기까지 약 121편

---

4 김미지, 「1930년대 문학 언어의 타자들과 '조선어'글쓰기의 실험들-박태원의 「천변풍경」, 「소설가 구보씨의 일일」 등을 중심으로」, 『한국문학이론과 비평』 60, 한국문학이론과 비평학회, 2013.9, 265~285면.

5 이상억은 서울 출신 소설가로 최남선, 염상섭, 심훈, 박종화, 나도향, 유진오, 이상, 김영수, 한무숙 등을 들고 있는데(이상억, 「현대문학에 나타난 서울 옛말씨의 연구」, 『서울학연구』 17, 서울시립대 서울학연구소, 2001.9, 133~134면) 여기에 박태원을 포함시켜야 한다.

6 서울토박이 자연발화 사례는 최혜원, 『서울 토박이말 자료집』 I, 국립국어연구원, 1997 참고.

7 졸고, 「이상 국문시의 문체 연구-서울방언을 중심으로」, 『우리어문연구』 60, 우리어문학회, 2018, 185~213면.

을 발표하였다.[8] 서울방언이 담긴 이상의 국문시편과 임화 시편을 단순히 비교하면, 이상에 비해 임화의 시에서 서울방언의 양이 상당히 많다. 그러나 이 같은 작품에 나타난 서울방언의 분량 차이를 능가하는 두 시인의 가장 큰 차이는 작품에 방언이 반영될 때, 자연발화적 요소가 나타나는가이다.

이상과 임화는 서울 출신 시인으로서 1930년대라는 창작의 시기를 같이한다. 두 시인의 시 텍스트를 비교하고 대조하여 1930년대 서울방언의 사례를 확인하면, 두 시인의 작품에서 서울방언 실현이 유사성을 갖기도 하지만, 상이하게 실현되어 있음을 알 수 있다. 이상과 임화가 각각의 시에서 지향하는 시 의식은 상이한데, 그것을 구현하는 방식에 있어서도 이상은 내면 독백체라는 방식을 취한 반면에 임화는 당대 현실을 서사적으로 재현하는 방식을 선택하고 있다. 이 글에서는 비교적 순수한 서울방언이 보존된 이상과 임화 시를 텍스트로 하여 서울방언이라는 생활언어가 문학 작품 속에서 실현된 양상을 살펴보고, 서울이라는 동일한 생활언어권에 속한 이상과 임화의 시에 방언의 실현 양상이 다소 상이하게 나타나게 된 원인이 무엇인가에 대해 고찰하고자 한다.

2. 이상 시와 임화 시에 나타난 서울방언 실현 양상 비교

본 절에서는 이상 시에 나타난 서울방언 사례들[9]과 임화 시에 실현된 서울방언과의 유사성과 차이점에 대해 살펴보고자 한다. 이를 위해 이상과 임화의 서울방언 사용에 있어서 비교가 가능한 서울 토박이의 자연발화 사례들을 판별의

8 임화문학예술전집 편찬위원회 편, 『임화문학예술전집 – 시』, 소명출판, 2009, 371~515면 참고.

9 이상 시와 이상 소설, 그리고 임화 시에서의 서울방언 실현 양상을 비교·대조하기 위해, 이 글에서는 졸고, 앞의 글, 185~213면에서 밝힌 이상 시에 나타난 서울방언 사례들과 서울 토박이 자연발화 사례 일부를 다시 인용하였음을 밝힌다.

근거로 삼고자 한다. 서울방언의 사례를 비교하고 대조하기 위해 최혜원의 『서울 토박이말 자료집』 I[10]을 인용할 것이다.

서울방언의 특징은 고모음화 'ㅓ〉ㅡ', 움라우트 'ㅏ〉ㅐ'와 'ㅓ〉ㅔ', 전설모음화 'ㅣ', 'ㅡ'보수형, 단모음화 'ㅕ〉ㅔ', 음성모음화 'ㅏ〉ㅓ'와 고모음화 'ㅗ〉ㅜ', 연결어미 '-드키 / 듯키', 조사 '-꺼지, -만콤, -망쿰, -버덤' 등, '어두경음화, 'ㅎ' 구개음화 등으로 나타난다. 서울 토박이의 자연발화 사례에서 이 같은 특징들을 확인할 수 있다.[11]

---

10 최혜원, 앞의 책.

11 위의 책, 153~338면.
다음에 인용한 '서울 토박이 자연발화 사례'의 발화자는 'igd', 'jjg', 'sjs', 'jsy', 'isy', 'ays', 'cyg', 'bht', 'ims'이다.

서울 토박이 자연발화 사례

'ㅓ〉ㅡ'
상세한 사례는 본 저서, 104면, 각주 27번 참조.

움라우트 'ㅏ〉ㅐ'
핵교, 대림질, 먹었다고 하는데〉먹었대는데, 댕기면, 천 백명이래는, 한다니까〉헌 대니까, 애끼는-igd / 방맹이, 사금파리〉새금파리-jjg / 챙기름-sjs / 대한청년단〉대핸청년단, 잽혀갔다고, 잽혔지, 남자들〉남재들-sis / 밴반하구, 그것백에-jsy / 핵교, 겉애요-isy / 차려놔요〉채려놔됴-ays / 재전거, 토백이-cyg / 앤경, 핵교, 댄추, 아교〉애교-bht / 삭여〉색혀-ims

움라우트 'ㅓ〉ㅔ'
멕여서, 구뎅이, 멕이느냐구-igd / 북어〉북에-sjs / 한등성이〉한등셍이-sis / 먹여서〉멕여서-bht

단모음화 'ㅕ〉ㅔ'
별로〉벨루, 멫년-igd / 별명〉벨멩-jjg / 별일들이〉벨릴들이-jsy / 별로〉벨루-isy / 멫-jsy / 별안간에〉벨안간에-ays / 멫-ays / 멫해-bht / 멫달-ims / 별로〉벨루-ims

'어두경음화'
사람들〉싸람들-igd / 싸람들-jjg / 사람〉싸람, 집〉찝, 가게〉까게-sis / 싸람-cyg / 가운데〉까운데, 고개〉꼬개-isy / 싸람-ays / 꼬치장, 꼬추가루-cyg / 싸람-ims

'조사'
싸람들보덤, 하시면섬, 꺼정-igd / 선대서부텀, 지끔보덤, 발르만헌큼-jjg / 먼저버텀, 전버텀-sis / 팔씹꺼정-jsy 보내면서〉보내믄섬-cyg / 때꺼정-ims

이상 시에 나타난 고모음화 'ㅓ〉ㅡ'

메고나가드니, 큰길가드라, 업드라, 사랑하든「이런 詩」, 1933.7

아니엿든들「거울」, 1933.10

버렸든, 골몰하얏드니라, 다알앗드라「普通記念」, 1934.7

遮戴하얏드라, 起動할수업섯드라「烏瞰圖 詩第七號」, 1934.7

불드니, 그리드니, 내여배앗헛드냐「烏瞰圖 詩第九號 銃口」, 1934.8

接木처럼도치드니, 가지낫든, 움즉엿든들「烏瞰圖 詩第十一號」, 1934.8

느끼든, 가졌든, 빼꾹그리길래, 滅形하야버리드라, 늣기든, 가졌든「正式」, 1935.4

올라스면「易斷-火爐」, 1936.2

많기도하드라「易斷-아츰」, 1936.2

비켜스는「易斷-易斷」, 1936.2

나드니, 剛하든, 건는다「街外街傳」, 1936.3

外出하고 싶어하드니, 나갔든, 맞섰든「明鏡」, 1936.5

'ㅡ'보수형
직게〉즉게, 직접〉즉접-jjg / 접때〉즙때-sis

전설모음화 'ㅣ'
들여서〉딜여서-jjg / 살았으니까〉살았이니까, 가슴〉가심-jsy / 알무깍디기-ays

'ㅎ' 구개음화
힘〉심-sjs / 숭하지 않게-jsy / 흉년〉숭년-isy / 흉내를〉숭낼-cyg

음성모음화 'ㅏ〉ㅓ'
곁으냐구, 잡어가니깐, 살어서, 밝어지구, 맞어서, 맞었는데, 남었구나, 많어야, 아꺼운-igd / 굴뚝 걸애두, 올러와서-sjs

고모음화 'ㅗ〉ㅜ'
상세한 사례는 본 저서, 105~106면, 각주 30번 참조.

'-듯이〉-듯키 / 드키 / 뜨기'
갈비탕을 먹듯이〉갈비탕 먹드키-igd / 모자를 쓰듯이〉모자쓰드키, 그렇듯이〉그러뜨기-ims

배아터노튼, 치든「危篤－禁制」, 1936.10

내어보엿드니, 흔들엇드니, 窈窕하다든「危篤－白晝」, 1936.10

업섯든가「危篤－位置」, 1936.10

비켜슬, 비켜스는수가「危篤－生涯」, 1936.10

점잔튼, 破瓜하지안튼「危篤－自像」, 1936.10

배웠드니라「제목 없음 "내 마음에 크기는…"으로 시작됨」, 1938.10

그즛말「無題(其二)」, 1938.12

이상 시에 나타난 움라우트 'ㅏ〉ㅐ'

방맹이「烏瞰圖 詩第十二號」, 1933.8

빨래방맹이「易斷－火爐」, 1936.2

생켜버린「易斷－易斷」, 1936.2

두루매기「危篤－白晝」, 1936.10

이상 시에 나타난 움라우트 'ㅓ〉ㅔ'

한뭉텡이「烏瞰圖 詩第十二號」, 1933.8

끄덱인다「街外街傳」, 1936.3

이상 시에 나타난 전설모음화 'ㅣ'

쓰러지면서〉씰어지면서「街外街傳」, 1936.3

이상 시에 나타난 'ㅡ' 보수형

마츰내「危篤－位置」, 1936.10

이상 시에 나타난 단모음화 'ㅖ > ㅔ'

차례>차레「이런 詩」, 1933.7

계신>게신「危篤－門閥」, 1936.10

이상 시에 나타난 음성모음화 'ㅏ > ㅓ'

차겁기 때문에「易斷－火爐」, 1936.2

찾어가서, 앉어「易斷－易斷」, 1936.2

주저앉어서「易斷－行路」, 1936.2

앉어버린다「街外街傳」, 1936.3

들어앉어「I WED A TOY BRIDE」, 1936.10

달멋다「破帖」, 1937.11

이상 시에 나타난 연결어미 '-드키 / 듯키'

총쏘듯이>銃쏘으듯키「烏瞰圖 詩第九號 銃口」, 1933.8

앉았다 일어서듯이>안젓다이러서드키「烏瞰圖 詩第十號 나비」, 1933.8

囹圄되어 있듯이>囹圄되어잇듯키「烏瞰圖 詩第十五號」, 1933.8

모심듯이>모심드키「素榮爲題」, 1934.6

이상 시에서 실현된 서울방언 가운데 '-듯이>-드키 / 듯키'는 이상의 독특한 시 문체 형성한다. 연결어미 '듯이>-듯키'가 내용상의 변화를 가져오지는 않지만, 방언이 생성해 내는 어감이 이상 시 문체 형성에 한 요소로 작용한다.[12]

이상의 시와 서울토박이 자연발화 사례에 나타나는 연결어미 '-드키 / 듯키' 사례는 1941년까지도 문예지에서 발견된다.[13] 임화 시에는 연결어미 '-드키 /

12 졸고, 앞의 글, 199~200면 참조.

듯키'가 한 번도 나타나지 않는다.

'ㅎ' 구개음화

흉내〉숭내「꽃나무」, 1933

고모음화 'ㅗ〉ㅜ'

이상 시에는 고모음화 'ㅗ〉ㅜ'가 한 번도 나타나지 않지만, 이상 소설에서 'ㅗ〉ㅜ'는 빈번하게 등장한다.[14] 'ㅗ〉ㅜ'는 서울방언의 여러 음운 현상 가운데 자연발화적 특성을 갖는 것으로, 서사적 요소를 갖는 임화의 단편서사시 계열의 시편처럼, 자연발화적 요소를 갖는 시와 소설에 나타나는 음운 현상인 것이다.

'조사' 방언[15]

이상 시에는 기능어인 조사 위치에 방언이 나타나지 않는다.

---

13 시비하듯키, 꾸짖드키, 하는듯키, 애원하듯키(조용만, 「初終記」, 『文章』 6·7 합호, 文章社, 1940, 42~62면). / 어서옵시사라는듯키, 차레다라고하는드키(현민, 「酒朋」, 『文章』 6·7 합호, 文章社, 1940, 80~93면). / 없는드키(박태원, 「愛經」, 『文章』, 文章社, 1940.9, 62~68면). / 부르듯이〉불으드키(박종화, 「歷史小說과考證」, 『文章』, 文章社, 1940.10, 136~141면). / 보아달란듯키(김영수, 「範疇」, 『文章』, 文章社, 1941.1, 62~72면). / 때문인드키(정인택, 「短杖」, 『文章』, 文章社, 1941.2, 173~185면).
위에 제시한 박종화의 사례는 시와 소설 외에도 평론에서도 '-드키'가 쓰였다는 것을 확인할 수 있는 예이다.

14 'ㅗ〉ㅜ'를 비롯하여 서울토박이들의 자연발화에서 볼 수 있는 서울방언 사례들이 이상의 소설에서는 조사, 연결어미, 체언, 부사 등 다양하게 나타난다. 이상 소설에서 'ㅗ〉ㅜ'는 소설의 대화나 서술적 화자의 독백 부분에 활용되고 있다. 여기에서 방언의 활용은 대화나 독백에서 생활언어, 즉 자연발화를 작품에 그대로 반영시켜서 일상생활과 인물들의 심정을 생생하게 전달하려는 작가의 의도를 나타낸다. 이상의 소설에서 발견되는 음성모음화 'ㅏ〉ㅓ'와 고모음화 'ㅗ〉ㅜ'는 주로 인물들 간의 대화나 서술적 화자의 독백 부분에서 나타나는데, 이는 문학 작품에 자연발화적 생활언어가 반영된 현상으로 파악된다.

15 '조사' 방언이란 때만큼이나〉째만콤이나(「十二月十二日」, 『조선』, 1930.5, 122면) / 목장까지〉牧場꺼지, 萬年筆만큼도〉萬年筆망쿰두, 나보다〉나버덤(「동해」, 『조광』, 1937.2, 222~238면)처럼 기능어 조사 위치에 실현된 서울방언을 가리킨다.

어두경음화

이상 시에 어두경음화는 나타나지 않는다.

다음은 임화 시에 나타나는 서울방언의 사례들이다.

고모음화 'ㅓ〉ㅡ'

엿보든「小女歌」, 『동아일보』, 1924.12.22.

굿세든「밤이면」, 『매일신보』, 1926.3.28.

갓드니라「가을의 歎息」, 『매일신보』, 1926.10.24.

고요하든「雪」, 『조선일보』, 1927.1.2.

물려나려왓든, 싸호든「赫土」, 『조선일보』, 1927.1.2.

달려오든, 기리든「宣詩」, 『조선일보』, 1927.1.31.

잠자든「昏光의 아들」, 『조선일보』, 1927.3.8.

말라부텃든「畵家의 詩」, 『조선일보』, 1927.5.8.

뿌렷다든「젊은 巡邏의 片紙」, 『조선지광』, 1928.4

안니-하시든 / 위하시든「우리 옵바와 화로」, 『조선지광』, 1929.2

보내든「네 距離의 順伊」, 『조선지광』, 1929.1

발켜주든, 누어가든, 살아가든, 스름「어머니」, 『조선지광』, 1929.4

못잇든, 날리든, 안키든, 울든, 꾸짓든, 아니엇드냐, 빗나든, 거러가든, 해던지든, 달니든, 죽엇든「봄이 오는구나」, 『조선문예』, 1929.5

채우든, 오고가든, 오래든 經驗을, 넘어젓든가, 가젓든, 이러든, 잇든, 왓섯든「病監에서 죽은 여석」, 『무산자』, 1929.7

날이엇드라면, 좁드란, 보내이든, 사럿든, 새엇든가, 먹엇든, 사라왓든, 날든, 기다리든, 보내주든, 서러웁든「雨傘 밧은 요꼬하마의 埠頭」, 『조선지광』, 1929.9

모으던〉모든, 중말「洋襪 속의 片紙」, 『조선지광』, 1930.3

듣던〉듯든「제비」, 『조선지광』, 1930.6

건너다니든「오늘밤 아버지는 퍼렁이불을 덥고」, 『제일선』, 1933.3

않으려든「한톨의 벼알도」, 『동아일보』, 1933.9.28.

스러지든, 떨-든, 날니든, 이끌엇든, 플래카드였던〉뿌라카-트이엇든, 건느지못할, 잇든「萬頃벌」, 『우리들』, 1934.2

울든, 나르든「옛冊」, 『신동아』, 1935.9

나무갔든「달밤」, 『신동아』, 1936.4

움라우트 'ㅏ〉ㅐ'

백힌「우리 옵바와 화로」, 『조선지광』, 1929.2

백인「봄이 오는구나」, 『조선문예』, 1929.5

맥기며「어머니」, 『조선지광』, 1929.4

허수애비「한톨의 벼알도」, 『동아일보』, 1933.9.28.

다리〉대리「영원한 靑春 세월」, 『문예창조』, 1934.6

잠뱅이「꼴푸場」, 『조선중앙일보』, 1935.8.4.

아끼겠는가〉앳기겟는가?「꼴푸場」, 『조선중앙일보』, 1935.8.4.

소내기「낫(午)」, 『삼천리』, 1935.8

애기들을「낫(午)」, 『삼천리』, 1935.8

洋服쟁이「夜行車 속」, 『동아일보』, 1935.8.11.

애끼지 안는다「一年」, 『조광』, 1935.12

애끼느냐고「들(野)」, 『조광』, 1936.1

애끼는「가을 바람」, 『중앙』, 1936.1

애끼며「전선에로! 전선에로! 인민의용군은 나아간다」, 『해방일보』, 1950.7.8.

애낌없이「한 전호속에서」, 『너 어느 곳에 있느냐』, 1951

애낌없고「평양」, 『문학예술』, 1951.4

오래기나「가을 바람」, 『중앙』, 1936.1

만냄을「너 어느 곳에 있느냐-사랑하는 딸 혜란에게」, 『너 어느 곳에 있느냐』, 1951

전설모음화 'ㅣ'

쓰여〉씨여「젊은 巡邏의 片紙」, 『조선지광』, 1928.4

즐거움〉질거움「발자욱」, 『적성』, 1946.1

단모음화 'ㅖ〉ㅔ'

멧번이나「舊稿」, 『매일신보』, 1926.9.12.

계셨는지〉게섯는지「우리 옵바와 화로」, 『조선지광』, 1929.2

멧, 멧번「봄이 오는구나」, 『조선문예』, 1929.5 / (「病監에서 죽은 여석」, 『무산자』, 1929.7 / 「다 업서젓는가」, 『조선지광』, 1929.8 / 「雨傘 밧은 요꼬하마의 埠頭」, 『조선지광』, 1929.9 / 「洋襪 속의 片紙」, 『조선지광』, 1930.3)

시계〉시게「오늘밤 아버지는 퍼렁이불을 덥고」, 『제일선』, 1933.3

세계〉세게「영원한 靑春 세월」, 『문예창조』, 1934.6

음성모음화 'ㅏ〉ㅓ'

아럿세요, 도러와서「우리 옵바와 화로」, 『조선지광』, 1929.2

남어「다 업서젓는가」, 『조선지광』, 1929.8

말하지 안엇니「洋襪 속의 片紙」, 『조선지광』, 1930.3

잡아제친〉자버제친, 생각하지 안엇다면은「오늘밤 아버지는 퍼렁이불을 덥고」, 『제일선』, 1933.3

앉어, 않엇으며「한톨의 벼알도」, 『동아일보』, 1933.9.28.

찾아>차저「萬頃벌」, 『우리들』, 1934.2

닥어슨다, 깍거「영원한 靑春 세월」, 『문예창조』, 1934.6

멋지안헛다「꼴푸場」, 『조선중앙일보』, 1935.8.4.

말엇슬까「낫(午)」, 『삼천리』, 1935.8

찾어든다「안개 속」, 『조선문학』, 1937.5

살었고「一年」, 『조광』, 1935.12

낡어갈쑤록, 닥어오는, 나려앉었다「玄海灘」, 『중앙』, 1936.3

안헛고, 안헛다「새 옷을 갈아입으며」, 『동아일보』, 1937.10.24.

차거운「九月十二日 - 一九四五年」, 『찬가』, 차거워, 살어, 차저「길 - 지금은 없는 전사 金에게」, 『자유신문』, 1945.11.15.

華麗하지 안엇느냐「별들이 合唱하는 밤」, 『비판』, 1938.5

따러「慟哭」, 『찬가』, 1946.7

나어「祭祀」, 『해방일보』, 1946.5.9

어두경음화[16]

잠자리>짬자리「낫(午)」, 『삼천리』, 1935.8

고모음화 'ㅗ>ㅜ'

나아가우「젊은 巡邏의 片紙」, 『조선지광』, 1928.4, 것이겠수, 맹서하엿다우, 아니우, 아니엇수, 울었다우, 것이라우, 가겟수, 가우, 잘 잇수「어머니」, 『조선지광』, 1929.4

---

16 다른 서울토박이 어두경음화 사례는 최혜원, 앞의 책 참고.
사람>싸람 - igd, jjg, sis, ays, cyg, ims
버렸어요>뻐렸어요 / 적에>쩍에 - sjs
집>찝 / 가게>까게 - sis
고개>꼬개 - isy
고추장>꼬치장, 고춧가루>꼬추가루 - cyg

잇드라구「젊은 巡邏의 片紙」, 『조선지광』, 1928.4 / 「네 距離의 順伊」, 『조선지광』, 1929.1 / 「우리 옵바와 화로」, 『조선지광』, 1929.2

하구「네 距離의 順伊」, 『조선지광』, 1929.1 / 「우리 옵바와 화로」, 『조선지광』, 1929.2 / 「봄이 오는구나」, 『조선문예』, 1929.5

돌아가구「어머니」, 『조선지광』, 1929.4

웃구, 분하구, 그러구「봄이 오는구나」, 『조선문예』, 1929.5

와두「봄이 오는구나」, 『조선문예』, 1929.5

돼두「제비」, 『조선지광』, 1930.6

빗소리두「제비」, 『조선지광』, 1930.6

목메인>묵메인「낫(午)」, 『삼천리』, 1935.8

야숙한「失戀 2」, 『동아일보』, 1924.12.22

위에 제시한 임화 시의 사례들을 보면, 'ㅗ>ㅜ'현상이 종결 어미, 연결어미, 조사, 체언 등에서 두루 나타나고 있음을 확인할 수 있다. 강희숙은 "'오>우'변화의 이와 같은 생산성은 부사어에서는 물론, 조사와 어미 같은 문법 형태소에서도 발견되는 바, 다음이 그 예이다. '그리구 / 따루 / 도루 / 바루 / 별루 / 벨루 / 새루 / 서루서루 / 억지루 / 제대루 / 주루 / 손으루 / 벙어리식으루 / 얼굴두 / 나부다 / 두구 / 안 가우? / 멀 알우?'"[17]라고 하였다.

'ㅗ>ㅜ' 현상은 임화의 단편서사시 형식의 작품들, 「젊은 巡邏의 片紙」, 「네 距離의 順伊」, 「우리 옵바와 화로」, 「어머니」, 「봄이 오는구나」, 「다 없어졌는가」, 「病監에서 죽은 여석」, 「雨傘 밧은 요꼬하마의 埠頭」, 「오늘밤 아버지는 퍼렁이불을 덥고」 등에서 나타나는데, 임화의 단편서사시에는 자연발화에 가까

17 강희숙, 「고모음화의 실현과 방언 분화 – 전남방언과 서울말을 중심으로」, 『우리말글』 33, 우리말글학회, 2005, 22면.

운 생활언어가 그대로 반영되어 있다. 임화 시에서 'ㅗ>ㅜ'는 청자를 지향하는 대화체나 독백체의 작품에 나타나며, 내면의식을 드러내는 그의 시에는 거의 나타나지 않는다. 이 같은 결과는 고모음화 'ㅗ>ㅜ'가 직접 발화에 쓰이는 생활언어라는 것에서 기인한다.

3. 내면의 독백과 현실의 서사적 재현에 따른 서울방언 실현의 상이함

앞 절에서 살펴본 대로 이상 시에 나타난 서울방언의 실현 사례들을 정리하자면, 고모음화 'ㅓ>ㅡ' 현상은 서울방언의 모음 현상에서 가장 두드러지게 나타나는 현상임을 확인할 수 있다. 반면에 음성모음화 'ㅏ>ㅓ'와 고모음화 'ㅗ>ㅜ' 그리고 조사 '-꺼지, -만큼, -망쿰, -버덤' 등은 이상 시에 나타나지 않으며, 어두경음화도 나타나지 않는다. 조사인 '-까지'의 방언인 '-꺼지'의 경우를 보면, 이상 시에서 '-까지'기 쓰이고 있다. '저럿케까지「거울」, 1933 / 추방追放당할 것까지도없이「烏瞰圖 詩第六號」, 1934, 천량天亮이올때까지「烏瞰圖 詩第七號」, 1934, 종단終端까지「烏瞰圖 詩第八號 解剖」, 1934에서처럼 이상은 국문시를 처음 발표한 때인 1933년의 작품 「거울」에서부터 '-까지'로 표기하였다. 이상의 시에서 고모음화 'ㅗ>ㅜ'뿐만 아니라 조사 위치의 서울방언과 어두경음화 사례가 나타나지 않는데, 이는 그의 시에 서울방언의 자연발화적 요소가 나타나지 않음을 의미한다. 그 이유는 시적 화자의 자의식이 독백체에 담겨서 표현되는 이상의 시에는 직접 발화가 거의 활용되지 않기 때문이다.

임화 시의 경우, 이상의 시에는 나타나지 않는 서울방언의 자연발화적 특징이 나타난다. 이 같은 결과는 임화가 그의 단편서사시 계열의 시편들에서 서사적 요소를 수용하여 민중의 서사를 생생하게 표현하려는 그의 창작 의식에서 기인한 것으로 판단된다. 임화는 서사적 요소와 운문을 결합시켜 흥미로운 시 형태를 탄생시켰다. 이는 단편서사시라 불리는데, 그는 서사적 요소를 시에 결합시킨 단편서사시 계열의 작품들에 반영된 서울방언, 즉 생활언어는 당대 현실을 재현하는데 있어 일정 정도의 역할을 담당한다.

임화 시에서 '단편서사시'에 속하는 화자의 발화는 구어로 나타난다. 김진희는 임화의 시에서 "생활의 반영이라는 내용과 그것을 표현해 내는 형식과의 조화로운 구현"이 단편서사시 양식으로 귀결되었다고 본다. 그는 단편서사시를 "서사와 서정이 통합된 양식의 속성을 보이"는 것으로 판단한다. 이 같은 단편서사시로 「젊은 巡邏의 片紙」, 「네 距離의 順伊」, 「우리 옵바와 화로」, 「어머니」, 「봄이 오는구나」, 「다 없어졌는가」, 「病監에서 죽은 여석」, 「雨傘 밧은 요꼬하마의 埠頭」, 「오늘밤 아버지는 퍼렁이불을 덥고」 등을 포함시킨다.[18] 김진희는 "특히 단편서사시에는 그 당대에 가장 빈곤한 삶을 살았으며 억압받았던 집단인 하층민들, 특히 2, 30년대 일제의 자본주의 침탈에 의해서 착취의 대상이 되었던 노동자들의 생활과 정서가 반영됨으로써 시에서 리얼리티와 당대의 역사적 의의를 확보한다"[19]라고 진술한다.

하재연은 "임화의 시에서 '발화utterance'의 문제에 주목하는 이유는 임화의 시들 대부분에 1인칭 화자인 '나' 혹은 '우리'의 존재가 명확하게 제시될 뿐 아니라, 화자의 말을 듣는 청자의 존재가 상정되고 발화 내용을 수신하는 수신자에 대한 인식이 시 속에 드러나기 때문이다. 임화 시에 나타나는 1인칭 화자의 말은 시를 형성하는 하나의 발화 구조로 수렴된다"고 진술한다.[20] 또 그는 "대부분

18 김진희, 「임화 시 연구-단편서사시를 중심으로」, 이화여대 석사논문, 1990, 22~25면.
19 위의 글, 80면.
20 하재연, 「임화 시 연구」, 고려대 석사논문, 2000, 9면.

의 단편서사시가 자신에 대한 다짐이나 청유형의 발화로 종결되고 있는 점 역시 임화 시의 발화 구조가 전체적으로 단일한 방향을 향해 조직되고 있음을 드러낸다. 이와 같은 발화의 특성은 수신자를 지향하는 형식과 결합되면서 독자의 감정을 고양시키고 선동성을 획득한다."고 언급하는데, 이는 임화의 단편서사시에서 1인칭 화자의 발화적 특징이 독자에게 미치는 영향에 대한 것이다.[21]

임화의 단편서사시에는 화자의 생활언어가 반영되어 있음을 확인할 수 있다. 임화의 단편서사시 「어머니」는 돌아가신 어머니에게 화자가 자신의 심정과 의지를 발화하는 형식을 갖는다. 화자는 청자인 어머니에게 직접 발화하는 듯하다. 그는 노동운동을 같이 한 동무이며 여동생의 연인인 순봉이를 잃은 슬픔을 어머니에게 진술하게 토로하는데, 특히 종결 어미로 'ㅗ〉ㅜ'가 사용됨으로써 화자가 마치 돌아가신 생시의 어머니와 직접 대화를 나누고 있는 것처럼 여겨진다.

어머니! 지금은 어머니가 노 설흔이야기로 밝켜주든 봄밤도 어둡게이슥하여젓수

지금 어머니가 살엇슬때 그럿케귀여하는이아들은 어머니의 구든몸이누어가든
이 파란 이슬길을 거러오고잇수
그런데 어머니!
웨 나는 이길을 언제나棺뒤에만따라갓다와야하게되엿는지모르겟서
이 키가훌죽한엉석쌕이가 지금은 터지는가마갓흔 가슴을눌느며
동모두 누어가고 어머니도 누어간이길을 가만가만히 어른갓치거러가우

어머니!
언제나까지 언제까지 이싸우놈의일이게속될가

21 위의 글, 29면.

오늘은—

그럿케 쌔지게가난하면서도 귀여운 큰 子息싸문에 노 웃고살어가든

순봉이어머니가 그 아들을 몹쓸 그 병에 이러버린그날이라우

「어머니」, 『조선지광』, 1929.4 부분

위의 시는 임화 시 가운데 단편서사시 계열에 속하는 작품이다. 시의 화자와 여동생 옥순이와 그녀의 연인인 순봉이는 공장노동자이다. 순봉이는 '일'을 도모하다가 고문으로 병을 얻어 죽는다. 화자는 자신의 동무이기도 한 순봉이의 주검을 보내는 길에 하늘에 대고 맹세한다. 그것은 순봉이의 죽음을 결코 잊지 않겠다는 맹세이다. "금金이나 옥玉갓치역이는 젊은귀貴한아들 내동모를 / 업샌 / 이원통하고 분한사실事實을 내코에서심이날째까지잇지를안켓서 // 어머니! 걱정말우 나는 안이저버릴테야! / 그러구 어머니! / 내일來日부터는 불상한옥순玉順이하구 내가 / 혼자남은 순봉의어머니의 아들과쌀이되어 이목숨을 ××××××리리라 / 어머니! 나는가우 잘 잇수。"에 잘 나타나 있듯이 화자는 돌아가신 어머니를 청자로 하여 아들을 잃은 순봉의 어머니와 연인을 잃은 여동생의 슬픔을 전한다. 또한 화자는 순봉의 동료, 즉 한 사람의 노동자로서 가지는 자신의 분노를 어머니에게 생생하게 전한다. 위의 시에서 시의 화자가 자신의 감정과 의지를 표현하는 데 있어서 생활언어 'ㅗ〉ㅜ'의 실현이 중요한 역할을 담당하고 있음을 확인할 수 있다. 자연발화적 생활언어가 곧 임화의 시 문체를 형성하는 데 영향을 미치고 있으며, 이러한 시 문체는 당대 현실을 서사적 방식으로 재현하고자 한 임화의 시 의식과 결합한다. 그동안의 임화의 단편서사시 형식에 대한 평가는 "서사와 서정이 통합된 양식"[22]이 갖는 의의에 대한 것이었다. 그런데 위의 인용한 「어머니」를 통해 확인할 수 있는 것처럼, 단편서사시 계열의 작품

22 김진희, 앞의 글, 25면.

들에 나타나는 현실의 서사적 재현에 서울방언인 생활언어가 자연스럽게 조응한다.

4. 나가며

이 글에서는 서울 출신 시인으로서 동시대에 창작활동을 한 이상과 임화 시를 텍스트로 하여 서울방언이 보존된 사례를 살펴보았다. 또한 서울방언이 두 시인의 시에서 일부분 상이하게 실현된 현상에 이상과 임화의 시 의식이 어떠한 영향을 미쳤는가에 대해 규명하였다.

이상과 임화 시에서 서울방언은 모음의 변화로 나타나고 있음을 확인할 수 있었다. 이상 시와 임화 시에 나타나는 공통점은 고모음화 ㅓ〉ㅡ, 움라우트ㅏ〉ㅐ, 움라우트 ㅓ〉ㅔ, ㅡ 보수형, 'ㅎ' 구개음화 등이다. 이상 시와 임화 시에서 'ㅓ〉ㅡ'현상이 다른 서울방언에 비해 가장 현저하게 나타난다. 이상 시와 임화 시에 나타난 서울방언의 상이한 실현은 임화 시에서 'ㅗ〉ㅜ' 현상과 'ㅏ〉ㅓ' 현상이 빈번하게 나타나지만, 이상의 시에서 'ㅗ〉ㅜ'는 한 번도 쓰이지 않았다. 반면에 이상의 경우 연결어미 '-드키 / 듯키' 등이 나타나지만 이 같은 연결어미는 임화 시에는 전혀 쓰이지 않았다. 무엇보다도 이상 시와 임화 시에 나타난 서울방언 가운데 가장 변별되는 음운 현상은 'ㅗ〉ㅜ' 현상이다.

이상과 임화의 시적 화자가 지닌 특질의 차이점으로 이상 시에는 'ㅗ〉ㅜ'가 한 번도 나타나지 않고, 임화 시에는 'ㅗ〉ㅜ' 현상이 빈번하게 나타난다. 이 같은 차이는 이상과 임화의 시 의식의 상이함과 그에 따른 문체의 차이와 긴밀히 연관된 것으로 보인다. 내면의식을 표출하는 이상 시는 1인칭 독백체를 보이는 반면에 임화의 시, 특히 단편서사시에서의 시 문체는 자연발화적이거나 청자지향적인 요소를 갖고 있다. 즉 임화의 시에 쓰인 서울방언은 시에 등장하는 인물들의 생생한 삶을 반영하고 있으며, 그를 통해 임화의 시 의식을 드러내는 데 일정 부분 역할을 담당하고 있다는 것을 확인할 수 있다. 이에 비해 이상의 시에 쓰인 서울방언은 생활언어의 반영은 그의 내면의식과 결합되어 나타난다고 평가할 수 있다. 이상 시와 임화 시의 서울방언 실현 양상의 상이함은 각각 두 시인이 지향하는 시 의식에서 기인한다.

그러나 임화 시가 서사적 요소를 수용하여 'ㅗ>ㅜ' 현상이 종결 어미에 나타난다고 할지라도, 임화 시가 서울토박이의 자연발화와 다른 점은 그는 직접 발화에서 사용되는 생활언어를 시에 쓰지 않았다는 점이다. 'ㅗ>ㅜ' 역시 시적 화자가 내면을 독백하는 경우에만 쓰였다. 임화 시에서 인물들 간의 대화체나 직접 발화가 없고 시적 화자의 의식과 내면을 통해 실현되는데, 이처럼 시와 자연발화가 달라지는 지점이 바로 문학적 반영이 기준이 된다.

제7장

병원인 세상을 응시하라

「오감도烏瞰圖 시제사호詩第四號」

들어가며

「詩第四號」와 일문시 「建築無限六面角體 – 診斷 0:1」 비교

병원인 세상을 응시凝視하라

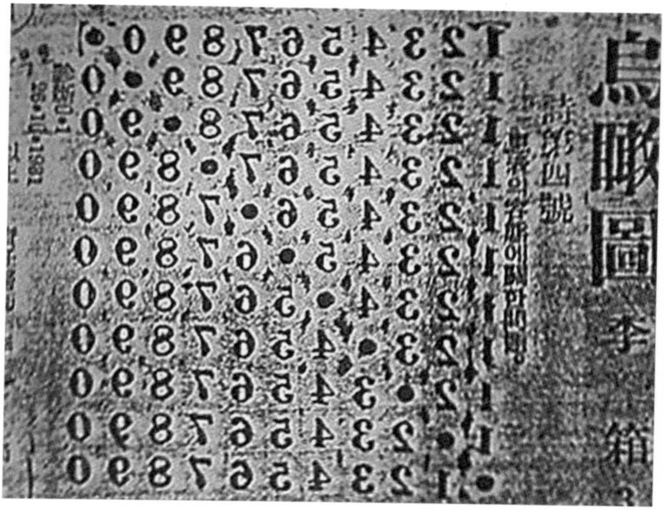

「詩第四號」[1]

1. 「詩第四號」와 일문시 「建築無限六面角體－診斷 0 : 1」 비교

「診斷 0 : 1」은 국문시 「烏瞰圖 詩第四號」와 흡사한 작품이다. 임종국林鐘國은 두 작품을 동일 작품으로 판단하여 전집에서 「診斷 0 : 1」을 국문으로 번역하지 않았다.[3] 그러나 두 작품은 동일하지 않다. 「診斷 0 : 1」와 국문시 「烏瞰圖 詩第四號」의 차이를 살펴보면, '或る'에 해당하는 부분이 빠져 "患者의容態에關한問題"라 되어 있고, 숫자 배열도 일문시日文詩의 세로줄 시행이 가로줄이 되었고, 좌우 방향이 반대로 되어 있다. 또 '진단診斷 0 : 1'은 '진단診斷 0 · 1'로 바뀌었다. 게다가 우리가 주목하여 살펴볼 것은 「診斷 0 : 1」은 가로쓰기로 편집된 것인 반면, 「烏瞰圖 詩第四號」는 세로쓰기로 편집되어 발표 지면에 게재되었다는 점이다.

1 이상, 「詩第四號」, 『조선중앙일보』, 1934.7.28.

2 이상, 「診斷 0 : 1」, 『朝鮮と建築』, 1932.7, 25면.

3 "「診斷 0 : 1」(오감도(烏瞰圖) 시제사호(詩第四號)와 동일(同一)한 작품(作品))" 임종국(林鐘國) 편, 『李箱全集』, 태성사, 1956, 183면.

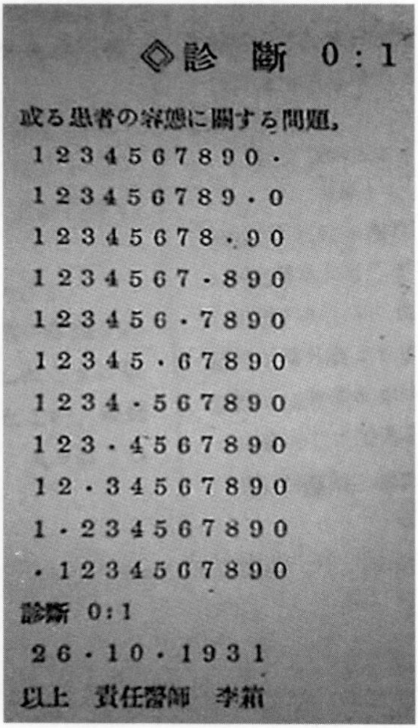

◇診斷 0:1

或る患者の容態に關する問題，

1 2 3 4 5 6 7 8 9 0 ·

1 2 3 4 5 6 7 8 9 · 0

1 2 3 4 5 6 7 8 · 9 0

1 2 3 4 5 6 7 · 8 9 0

1 2 3 4 5 6 · 7 8 9 0

1 2 3 4 5 · 6 7 8 9 0

1 2 3 4 · 5 6 7 8 9 0

1 2 3 · 4 5 6 7 8 9 0

1 2 · 3 4 5 6 7 8 9 0

1 · 2 3 4 5 6 7 8 9 0

· 1 2 3 4 5 6 7 8 9 0

診斷 0:1

26 · 10 · 1931

以上 責任醫師 李箱

일문시(日文詩) 「診斷 0 : 1」[2]

「診斷 0 : 1」를 「詩第四號」와 편집 조건을 동일하게 하여 세로쓰기로 편집한다면, 다음과 같은 모양이 될 것이다. 따라서 「烏瞰圖 詩第四號」의 숫자 배열은 「診斷 0 : 1」의 거울상이 아니라는 결론에 이르게 된다.

그러나 한편으로는 숫자 배열이 하나의 그림판이라고 상정할 수도 있다는 점이다. 숫자들의 나열 형태가 하나의 그림이라면 숫자들은 '숫자판'이라고 지칭할 수 있을 것이다. 그러면 「診斷 0 : 1」의 그림이 「烏瞰圖 詩第四號」에서는 좌우가 바뀐 그림이 되며, 「烏瞰圖 詩第四號」는 「診斷 0 : 1」의 거울상이라는 추론도 가능하다.

그러나 「診斷 0 : 1」의 숫자들이 순차적 나열이 아니라고 누구도 주장할 수 없을 것이다. 마찬가지로 「烏瞰圖 詩第四號」에서의 숫자들 역시 세로로 쓴 숫자들의 나열이 아니라고 주장할 근거는 없다. 따라서 「烏瞰圖 詩第四號」는 「診斷 0 : 1」의 거울상이라는 주장이 성립하자면, 「診斷 0 : 1」의 숫자들의 나열이 반드시 그림이라는 조건만을 가질 때 가능한 추론이 된다. 그러나 이 같은 조건을 증명할 수 있는 것은 어디에서도 찾을 수 없기 때문에 「烏瞰圖 詩第四號」는 「診斷 0 : 1」의 거울상이라는 추론은 성립되지 않는다.

『朝鮮と建築』에 발표된 이상의 일문시 28편 가운데 세로쓰기로 편집된 작품이 21편이고, 가로쓰기 편집은 「診斷 0 : 1」이 포함된 7편만 예외에 해당된다. 그 밖의 『朝鮮と建築』에 실린 일문시를 비롯하여 이상의 국문시 작품들의 대부분은 세로쓰기 형태로 발표되었으며, 세로쓰기 형태로 독자들에게 읽혔다. 1922년에 조선총독부의 기관지로 창간된 『朝鮮と建築』은 1931년까지는 세로쓰

기로 인쇄되다가 1932년부터는 가로쓰기로 바뀌어 인쇄되었다. 『朝鮮と建築』과 동시대에 국내에서 발행된 신문들은 물론 세로쓰기였으며, 20년대에서 30년대에 걸쳐서 발행된 『朝鮮文壇』과 1939년부터 1941년에 걸쳐 발간된 『文章』도 세로쓰기로 인쇄되었다.

시 형태상의 유사성 때문에 「烏瞰圖 詩第四號」를 연구하자면 자연스럽게 「診斷 0 : 1」를 염두에 두게 된다. 그러나 「烏瞰圖 詩第四號」 연구에서 반드시 인지해야 할 것은 일문시 「診斷 0 : 1」의 거울상이 국문시 「烏瞰圖 詩第四號」가 아니라는 점이다. 지금까지 전개된 「烏瞰圖 詩第四號」에 대한 연구들에서 범한 오류라고 볼 수 있는, 숫자들만을 대상으로 하여 「烏瞰圖 詩第四號」는 「診斷 0 : 1」의 거울상이라 해석하는 것이다. 「烏瞰圖 詩第四號」가 세로쓰기인데, 숫자만 가로쓰기 된 「診斷 0 : 1」의 반대 형태이며, 그것만을 가로쓰기 된 것이 거울에 비쳐 좌우가 바뀐 것으로 읽을 수는 없다. 따라서 「烏瞰圖 詩第四號」는 일문시 「診斷 0 : 1」의 거울상으로 시 해석의 기준을 삼은 논문들은 근본적인 결함을 지닌다고 말할 수 있다.

2. 「烏瞰圖 詩第四號」 연구사 검토

이어령은 「續 '나르시스'의 虐殺」에서 "'1234567890'의 숫자의 규칙적인 배열에서 오는 인상이 '정상' '안정감' '통일감'과 같은 것이라면 그 정반대의 '뒤름' 「詩第四號」의 숫자적 배열에서 오는 인상은 '비정상' '불안감' '통일력 상실' '비합리성'과 같은 성질의 것이 된다. 이렇게 규칙이 훼손된 불규칙, '합리'를 상실한 '비합리'의 뒤름은 바로 현대문명인의 병을 암시하고 있는 것이다. 말하자면 「詩第四號」의 시를 볼 때 느끼는 시각인상이 직접 설명을 거치지 않고 그대로 현대인의 '의식의 병'을 전달한다. 순수한 '훠름'의 시는 이상과 같이 의미설명의 세계에서 감각시각의 세계로 비약하는 것이라 하겠다".[4] 이어령은 「詩第四號」의 기이한 숫자 형태로써 이상이 현대인의 '의식의 병'을 드러냈다고 해석한다.

임종국은 「시의 해설과 감상인의 역설」에서 "「詩第四號」를 이상하다고 느끼는 것은 '시는 문자로 쓰는 것이다'라는, 그리고 숫자는 「詩第四號」에 나타난 모양과 정반대인 즉 1·2·3이라는 형태로 존재한다는 것이 우리의 상식이기 때문이다. 만약 세상의 모든 시가 그림으로 쓰여 왔고, 또 우리가 「詩第四號」의 숫자 같은 그런 뒤집힌 숫자를 일상적으로 사용했다면 아무도 이 시를 보고 이상해 할 사람은 없을 것이다. 즉, 이상을 간추려 말하면 상식으로 판단할 수 없는 것을 보았으니까 이상해 한다는 얘기가 된다. (…중략…) 이상은 이처럼 거꾸로 뒤집힌 세상 꼴을 거꾸로 뒤집힌 숫자로 표현함으로써 독자에게 이상하다는 것을 느끼게끔 한 것이다".[5] "거꾸로 뒤집힌 세상을" "거꾸로 뒤집힌 숫자"를 통해 표현하였다는 임종국의 해석은 저자가 이 글에서 다룰 「詩第四號」에 대한 해석과 일맥상통한다. 그러나 임종국은 「詩第四號」와 일문시 「診斷 0 : 1」을 동일한 작품으로 보았다.

김용운은 「詩第四號」의 환자가 앓는 병은 "'키에르케고르'가 말하는 '죽음에 이르는 병病' 즉 실존하는 인생"을 앓고 있는데, "0, 1 즉 사생死生 이외의 중간치를 얻지 못"함으로써 이상은 "무서운 허무를 맛본다"[6]고 해석하였다. 또 그는 "숫자로 이루어진 잘 정비된 거미집 같은 세계상을 한번 뒤집어 보면 아주 의미가 없는 '사死'와 '생生' 즉 '0, 1'밖에 안 된다는 이상의 판단"[7]이라고 해석하였

---

4 이어령, 「續 '나르시스'의 虐殺」, 『신동아』, 1957.1, 131~132면.
5 임종국, 「시의 해설과 감상인의 역설」, 『이상전집』, 문성사, 1966, 406~409면.
6 김용운, 「이상문학에 있어서의 수학」, 『신동아』, 1973.2, 293~294면.
7 김용운, 「자학이냐 위장이냐」, 『문학사상』, 1985.12, 305~306면.

다. 곧 '0'을 없다는 뜻으로, '1'을 '있다'는 뜻으로 해석하여 그의 해석은 '0'은 '사死'이며, '1'은 '생生'이라는 형이상학적 명제로 비약한다. 이 같은 논리적 근거가 없는 주관적 해석은 해석의 과잉을 낳는다.

김종은은 "수의 나열에 있어 정상적인 숫자의 표시를 염두에 두고 생각할 때 거꾸로 된 숫자 자체가 이미 그의 양가치적 표현이라고 할 수 있"[8]다고 하면서 「烏瞰圖 詩第四號」를 정신분석학적으로 해석하였다.

김승희는 라깡과 크리스테바의 이론을 적용한 시 해석을 전개한다. "이 텍스트는 상징계 안에 정립된 에고와 주체로서의 나 사이의 최고의 분열을 암시한다. 이 시의 말하는 주체는 물론 수학적 기호가 암시하는 나와 같이 합리성과 이성의 상징계에 속해 있지만 숫자를 전도시키고, 그 전도된 숫자판을 점의 운동으로 분열시키고 "이상以上 책임의사 이상李箱"이라고 언어유희를 하고 있는 것은 기호적 코라의 의미작용이다. 말하는 주체는 기호적 코라의 의미작용으로 과정 중에 있는 주체가 되고 그 과정 중에 있는 주체가 바로 환자이며 그 질병의 내역이 0 : 1, 즉 끝나지 않는 '코라 : 상징계', '원초적 통합체 : 상징적 질서'의 대립 갈등인 것이다".[9] 그러나 그의 이 같은 시 해석이 타당한가를 논하기 전에 생각해 볼 점은 「烏瞰圖 詩第四號」의 말미에 나오는 '0 · 1'을 김승희는 「診斷 0 : 1」의 '0 : 1'과 혼동하여 해석했다는 것이다. 본래 '0 · 1'을 '0 : 1'로 잘못 읽고, 그것을 ' : ', 즉 '대對', '대립對立', '반대反對' 등으로 의미화시켰다.[10] 이처럼 시 텍스트를 잘못 읽어서 발생한 해석의 오류는 다른 연구자들도 범하고 있다. 그동안

---

8 김종은, 「이상의 정신세계」, 『심상』, 1975.3, 85~86면.

9 김승희, 「이상 시 연구-말하는 주체와 기호성의 의미작용을 중심으로」, 서강대 박사논문, 1991, 62면.

10 위의 글; 이어령, 『이상 시 全作集』, 갑인출판사, 1978, 18면; 이승훈, 『이상 문학 전집-시』, 문학사상사, 1989, 25면; 최학출, 「1930년대 한국 모더니즘 시의 근대성과 주체의 욕망체계에 대한 연구」, 서강대 박사논문, 1994, 194면; 황현산, 「〈오감도〉 평범하게 읽기」, 『창작과 비평』 여름호, 1998, 345면; 김민수, 『멀티미디어 인간 이상은 이렇게 말했다』, 생각의 나무, 1999, 214면.

이상 연구자들에게 원전의 '0 · 1'이 '0 : 1'로 잘못 인용되어 온 것을 저자가 인지한 것은 고려대학교 '이상연구회' 스터디에서 김동희 선생님과 텍스트 토론을 통해서이다.

안상수의 논문은 이상 시를 추상적인 근거들 위에 지은 형이상학적인 의미 해석에서 벗어나도록 만든다. 그는 「타이포그라피적 관점에서 본 이상 시에 대한 연구」[11]에서 연구자의 추상이나 관념이 선제된 해석 태도를 벗어나 「烏瞰圖 詩第四號」의 숫자를 시각적 사실로부터 접근하고 있다. 이러한 접근으로 그는 자연스럽게 논리의 타당성을 획득한다. 그는 "이상은 자기가 살고 있던 30년대의 조선의 식민지적 상황 곧 '오관五官이 모조리 박탈된 것이나 다름없는' 권태와 불안과 시대 모순을 그의 시각 언어로 감옥처럼 답답하게 표현하고 있는 것이다"[12]라고 「烏瞰圖 詩第四號」의 숫자들을 의미화시킨다. 또한 그는 "이상은 시각적 활자인간이었으며, 그는 활자성의 의미를 전면으로 부각시킨 실천적 시인이었다"[13]고 평가함으로써 이상의 시가 지닌 활자성의 의의를 새롭게 인식하게 하였다. 그러나 안상수는 「烏瞰圖 詩第四號」의 숫자들에 대해서만 관심을 갖고 있으며, "이상은 거울에 대해 관심이 많았다. (…중략…) 거울 속에서 보여지는 좌우가 거꾸로 된 모습은 정正에 대한 반反이며, 순順에 대한 역逆이며, 긍정에 대한 부정이며, 하나를 이루게 되는 다른 한 쪽이자, 실상에 대한 허상이요, 정상에 대한 비정상을 은유한다고 볼 수 있다"[14]고 해석함으로써 그 역시 「烏瞰圖 詩第四號」가 「診斷 0 : 1」의 거울상이라는 전제에서 벗어나 있지 않음을 드러낸다.

최학출은 「詩第四號」에서 이상은 가장 순수한 기호 체계인 수학적 언어로써 "세계의 본질이든 죽음과 삶의 본질이든 혹은 그 무엇의 본질이든 그것은 본질

---

11 안상수, 「타이포그라피적 관점에서 본 이상 시에 대한 연구」, 한양대 박사논문, 1995.
12 위의 글, 156면.
13 위의 글, 227면.
14 위의 글, 162면.

적인 것이 될 것임에는 틀림없"[15]는 것을 담아냈다고 평가한다.

이강수는 "「선에 관한 각서1」, 「診斷 0 : 1」, 「오감도 시제4호」로의 발전 경로란 10진법으로 이루어진 유클리트 세계를 전복하고 비유클리트 세계로 질주하는 과정과 다르지 않다. 여기서의 기호놀이는 유클리트 기하학으로 집약되는 근대 합리주의적 세계관에 대한 절망이라는 문명사적 사건에 연결되어 있다"[16]고 하였는데, 이처럼 형이상학적 문제로 갑작스럽게 전환되는 해석은 앞에서 언급한 「詩第四號」에 대한 김용운과 김종은의 해석과 마찬가지로 논리의 타당성이 결여되어 있다.

이처럼 「烏瞰圖 詩第四號」을 대하는 연구자들의 특징은 시 해석에 충분한 근거가 확보되지 못한 채, 형이상학적인 주제를 도출해 낸다는 점이다. 또한 이강수를 비롯하여 숫자들의 형태의 유사성만으로 「선에 관한 각서1」과 「診斷 0 : 1」과 「烏瞰圖 詩第四號」에 나타나는 시 의식을 긴밀하게 연관시키는 것은 연구자들의 관념이 각 작품의 시 해석에 선재되어 있는 것은 아닌가 한다.

황현산은 "오른쪽 상단에 있던 점이 하향직선을 그리며 왼쪽으로 움직여 최하단에 떨어져 있다. 이 점들이 이상의 위치이다. 우상단에서 두 "0" 사이에 낀 점은 태어나기 전의 순수본질 자기이다. 그는 처음 "9 · 9"의 높은 자질과 가능성을 가졌으나, 그것은 876……으로 줄어들어, 마침내 우하단의 "1 · 1"에 이르러서는 영락 직전의 상태이다. 그것이 현재의 자기이다. 이 도표는 본질 자기와 현재의 자기 사이의 거리가 어떻게 멀어졌는가도 동시에 보여준다[17]고 하여 숫자 사이의 '·'에 주목함으로써 이상의 시적 자아의 존재론적 의미를 밝히고자 하였다.

---

15 최학출, 앞의 글, 194~202면.
16 이강수, 「이상 텍스트 생산과정 연구」, 서울대 석사논문, 1996, 44면.
17 황현산, 앞의 글, 345~346면.

이보영은 "「시제4호」는 〈患者의容態에관한문제〉를 〈책임의사 이상〉이 〈진단〉한 소견을 〈1〉에서 〈9〉, 및 소수점을 위한 영零까지의 숫자를 네가티브로 인쇄함으로써 제시한 것인데, 또 다른 특징은 열 한 개의 점을 경계로 한 하반부 숫자들이 상반부 숫자들에서 한 자리씩 뒤로 밀려난 위치로 제시되어 세계 혹은 그것으로 비유된 〈환자〉의 인격이 분열된 것을 암시한 점"[18]이라고 하여 「詩第四號」를 정신병적 이상증세로 해석하였다. 그러나 작품의 이상한 숫자들이 과연 작품에 등장하는 환자의 '인격 분열'로 의미화시키는 근거가 될 수 있는지 의구심이 든다.

김주현은 '일문시 「診斷 0：1」과 「시제4호」가 다르다'는 것을 구체적으로 제시하였다. 그는 "「건축무한육면각체建築無限六面角體」 계열의 두 시 「診斷 0：1」과 「시제4호」는 다른 것임에도 불구하고 기존의 전집에서 모두 같은 것으로 소개하고 있다. 이 두 시는 임종국이 『이상전집』에서 같은 것으로 밝힌 이래 많은 사람들이 같은 시로 알고 있지만 실상은 서로 다르다. '或る患者'는 '환자患者'로 바뀌고 숫자는 배열상이 역전되어 버렸다. 두 시의 제2행부터 12행까지의 시행은 거울에 반사된 모습인 거울대칭을 이룬다. 일문시의 정상적인 숫자의 배열이 한글시에서 뒤바뀐 것이다"[19]라고 하였다. 그는 임종국이 「診斷 0：1」과 「시제4호」를 동일 작품으로 보아 「診斷 0：1」를 번역하지 않았던 것을 지적하고, 두 작품이 어떻게 다른지에 대해 꼼꼼히 지적하였다. 그러나 김주현 역시 「診斷 0：1」과 「시제4호」가 각각 가로쓰기와 세로쓰기로 편집되었다는 점을 인지하지는 못하였다. 지금까지의 「시제4호」에 대한 연구에서 누구도 이 같은 두 작품의 차이에 대해서 밝히지 않았다. 이는 「시제4호」에 대한 지금까지의 해석에 결정적인 결함이 있음을 반증하는 것이다. 작품 원문이 실렸던 발표 지

18 이보영, 『이상의 세계』, 금문서적, 1998, 300~301면.
19 김주현, 『이상 소설 연구』, 소명출판, 1999, 362~364면.

면의 가로쓰기와 세로쓰기 편집을 무시한 독법讀法의 오류가 「시제4호」가 「診斷 0 : 1」의 거울상像이라는 왜곡된 해석을 낳게 한 것이다.

김민수도 "「오감도」 중 '세제4호'는 숫자와 점으로 이루어진 시각적 형태만을 강조한 것으로, 이미지의 기본 모티브는 '선에 관한 각서 1'로부터 유래한 것이며, 1932년 7월 『조선과 건축』에 이미 발표된 「건축 무한 육면각체」 중의 '진단 0 : 1'을 뒤집은 형태이다"라고 하였다.[20] 그러나 「烏瞰圖 詩第四號」는 「診斷0 : 1」을 "뒤집은 형태"가 아니라는 점이다. 이상은 「診斷 0 : 1」과 유사하지만 다른 의미를 갖는 작품으로 「烏瞰圖 詩第四號」를 창작한 것이다.

김태화는 「詩第四號」의 "거울상에 비친 자아는 현실자아에 대립된 이상적 자아이다. 「診斷 0 : 1」의 진단이 현실자아의 진단이라면 「시제4호」는 이상적인 내면자아의 진단이 된다"[21]고 하였다. 여기에서 해석의 전제가 된 것은 「詩第四號」는 「診斷 0 : 1」의 거울상이라는 것이다. 신범순도 "숫자들을 거울에 비친 모습으로 뒤집어서 배열함으로써 「오감도」의 「시제4호」를 완성했다"[22]고 「詩第四號」를 해석한다.

박현수도 "「시제4호」는 거울세계의 완벽한 재현이라는 점에서 주목할 만하다. 이 작품은 거울을 전제하지 않고는 해독이 불가능하다. 거울을 좌우에 놓을 때 이 세계는 해독 가능한 것으로 드러난다. (…중략…) 이 시는 '거울 없는 거울세계'에 대한 집요한 갈망을 드러낸다. 그것은 실재의 지배와 종속으로부터 벗어난 세계, 즉 자치 영토로서 거울세계의 독자성에 대한 갈망이다. 이 시가 보이고자 한 것은 바로 무한한 자율성이 존재하는 무한 반영으로서의 세계인 것이다"[23]고 하였으며, 문흥술도 "일문과 일어문과 같은 형태를 통해 언술 주체

20 김민수, 앞의 책, 205~214면.
21 김태화, 『이상의 줌과 이미지』, 교우사, 2002, 386~388면.
22 신범순, 『이상의 무한정원 삼차각나비』, 현암사, 2007, 290면.
23 박현수, 「거울세계의 시뮬라크르-이상의 거울시편」, 이상문학회 편, 『이상 시 작품론』, 도서출

는 무의식의 욕망을 강렬하게 분출하면서 일본어 언술 체계를 분열시키고 있는 것이다. 이러한 절망감은 한글 시 텍스트 「詩第四號」에서 더욱 심화되어 제시되고 있다. 이 텍스트는 일본어 텍스트 「診斷 0：1」의 숫자를 거울상에 비추어 전도시키고 조사를 한글로 바꾸어 놓고 있다 이는 일본어 언술 체계에 비해 한글 언술 체계는 근대 과학적 지식숫자마저 제대로 담지하지 못할 만큼 열악하다는 것을 비판하기 위해서이다"[24]라고 평가하였다. 그러나 「詩第四號」가 「診斷 0：1」의 거울상이 아님은 저자가 앞에서 밝힌 바 있다.

함돈균은 이상이 「詩第四號」에서 '점과 0부터 9까지의 숫자를 나열한 것, 이를 거울처럼 뒤집힌 회화적 이미지로 제시한 것, 그리고 스스로를 "책임의사責任醫師 이상李箱"이라고 적은 것'은 "주체와 세계에 내재한 모순과 전도를 인식하고 있고, 그래서 그것을 병으로 앓게 된 병자이자 환자인 한 주체의 표지"[25]라고 해석한다. 즉 주체와 세계의 모순과 전도가 시적 주체가 환자가 되는 원인으로 본 것이다.

지금까지 살펴본 「烏瞰圖 詩第四號」에 대한 논의의 특징은 첫째, 숫자들에 대한 의미 해석에 치중해 있다는 점이다. 둘째, 「烏瞰圖 詩第四號」는 일문시 「診斷 0：1」의 거울상으로서의 존재와 의미를 갖는 것으로 보았다는 점이다. 그러나 이 글의 1절에서 살펴본 대로, 「烏瞰圖 詩第四號」는 「診斷 0：1」의 거울상이 아니기 때문에 거울상이라는 틀 안에서 「烏瞰圖 詩第四號」를 해석하기보다는 「烏瞰圖 詩第四號」에서 새롭게 생성되는 의미에 대해 살펴보아야 할 것이다. 또한 기존의 연구에서 '숫자들'을 '숫자판'이라 지칭하면서 의미해석을 한 것은 숫자들을 하나의 그림이라는 전제 아래 전개된 해석이기 때문에, 숫자판이 그림

판 역락, 2009, 102~103면.

24 문흥술, 「이상 문학의 일본어 시 텍스트에 나타나는 언술 주체의 분열」, 『한국현대문학연구』 32, 한국현대문학연구회, 2010.12, 73~99면.

25 함돈균, 『시는 아무 것도 모른다』, 수류산방, 2012, 137~138면.

이 아니라는 반론을 벗어나기 힘들다. 셋째, 「烏瞰圖 詩第四號」에 대한 연구자들의 태도는 해석자의 형이상학적 관념이 선재하는 경향을 보여준다. 해석에서 논리적 타당성을 위한 근거의 제시보다는 생과 죽음의 대립이라는 형이상학적 해석으로 비약하고 있다.

3. 병원인 세상을 응시凝視하라

「詩第四號」와 유사한 일문시 「診斷 0：1」을 보면, 숫자의 배열은 연속적이며, 순차적이다. 「診斷 0：1」에서 숫자 배열을 보면, 1부터 0까지의 하나의 완료가 아니라, '·'가 등장함으로써 새로운 시작이 예고되고 있음을 볼 수 있다. 종료되지 않는 끝없는 순환이 있는데, 그 순환은 1부터 0까지에 이르는 하나의 궤도 속에서의 순환이다. 반면에 「詩第四號」는 1에서 0까지의 순차성이 깨져 있다. 여기에서 숫자 배열은 불연속적이며, 반복적인 성격을 갖는다. 이 같은 저자의 해석에는 저자는 「詩第四號」에서 숫자를 그림인 숫자판이 아니라, 글자처럼 세로로 나열되어 있다는 것을 전제하고 있다. 「診斷 0：1」가 1과 0 안에서 봉쇄된, 끝없는 순환이라면, '1 2 3 4 5 6 7 8 9 0'이라는 숫자의 순차적 배열을 깨뜨리고 1의 반복, 2의 반복, 3의 반복, 4의 반복, 5의 반복, 6의 반복, 7의 반복, 8의 반복, 9의 반복, 0의 반복을 보게 된다.

「詩第四號」에서 좌우의 방향이 바뀌고, 열 번 반복되고, 숫자가 한 자리씩 커질 때, 점을 찍은 숫자 배열은 순차적으로 진행되는 정상적인 숫자 배열에 익숙한 의식을 파괴한다. 숫자의 기이한 형태는 환자와 의사와 질병의 공간으로 보는 이의 시선을 강하게 잡아당긴다. 사로잡힌 시선을 가리켜 '응시'라고 부를 수 있을 것이다. 라캉은 "모든 그림은 응시를 잡기 위한 덫이다"[26]라고 말한 바 있다. "응시되기 위해 거기에 있는 그 물체를 응시하는 자, 즉 우리를 잡기 위해 '덫을 놓는다'고 할 수 있습니다. 이 그림홀바인의 「대사들」은 주체로서의 우리가 말 그대로 그림 속으로 불려 들어가 마치 그 안에 붙잡힌 것처럼 표상된다는 사실을 이례적이라 할 수 있을 만큼 분명하게 보여주고 있습니다"[27]라고 진술한다. 홀바인의 「대사들」에서 대사로 보이는 두 인물과 오브제들이 그림의 주인인 것 같지만, 정작 보는 이의 눈을 사로잡는 것은 삶의 무상함을 내포한 그림 하단의 해골 왜상歪像이다.

이상의 「詩第四號」에서 보는 자의 시선을 잡아끄는 것은 시의 서두와 말미의 언술들이 아니라, 의미 없이 반복되고 좌우가 뒤바뀐 숫자들이다. 다시 말하면, 숫자들은 그 왜곡된 형상을 제시함으로써 무언가를 강렬하게 욕망하는 시적 자아의 기록이다. 그렇다면 「詩第四號」의 기록자, 혹은 이상의 시적 자아가 기이한 숫자 배열을 통해 무엇을 말하고자 하는가? 그는 「詩第四號」에서 기이한 숫자들을 보여줌으로써 '병원인 세상을 응시하라'고 선언하는 것이다. 그가 파악한 세상은 의사와 환자에게 진단서를 발부하는 병원으로 나타난다. 하나의 완결된 세상의 내용은 기이한 숫자 배열, 즉 '치료할 수 없는', '파괴되어 버린', '이해할 수 없는' 등으로 환자의 용태를 진단한 담당 의사의 진단서와 일치한다.

유종호는 세상이 병원이라는 시적 인식을 보여준 예로 보들레르의 산문시 「이 세상 밖이라면 어느 곳에나」를 제시한 바 있다. "병원이라는 제도는 근대의 소산이기 때문에 세계를 병원이라고 간주하는 생각은 그리 오래 된 것은 아니다. (…중략…) 보들레르도 산문시 「이 세상 밖이라면 어느 곳에나」에서 삶을 병원에 비유하고 있다."[28] 보들레르는 "이곳의 인생은 병원과도 같다. 그곳에서

---

26 자크-알랭 밀레 편, 맹정현 · 이수련 역, 『자크 라캉 세미나 11 - 정신분석의 네 가지 근본 개념』, 새물결, 2008, 139면.

27 위의 책, 145면.

28 유종호, 『시란 무엇인가』, 민음사, 1995, 137~140면.

환자들은 제가끔 침대를 바꾸어 다른 곳에 있고 싶은 욕망을 가지고 있는 병원. 어떤 환자는 난로 앞에 누워 고통하고 싶어 하는가 하면, 어떤 환자는 창문 옆 자리에서라면 병이 나을 것이라고 믿는다. (…중략…) 마침내 나의 영혼은 폭발한다. 영혼은 현명하게 나에게 외치는 것이다. "아무 곳이라도 좋소! 아무 곳이라도! 그곳이 이 세상 밖이기만 하다면!"[29] 보들레르의 시적 자아는 병원인 세상에 갇힌 존재이다. 이 같은 삶의 조건을 자각하기 때문에 그는 "이 세상 밖이기만 하다면" 어디든 좋다고 외친다.

이상의 시적 자아에게 이 세상은 다른 어떤 곳과도 비교할 수 없는 '최저낙원最低樂園',[30] 벗어나기를 갈망하는 공간이다. 이상은 질병과 공간을 결합시켜서 경성이라는 도시의 병듦과 병든 육체의 유사성을 시로 형상화시킨다. 「街外街傳」[31]에서 도시는 폐환肺患 같은 유곽을 숨긴 병든 육체에 비유된다. 「街衢의추위」에서도 도시의 쇠약함은 병든 화자가 감각하는 거리의 추위에 함축되어 있다. 이상의 시적 자아에게 세상이 병원이며, 그곳에 사는 사람들은 모두 병자들인 것이다. 세상이 병원이라는 이상의 시 의식은 그러한 세상으로부터 누구도 벗어날 수 없다는 한계성을 날카롭게 인식하게 하였다.

29 C. P. 보들레르, 윤영애 역,「이 세상 밖이라면 어느 곳에나」, 『파리의 우울』, 민음사, 1979, 226~227면.
30 이상, 「最低樂園」, 『조선문학』, 1939, 84~85면.
31 이상, 「街外街傳」, 『詩와 小說』, 1936.3, 16~19면.

부록

임화의 언어의식과 『현해탄』의 어문정리 실천에 관한 고찰

서울방언을 중심으로

1. 들어가며

임화가 시를 발표한 1920년대부터 1950년대에 이르기까지 그의 시 작품 전반에 걸쳐 서울방언이 나타난다. 그런데 1938년에 발간된 임화 시집 『玄海灘』[1]에서만 표기가 표준어화되어 있음을 볼 수 있다. 『玄海灘』 이전에 발표된 임화의 시 원문에는 서울방언 'ㅗ>ㅜ', 'ㅓ>ㅡ', 'ㅏ>ㅐ', 'ㅏ>ㅓ', 'ㅡ' 보수형 등이 빈번하게 나타난다.[2] 그러나 『현해탄』에서는 서울방언과 그 외의 어휘들도 『한글 맞춤법 통일안』에 따라 수정되어 표기되었음을 확인할 수 있다. 이 글에서는 이 같은 특이점의 원인과 배경을 살펴볼 것이다.

임화는 그의 평문들을 통해 문학어와 일상어의 일치를 강조하고, '통일된 민족어', 즉 어문정리가 이루어진 조선어를 갈망하는 언어의식을 드러낸다. 또한 그는 『현해탄』의 「後書」에서 『현해탄』의 원고를 교정한 이극로의 노고에 고마움을 표현한 바 있다. 임화의 언어의식과 언어학자 이극로의 어문정리 실천의지는 임화의 시력에서 『현해탄』에서만 유일하게 표기가 표준어화된 이유를 해명하는 출발점이 될 것이다.

통일된 민족어 실현을 꿈꾼 임화의 언어의식과 언어학자 이극로의 한글보급

---

1 임화, 『현해탄』, 동광당서점, 1938.

2 졸고, 「이상 국문시의 문체연구–서울방언을 중심으로」, 『우리어문연구』 60, 우리어문학회, 2018.1, 192~198면 참조.

운동의 실천 의지와 결합하여 어문정리가 이루어진 『현해탄』이 발간되는 과정을 살펴보기 위해서 서울방언과 표준어화의 사례를 분명하게 비교하고 대조해 볼 수 있는 『현해탄』 이전에 발표된 시 원문과 『현해탄』에 다시 실린 동일 작품의 표기를 비교하고 대조하였다. 또한 시 원문과 달라진 『현해탄』의 표기 사례에 『한글 맞춤법 통일안』의 규정을 병기함으로써 『현해탄』에서의 어문정리 실현 양상에 대해 고찰하였다.

2. 문학어로서의 일상 언어와 어문정리의 필요성

임화의 언어에 대한 인식은 두 가지로 나눠서 살펴볼 수 있다. 그는 비평문을 통해 어문정리가 이루어진 통일된 민족어의 확립과 자연스러운 일상 언어와 문학어가 일치해야 함을 강조한다. 그런데 민중이 사용하는 자연스러운 담화어, 즉 방언이 포함된 일상 언어의 문학어화를 지향하는 임화의 언어의식과 어문정리가 이루어진 민족어의 실현을 역설하는 임화의 언어의식 사이에 균열과 불일치를 발견할 수도 있다. 그러나 어문정리란 일정한 문법적 규칙이 확립되지 않은 우리글의 문법적 통일을 주장하는 것이며, 일상 언어의 문학어화란 생활언어로써 민중의 살아 있는 서사와 서정을 문학작품에 담을 수 있다는 주장이라는 점에서 위에서 제시한 임화의 두 주장은 서로 모순된 것이 아님을 그의 평문들을 통해서 확인할 수 있다.

임화의 「예문藝文의 융성과 어문정리」[3]를 보면, 임화는 문학작품에 구현되어야 할 언어는 일상 언어와 일치하는 언어이어야 한다고 말한다. 그의 단편서사

3 임화, 「예문(藝文)의 융성과 어문정리」, 『임화문학예술전집－평론』 2, 소명출판, 2009, 62면; 『사해공론』, 1938.7.

시 계열의 시편들을 보면, 그는 '일상의 산 언어', 즉 대다수의 인민이 사용하는 일상 언어를 문학작품에 담아내고자 하였음을 알 수 있다.[4] 그는 「문학어로서의 조선어」에서 "창작 앞에 나타나는 조선어"는 "생활어로서의 조선말", 즉 "자연 담화어"여야 한다고 말한다.[5] 「언어를 의식한다」에서도 그는 일상 언어가 문학어로서 좋은 언어라고 말한다. "문학에 있어서 좋은 언어"란 "사람들이 일상적으로 말하고 읽고 듣는 언어"[6]인 것이다. 「언어와 문학」에서도 그는 "언어 즉 민족어로서의 언어는 그 나라의 문학상에 생생한 그대로 씌어져야 하는 것이다"[7]라고 말한다. 일반 민중이 사용하는 생활언어와 문학어가 전혀 다르지 않다는 것을 인식하는 임화의 언어의식은 민중의 서사를 생활언어로 담아낸 단편서사시 계열의 시편들, 「젊은 巡邏의 片紙」, 「네 距離의 順伊」, 「우리 옵바와 화로」, 「어머니」, 「봄이 오는구나」, 「다 없어졌는가」, 「病監에서 죽은 여석」, 「雨傘 밧은 요꼬하마의 埠頭」, 「오늘밤 아버지는 퍼렁이불을 덥고」 등에서 잘 나타나 있다.

임화는 우리말과 글에 어문정리가 필요하다는 것을 역설한다. 그는 문법적 통일성이 확립된 민족어의 실현을 갈망하였음을 다음의 평문들에서 확인할 수 있다. 그는 「언어와 문학」에서 "무엇보다 한 개의 민족적 국민적 언어로서의 조선어는 아직도 언어학적 문법학적으로 정리되지 않고, 아직까지도 우심한 혼란의 와중에 있는 것으로, 통일적 민족어로서 완성되는 역사적 과정을 통과하지 못한 것이다"[8]라고 진술한다. 그는 「조선어와 위기하의 조선문학」[9]에서도 임화는 정

4 졸고, 「이상 시와 임화 시에 나타난 서울방언 비교 연구」, 『어문론총』 80, 한국문학언어학회, 2019.6, 313~333면.

5 임화, 「문학어로서의 조선어」, 『임화문학예술전집 - 평론』 2, 97면; 『한글』, 1939.3.

6 임화, 노혜경 역, 「언어를 의식한다」, 위의 책, 492면; 『경성일보』, 1939.8, 1~20.

7 임화, 「언어와 문학」, 『임화문학예술전집 - 평론』 1, 소명출판, 2009, 471~472면; 『문학창조』 창간호, 1934.6; 『예술』, 1935.1.

8 위의 글, 477면.

9 임화, 「조선어와 위기하의 조선문학」, 『임화문학예술전집 - 평론』 1, 580~606면; 『조선중앙일

리된 언어, 즉 '통일된 민족어의 완성'을 지향한다. "민족어의 발전이란 전혀 그 나라의 자본주의적 발전의 성질에 의존하는 것으로서, 고도의 자본주의적 발전을 수遂한 국민일수록 방언의 차이, 신분적 차이가 심하며, 언어가 민족어라고 부르기는 너무나 우심하게 불통일적이고 혼란되어 있는 것이다."[10] 임화는 지역간에 방언 차이가 심한 언어, 신분적 차이가 심한 언어, 불통일적이고 혼란스러운 언어를 벗어나 시민계급의 손으로 민족어가 완성되어야 한다는 점을 강조한다. 어문정리가 이루어진 통일된 민족어[11]를 지향하는 그는 다른 나라의 언어처럼, "우리 조선어도 그 봉건적 중세에 항抗하여 일어난 시민계급의 손에 민족어로서 완성되어야 할 것이고 자기의 완성된 사전, 문법서와 그 구체적 성과로서 완미完美한 조선어로 이야기된 문학을 만들어야만 할 것"[12]이라고 말한다.

임화는 「7월의 창작 월평」에서 작품에서 방언의 사용을 대화에 한정시켜야 하고 서술할 때에는 방언을 쓰지 말아야 한다고 진술한다. "작자가 서술에 거의 방언을 쓰지 않았다는 것은 정당하다. 서술에 방언을 난용亂用한다는 것은 용의 깊은 작가는 안하는 것이다. 그러나 회화에도 방언을 쓰되 질적 혹은 양적으로 적당한 도를 알맞추어야 제법 문장가이다. 고리키는 회화 중에 나오는 구어口語에 관하여, "그 나오는 양도 얼마 아니되는 것으로, 오직 표현된 인물을 일층 조형적으로, 부조적으로 특징화시키기 위하여, 또 일층 그들을 생생하게 만들기 위한 필요한 양"이란 말을 했다. 그러나 씨는 전혀 맹목적으로 등장인물의 전

보』, 1936.3, 8~24면.

10 위의 글, 587면.

11 김영범은 「한국 근대시론의 형성과정 연구」에서 임화의 통일된 조선어에 대한 갈망에 대해 살펴보았는데, 그는 임화가 「언어와 문학－특히 민족어와의 관계에 대하여」를 쓴 시기에 언어와 문학을 매개로 계급과 민족을 결합시키고 시도했다는 사실을 보여주었다고 평가한다. 또 그는 임화가 바라보는 이상적인 문학의 언어는 "만인에 의하여 이야기되고 만인이 곧 이해할 수 있는" 조건을 갖추어야 한다고 주장하였다고 말한다(김영범, 「한국 근대시론의 형성과정 연구－임화·김기림·박용철의 경우」, 고려대 박사논문, 2017, 160~168면).

12 임화, 앞의 글, 595면.

회화를 함경도 방언으로 채워버렸다. 방언 문제에 관하여는 따로 논고해야 할 시급한 문제의 하나이다".[13] 이처럼 임화는 방언의 적당한 사용을 중시하며, 특히 '회화'가 아닌 '서술' 부분에는 방언을 쓰지 말아야 한다는 것을 강조한다. 그는 일상 언어를 문학어로 활용하되, 방언을 절제하여 사용해야 한다고 하였는데, 실제로 그의 시에서 'ㅗ>ㅜ'는 청자를 지향하는 대화체나 독백체의 작품에 나타나며, 내면의식을 드러내는 시에는 거의 나타나지 않는다.[14] 임화는 그의 비평문들에서 민중의 살아 있는 생활언어 혹은 '자연 담화어'가 문학어로 좋다고 주장하는데, 이 같은 문학 언어에 견해는 그의 단편서사시 계열의 시편들에서 이미 구현되어 있다. 그러나 시집 『현해탄』에는 시에 서사적 요소를 결합시킨 단편서사시 계열의 작품은 「네 距離의 順伊」 외에는 실리지 않았고, 청자지향적인 작품들도 거의 나타나지 않기 때문에 자연 담화어에 빈번하게 쓰이는 모음 'ㅗ>ㅜ'와 'ㅏ>ㅓ' 등이 수정된 사례 역시 거의 등장하지 않는다.

> 도대체 어문의 정리라는 것은, 첫째 말(예하면 단어)의 사용되는 의미를 밝히어 일정한 것으로 정착 확립하는 것이요, 둘째는 어맥語脈 혹은 문맥 속에 각 말이 연

13 임화, 「7월의 창작 월평」, 『임화문학예술전집-평론』 1, 669면; 『조선중앙일보』, 1936.7, 18~29면.

14 "임화 시에서의 'ㅗ>ㅜ' 현상은 종결 어미, 연결어미, 조사, 체언, 관형어 등에서 다양하게 나타난다. 임화의 단편서사시에서 화자의 발화가 청자에게 직접 발화하는 자연발화의 형태를 갖는다. 상정된 청자를 향해 직접 발화하는 형식을 가지므로 언어는 구어에 가깝다. 임화 시에 나타난 고모음화 'ㅗ>ㅜ'는 관형어, 연결어미, 종결 어미, 보조사, 체언 등에 나타난다. 고모음화 현상은 서사적 요소가 결합된 시 작품들에서 두드러지게 나타난다. 'ㅗ>ㅜ'는 임화의 단편서사시 형식의 작품들, 「젊은 巡邏의 片紙」, 「네 距離의 順伊」, 「우리 옵바와 화로」, 「어머니」, 「봄이 오는구나」, 「다 없어졌는가」, 「病監에서 죽은 여석」, 「雨傘 밧은 요꼬하마의 埠頭」, 「오늘밤 아버지는 퍼렁이불을 덥고」 등에서 나타나는데, 임화의 단편서사시에는 자연발화에 가까운 생활언어가 그대로 반영되어 있다. 서사적 요소가 확연하지 않은 작품들에는 'ㅗ>ㅜ'가 거의 나타나지 않음을 확인할 수 있다. 임화 시에서 'ㅗ>ㅜ'는 청자를 지향하는 대화체나 독백체의 작품에 나타나며, 내면의식을 드러내는 시에는 거의 나타나지 않는다. 이 같은 결과는 고모음화 'ㅗ>ㅜ'가 직접 발화에 쓰이는 생활언어라는 것에서 기인한다"(졸고, 「이상 시와 임화 시에 나타난 서울방언 비교 연구」, 325면).

결되는 법칙, 즉 문법을 합리적으로 수립하는 것이다. 그런데 이 두 가지의 확립의 표준과 준거점에 되는 것은 말할 것도 없이 현실생활 가운데서 다대수 인민이 사용하는 일상의 산 언어다. (…중략…)

그러나 시 없이는 언어가 진실로 산 의미에서 내용이 정착되고, 어맥이 적절 완미하게 합리화하지 못하며, 또한 어문 정리 없이는 시는 제가 지불하지 않아도 좋은 언어에 대한 극히 일반적인 노력을 경주하기 때문에 예술로서의 자기완성에 지대한 영향을 받지 아니할 수가 없다. (…중략…) 그러면 어문의 정리, 사상적 의미에 있어 그 곳 말의 완성이란, 문학적 의미의 상호 통일적인 노력에서만 비로소 가능한 것이며, 또한 그 중 어느 일자一者가 결여된 채 어느 일자一者의 완성을 꾀한다는 것이 하나의 모순이라 함을 수긍할 수 있을 것이다.[15]

위의 인용문처럼 임화는 시인과 언어학자가 각자의 역할을 다하여 문학적 의미의 상호통일적인 노력을 할 때, 말의 완성이 가능하다고 진술하며, 시인의 시와 언어학자의 어문정리가 반드시 필요하다는 사실을 강조한다. 임화의 "어문의 정리"란 단어가 일정한 뜻을 갖는 것을 의미하며, 일정한 문법을 확립하는 것을 뜻한다. 그런데 어문정리의 '표준과 준거점'이 되는 언어는 "다대수 인민이 사용하는 일상의 산 언어"이어야 한다. 이를 위해 임화는 시인과 언어학자의 상호통일적인 노력이 필요하다고 주장한다. 이러한 임화의 언어의식과 그의 시와 언어학자 이극로의 어문운동이 만나서 탄생한 것이 표준어화된 시집『현해탄』인 것이다.

그렇다면 이 시점에서 임화 시집『현해탄』이 왜『한글 맞춤법 통일안』의 표기법을 수용하여 발간되었는가에 대해 그 이유와 배경을 살펴보아야 한다.『현해

15 임화,「예문藝文의 융성과 어문정리」,『임화문학예술전집－평론』2, 62~64면;『사해공론』, 1938.7.

탄』 이전에 발표된 시에는 서울방언이 반영되어 있으며, 『현해탄』 이후에 발표한 임화의 시에도 여전히 서울방언이 나타나는데, 『현해탄』에는 방언의 흔적이 지워져 있다. 그 이유를 『현해탄』의 「後書」를 통해 짐작할 수 있다. 이 글에는 『현해탄』이 출간되는 데 도움을 준 이극로에게 감사를 전하는 내용이 나온다.

> 끝으로 일 년 넘어 이 책의 탄생을 위하여 노력해 주신 동광당 李南來 형과, 逸散된 원고들을 모아준 젊은 友人들에게, 정성을 다하여 감사의 말씀을 드린다. 이이들 없이는 이 책이 세상에 나올 수가 도저히 없었을 것이다. 또한 난잡한 글을 일일이 한글로 고쳐주신 李克魯씨에게 삼가 후의를 감사하는 바이다. 丁丑 동지달, 合浦에서[16]

위의 글을 보면, 임화는 "난잡亂雜한 글을 일일이 한글로 고쳐주신 이극로 씨李克魯氏에게 삼가 후의厚意를 감사感謝하는바이다"라며 시집 원고 교정 작업에 이극로가 적극적으로 참여하였음을 밝히고 있다. 이는 임화의 발표된 시 원문에는 서울방언이 보존되어 있지만, 『현해탄』에 동일한 작품들이 다시 수록될 때, 『한글 맞춤법 통일안』의 맞춤법에 따라 수정된 이유를 이해할 수 있는 대목이다. 이극로는 1933년 한글맞춤법 제정위원이었으며 1936년 조선어 표준어 사정위원이었다. 그는 한글의 보급화를 위하여 어문운동을 실천한 국어학자이다.

고영근에 따르면, 고루 이극로가 조선어연구회에 입회한 것은 그가 "어문문제가 곧 민족문제라는 것을 각성"[17]했기 때문이었다. 고영근은 또 이극로가 "철자법 제정 및 수정 위원으로 활약하였으며 보급하는 마당에 있어서는 언론기관을 통하여 홍보도 하고, 『한글』의 통일안해설 지상강좌에도 참여하였다"고 진

16 임화, 「後書」, 『현해탄』, 5~6면.
17 고영근, 「이극로의 사회사상과 어문운동」, 『한국 인물사 연구』 5권, 한국인물사연구회, 2006.3, 354면.

술하고 있는데,[18] 이극로는 민족 문제로서 한글을 인식하였으며, 그러한 그의 인식은 어문운동의 실천으로 이어진다.

역사학자인 박용규는 이극로가 1910년대 만주와 상해시절에 주시경의 수제자인 김두봉의 영향을 받으며 한글 연구의 길에 들어가기 시작하였으며, 그의 한글 연구에는 박은식과 신채호의 국학에 대한 영향도 작용하였다고 평가한다. 이극로는 한글통일안을 확정하는데 전 부문에 참여하였는데, 이극로의 '한글맞춤법 통일안의 보급 의지'가 다음의 글에서 확연히 나타나고 있었음을 확인할 수 있다고 서술한다.[19]

> 한글 철자법을 널리 민중에게 보급시켜야 할 것이 이로부터 노력해야 할 문제인데 무엇보다도 먼저 신문 혹은 잡지기자 학교교원 같은 직접 문필에 종업하고 교육의 중임에 있는 이들을 모아 간단한 강습회를 개최하고 또는 다른 일반 성의 있는 이들을 모아서 특별한 강습을 시켜서 일반민중에게 널리 사용되도록 할 작정이다. 그리고 또 인쇄소 같은 곳에 우리 어학회원이 직접 가서 인쇄물의 교정도 보아주기도 하여 한글을 바로 쓰기에 힘을 드릴 작정이다. 우리 어학회에서는 어학회대로 보급에 힘쓸 것이나 일반 민중들도 또한 민족의 한 사람된 책임을 가지고 우리글을 바로 쓰도록 힘써서 이번의 통일안을 쓰도록 하여주기를 바라는 바이다.
>
> 조선어학회 이극로 씨談[20]

위에 인용된 글에서 이극로가 "인쇄소 같은 곳에 우리 어학회원이 직접 가서

---

18 위의 글, 360면.

19 박용규, 「일제시대 이극로의 민족운동 연구－한글운동을 중심으로」, 고려대 박사논문, 2009, 87~113면.

20 이극로, 「한글사용의 正確은 民族的 重大責任, 문필종사자 강습회를 대대적 계획」, 『조선일보』, 1933.10.28; 박용규, 위의 글, 113면에서 재인용.

인쇄물의 교정도 보아주기도 하여 한글을 바로 쓰기에 힘을 드릴 작정이다"라고 진술한 부분에서 이극로의 의지가 엿보인다.

서민정은 이극로의 국어의식을 살핀 연구에서 "이극로의 '국어' 형성에 대한 갈망에 대한 사상적 배경의 검토를 위해 그의 서구에서의 행적을 중심으로 고찰하였다. 그는 이극로가 김두봉, 신채호, 박은식의 사상적 영향을 받았으며, 서구 근대화를 모델화하여 조선어의 규범화와 사전 편찬에 주도적으로 관여했다"[21]고 진술한다. 어문정리의 구체적 명시가 바로 조선어학회의 『한글 맞춤법 통일안』[22]인 것이다. 또한 한글보급운동[23]은 통일된 언어를 갈망한 언어학자들과 문인들의 실천을 잘 보여준다.[24] "한글운동을 주도한 이극로는 한글운동을 민족운동의 일환으로 전개했던"[25] 것인데, 이 같은 이극로의 한글에 대한 실천적 의지와 통일된 민족어의 완성을 갈망하였던 임화의 언어의식이 결합하여 표준어화된 『현해탄』이 탄생한 것으로 볼 수 있다.

---

21 서민정, 「주변부 국어학의 재발견을 위한 이극로 연구 – 국가어로서 '국어' 형성에서 역할을 중심으로」, 『우리말 연구』 25, 우리말학회, 2009, 342~343면.

22 조선어학회, 『한글 맞춤법 통일안』, 한성도서주식회사, 1933.

23 "새 맞춤법의 도입은 여러 신문들과 학교에서는 물론 여러 출판사들에서도 활발하게 전개되었다. 그리하여 잡지 『동광』, 『진생』, 『신생』이 새 맞춤법을 도입하는데 앞장섰으며 동아일보사가 발행하는 『신동아』는 주체21(1932)년 에 나온 제2권 1호부터, 『신가정』은 주체22(1933)년 1월의 창간호부터 그리고 중앙일보사에서 발행하는 『중앙』지는 주체22(1933)년 창간호부터, 조선일보사에서 발행하는 『조광』은 주체24(1935)년 창간호부터, 『녀성』도 주체2(1936)년 4월에 발행하는 창간호부터 각각 새 철자법을 도입하게 되었다. 이와 같이 신문, 잡지를 비롯한 일반출판물들과 학교의 교과서, 종교관계의 출판물들이 일반 독자들과 대세의 요구에 의하여 모두가 새 맞춤법을 따르게 되었고 특히 새 맞춤법통일안이 발표된 뒤에 창간된 잡지들은 다 새 맞춤법에 의하여 출판하게 되었다(정순기 · 정용호, 『조선어학회와 그 활동』, 평양 : 과학백과사전종합출판사, 2000; 영인본, 한국문화사, 2001, 82면).

24 다음에 인용한 글에서 『한글 맞춤법 통일안』 제정을 대하는 언론사와 인쇄소와 독지가 등의 열광적인 지지를 엿볼 수 있다. "『한글 맞춤법 통일안』 제정 및 그 발표에 따르는 일반 여론은 자못 거족적인 열광 그것이었다. 각 신문의 사설과 시평은 맞춤법 제정의 절대적 필요성을 역설하여, 여론을 향도하는 데 주도적 역할을 하였고, 독지가는 재정적 뒷받침을, 인쇄소(한성도서주식회사)는 인쇄물로써 후원하는 등 그 거족적인 양심의 발현을 모아, 후세의 영원히 기념할 수 있는 귀중한 역사적 자료를 마련하였다"(한글학회 50돌 기념사업회 편, 『한글학회 50년사』, 한글학회, 1971, 65면).

25 박용규, 「일제시대 이극로의 민족운동 연구 – 한글운동을 중심으로」, 5~6면.

3. 시 원문과 『현해탄』 수록본의 표기 비교

서울방언은 'ㅗ>ㅜ', 'ㅓ>ㅡ', 'ㅏ>ㅐ', 'ㅏ>ㅓ', 'ㅡ' 보수형 등 주로 모음 변화로 그 특징이 나타난다. 이 글에서는 모음변화를 중심으로 『현해탄』에서 서울방언이 실현된 양상을 살펴보았다.[26]

'ㅡ>ㅓ'

임화의 발표된 시 원문에 쓰인 서울방언 'ㅓ>ㅡ'가 『현해탄』에 다시 실리면서 'ㅡ>ㅓ'로 수정되었음을 확인할 수 있다.

---

26 서울방언과 비교되는 다른 지역어의 특징들로 성조, 어휘, 연결어미, 종결 어미, 조사, 'ㅢ'의 다양한 실현 양상 등을 살펴볼 수 있다. 부산방언의 특징에 대해 고찰한 김고은은 「부산 지역어의 성조형과 성조변화」에서 부산 지역어의 성조소는 고조(H)와 저조(L) 두 가지가 있으며, 성조소간의 결합으로 이루어지는 복합조는 고저복합조(H·L), 저고복합조(L·H)가 있다고 파악한다. 또한 노년층과 청년층에 따라 세대 간 성조변화가 관찰되며, 체언과 용언에 공통적으로 존재하는 성조형, 용언에만 존재하는 성조형이 있다고 본다(김고은, 「부산 지역어의 성조형과 성조변화」, 서울대 석사논문 2016, 83면). 임정민은 「경남 민요에 반영된 경남 방언-『한국민요집 I』을 중심으로」에서 경남방언에는 '고 / 오', '가 / 아' 등 의문보조사가 있으며, 공동격 조사로 '랑, 캉', 속격 조사로 '에, 거, 그, 우', 목적격 조사 '을랑', 호격 조사 '요'가 특징적이라고 밝히고 있다. 종결 어미로 평서문에 '-(꾸)마', '-는갑다', '-일레', '-입니더' 등이 있으며, 의문문으로 '-가 / 나', '-고 / 노', '-습니꺼', '-습디꺼', 명령문으로 '-으이소', 청유문으로 '-읍시더', '-입시더' 등이 있다고 파악한다. 또한 그는 어휘상 특징적인 방언으로 '정지(부엌), 조피(두부), 통시 / 통세(화장실), 머음(머슴), 꼬두랑이(막내), 가수나(계집아이), 우얀(어떤), 자목하다(자욱하다), 자불다(졸다), 삽작꺼리 / 삽작거래(대문) 등을 들고 있다(임정민, 「경남 민요에 반영된 경남 방언-『한국민요집 I』을 중심으로」, 창원대 석사논문, 2008, 113~116면). 김웅배는 「전남 방언의 서법 연구」에서 전남방언의 특징으로 인과의 연결어미로 '가니 / 간디, 길레, 니라고, 자, 응께'가 있으며, 조건의 연결어미로는 '그는 / 그등, 아사 / 어사, 으먼', 양보의 연결어미로 '음시로, 다고, 드래도, 아도 / 어도, 제만, 내이다', 상황의 연결어미로 '응께, 드이 / 드니, 아서 / 어서, 은디, 아도 / 어도' 등이 나타난다고 파악한다(김웅배, 「전남 방언의 서법 연구」, 전남대 박사논문, 1989, 168~169면). 김다솔은 「전남 방언 이중 모음 'ㅢ'의 실현 양상 연구」에서 전남방언은 'ㅢ' 본래의 발음이 나지 않는 것이 특징이라고 말한다. 'ㅢ'의 실현 양상은 환경 별로 다양하게 나타나는데, 'ㅢ'가 어두일 때 초성이 있는 환경에서는 주로 'ㅣ'로 초성이 없는 환경에서는 주로 'ㅡ'로 발음된다고 파악한다. 또 'ㅢ'가 비어두일 때 초성이 있는 환경에서나 초성이 없는 환경에서 모두 'ㅣ'로 발음되나 선행 음절에 종성이 있는 경우에는 타 방언에 비해 'ㅡ'로 실현되는 비율이 높고, 관형격 조사의 경우 주로 'ㅔ'로 나타나지만 'ㅡ'로 나타나는 비율도 높은 편이라고 파악한다(김다솔, 「전남 방언 이중 모음 'ㅢ'의 실현 양상 연구」, 전남대 석사논문, 2017, 52면).

	시 원문	『현해탄』 수록본	『한글 맞춤법 통일안』
	도라스는(「영원한 青春 세월」, 『문예창조』, 1934.6)	돌아서는(「세월」)	제8항 부록(附錄) 일(一)표준어(標準語) 팔(八) 다음의 말들은 여러 가지가 있으나, 갑(甲)만 취(取)하고 그 밖의 말들은 다 버린다. 더니(甲) 드니 더라(甲) 드라 더라도(甲) 드라도 던(甲) 든 (56면)
	빗나든 / 나붓기든(「闇黑의 精神」, 『청년조선』, 1934.10)	빛나던 / 나붓기던	
	믿업든(「옛册」, 『신동아』, 1935.9)	미덥던	
	업든 / 욕하든 / 들안젓든 / 무러보든(「꼴푸場」, 『조선중앙일보』, 1935.8.4)	없던 / 욕하던 / 들어앉았던 / 물어보던	
	노래하든 / 매여달렷든 / 안튼가(「다시 네거리에서」, 『조선중앙일보』, 1935.7.27)	노래하던 / 매어달렸던 / 않던가	
	내다보든 / 깎든 / 스고 / 보든 / 맑든 / 자든(「낮(午)」, 『삼천리』, 1935.8)	내다보던 / 깎던 / 서고 / 보던 / 맑던 / 자던	
ㅡ > ㅓ	하든(「버러지」, 『신동아』, 1935.12) 하드라만 / 댁연트라! / 찼드라 / 아름답드라(「안개 속」, 『조선문학』, 1937.5)	하든(「벌레」, 『현해탄』에 간혹 'ㅓ > ㅡ'가 나타나기도 한다.) 하더라만 / 대견하더라![27] / 찼더라 / 아름답더라	
	묵묵(默默)하든(「一年」, 『조광』, 1935.12)	묵묵(默默)하던	
	업섯든가(「地上의 詩」, 『풍림』,1937.2)	없었던가?	
	슨(「바다의 讚歌」, 『조선일보』, 1937.6.23)	선	
	나발이엇든 / 굿건하든(「洪水 뒤」, 『조선일보』, 1937.6.24)	나발이었던 / 굳건하던	
	즐거움이엇든(「내 青春에 받히노라」, 『동아일보』, 1937.10.22)	즐거움이었던	
	누엇든 / 건느든(「地圖」, 『동아일보』, 1937.11.3)	누웠던 / 건너던	
	잇어버리엇든(「어린 太陽이 말하되」, 『동아일보』, 1937.6.23)	잊어버리었던	
	울리든(「새 옷을 갈아입으며」, 『동아일보』, 1937.10.24)	울리던	

27 임화 시 「안개 속」(『조선문학』, 1937.5)의 3연 4행 "댁연트라"는 『현해탄』에서 "대견하더라"로 개작하였다는 해석(문종필, 「임화 시 개작 연구」, 중앙대 석사논문, 2011, 131~172면)은 수정이 필요하다. '댁연트라〉대견하더라'는 개작이라기보다는 표준어로 교정하는 과정에서 서울방언인 'ㅓ〉ㅡ'와 준말인 '트라'를 시집의 교정 과정 중에 '하더라'로 표기한 것이기 때문이다.

움라우트 'ㅐ>ㅏ'

다음은 발표된 시 원문에 나타난 서울방언인 움라우트 'ㅏ>ㅐ' 현상이 시집 『현해탄』에 다시 실리면서 'ㅐ>ㅏ'로 수정되었음을 확인할 수 있는 예이다.

<table>
<tr><th></th><th>시 원문</th><th>『현해탄』 수록본</th><th>『한글 맞춤법 통일안』</th></tr>
<tr><td rowspan="7">ㅐ>ㅏ</td><td>잠뱅이(「꼴푸場」, 『조선중앙일보』, 1935.8.4)</td><td>잠방이</td><td rowspan="3"></td></tr>
<tr><td>소내기 / 애기(「낫(午)」, 『삼천리』, 1935.8)</td><td>소나기 / 아기</td></tr>
<tr><td>양복(洋服)쟁이(「夜行車 속」, 『동아일보』, 1935.8.11)</td><td>양복(洋服)장이</td></tr>
<tr><td>앳기겟는가?(「꼴푸場」, 『조선중앙일보』, 1935.8.4)</td><td>아끼겠는가?</td><td rowspan="4">제23항 동사의 어간이 '이 히 붙을 적에 어간의 끝 음절 홀소리가 그 소리를 닮아서 나는 일이 있을지라도 그 원형(原形)을 바꾸지 아니한다。(23면)</td></tr>
<tr><td>애끼지 안는다(「一年」, 『조광』, 1935.12)</td><td>아끼지 않으련다</td></tr>
<tr><td>애끼느냐고(「들(野)」, 『조광』, 1936.1)</td><td>아끼는고?</td></tr>
<tr><td>애끼는(「가을 바람」, 『중앙』, 1936.1)</td><td>아끼는</td></tr>
</table>

발표된 시 원문에 나타난 서울방언이 『현해탄』에 다시 실리면서 표준어로 수정되었음을 확인할 수 있다. 그러나 『현해탄』이 발간된 이후에 발표된 임화의 시에는 다시 서울방언이 나타난다.[28] 서울방언은 '한글 맞춤법 통일안' 이후

---

28 다음 표는 『현해탄』 이후 발표된 임화 시에 나타나는 서울방언이다.

<table>
<tr><th colspan="2">『현해탄』 이후 발표시</th></tr>
<tr><td>ㅓ>ㅡ</td><td>주고 받든, 감미(甘味)햇든, 포로이엇든, 무성했든, 부서지든, 진였든, 했든(「한녀름밤의 꿈」, 『조선문학』, 1939.3)
부서지든, 했든, (「한여름 밤」, 『찬가』, 1946.7)
사역(使役)되든, 호령(號令)하든, 모르든, 것이었든(「발자욱」, 『적성』, 1946.3)
내어몰든(「學兵 도라오다」, 『혁명』, 1946.1)
가득하였든(「三月一日이 온다」, 『자유신문』, 1946.2.25)
노래부르든(「祭祀」, 『해방일보』, 1946.5.9)
싸호든(「祭祀」, 『해방일보』, 1946.5.9)
뿌리든, 영광(榮光)이었든(「靑年의 六月十日로 가자」, 『조선인민보』, 1946.6.10)
어리었든, 하드라도(「桂冠詩人－獄中의 俞鎭五에게」, 『찬가』, 1946.7)
이러슨, 물러슬(「우리들의 戰區」, 『찬가』, 1946.7)
맑든(「서울」, 『해방일보』, 1950.7.24)</td></tr>
</table>

1940에서 1941년 사이에 간행된 『文章』에서도 확인되는데[29] 이 같은 현상은 표준어가 보편화되기까지에는 더 많은 시간이 필요하였음을 보여준다.

모음 변화 외의 서울방언과 그 외의 어휘 사례

	시 원문	『현해탄』 수록본	『한글 맞춤법 통일안』
어두경음	짬자리(「낫(午)」, 『삼천리』, 1935.8)	잠자리(「낫(午)」	
ㅅ>ㅊ	꽂수염(「낫(午)」, 『삼천리』, 1935.8)	꽂수염(「낫(午)」	부록(附錄) 일(一) 표준어(標準語) 팔(八) 다음의 말들은 여러 가지가 있으나, 갑(甲)만 취(取)하고 그 밖의 말들은 다 버린다.

	『현해탄』 이후 발표시
ㅏ>ㅐ	이애기하는(「길－지금은 없는 전사 金에게」, 『자유신문』, 1945.11.15) 맨들자(「우리들의 戰區」, 『찬가』, 1946.7) 이애기(「노력하자 투쟁하자 五・一절이다」, 『노동신문』, 1950.5.2) 애끼며(「전선에로! 전선에로! 인민의용군은 나아간다」, 『해방일보』, 1950.7.8) 애낌없이(「한 전호속에서」, 『너 어느 곳에 있느냐』, 1951)
ㅏ>ㅔ	멕길(「사랑의 讚歌」, 『조광』, 1938.4)
ㅏ>ㅓ	따러(「慟哭」, 『찬가』, 1946.7) 살어(「길－지금은 없는 전사 金에게」, 『자유신문』, 1945.11.15) 살어(「길－지금은 없는 전사 金에게」, 『찬가』, 1946.7) 않었으나(「원쑤와의 싸움에 더욱 용감하라」, 『노동신문』, 1950.8.19) 다어(닿아) / 날어오는 / 말어야 한다 / 않었거든(「흰눈을 붉게 물들인 나의 피 위에」, 『너 어느 곳에 있느냐』, 1951)
ㅡ 보수형	움즉이었고(「우리들의 戰區」, 『찬가』, 1946.7)
ㅡ>ㅣ	질거움(「발자욱」, 『적성』, 1946.3)
위>우	우에(「慟哭」, 『찬가』, 1946.7) 우에(「한잔 포도주를」, 『청색지』, 1938.6) 우(「길－지금은 없는 전사 金에게」, 『자유신문』, 1945.11.15) 우(「길－지금은 없는 전사 金에게」, 『찬가』, 1946.7) 우에(「三月一日이 온다」, 『찬가』, 1946.7) 따우에(「祭祀」, 『찬가』, 1946.7) 우(「桂冠詩人－獄中의 俞鎭五에게」, 『찬가』, 1946.7) 우(「우리들의 戰區」, 『찬가』, 1946.7) 우에(「朴憲永 선생이시어 우리게로 오시라」, 『문화일보』, 1947.6.13) 우엔(「汽笛 울리는 竹嶺 고개에」, 『한 깃발 아래에서』, 1950.3) 우에(「대숲 어득히 흔들리는 거기」, 『노동신문』, 1950.3.21) 우의(「노력하자 투쟁하자 五・一절이다」, 『노동신문』, 1950.5.2) 우에(「전진이다! 진격이다!」, 『노동신문』, 1950.9.6)

29 본 저서의 「부록－1930년대 문예지 『조선문단』, 『조선문학』, 『문장』에 나타난 서울방언 사례」 참고.

	시 원문	『현해탄』 수록본	『한글 맞춤법 통일안』
			꽃(花)(甲)꼿 (56면)
우>위[30]	우에(「꼴푸場」, 『조선중앙일보』, 1935.8.4) 우를(「내 靑春에 받히노라」, 『동아일보』, 1937.10.22) 우에(「地圖」, 『동아일보』, 1937.11.3) 우에(「바다의 讚歌」, 『조선일보』, 1937.6.23)	위에(「꼴푸場」) 위를(「내 靑春에 바치노라」 위에(「地圖」) 위에(「바다의 讚歌」	부록(附錄) 일(一) 표준어(標準語) 팔(八) 다음의 말들은 여러 가지가 있으나, 갑(甲)만 취(取)하고 그 밖의 말들은 다 버린다。 위(上)(甲) 웋(우) (60면)
ㅡ/ㅣ>ㅢ	으젓이(「낫(午)」, 『삼천리』, 1935.8) 히망(「地圖」, 『동아일보』, 1937.11.3)	의젓이(「낫(午)」 희망(「地圖」)	제일장(第一章) 자모(字母) 제일절(第一節) 자모(字母)의 수(數)와 그 순서(順序) [부기(附記)] 전기(前記)의 자모(字母)로 적을수가 없는 소리는 두 개 이상(以上)의 자모(字母)를 어울러서 적기로 한다。 ㄲ ㄸ ㅆ ㅉ ㅐ ㅔ ㅚ ㅟ ㅒ ㅖ ㅘ ㅝ ㅙ ㅞ ㅢ(2면)
ㅡ>ㅣ	거츠른(「가을 바람」, 『중앙』, 1936.1)	거칠은(「가을 바람」) 일찌기(「내 靑春에 바치노라」	부록(附錄) 일(一) 표준어(標準語) 팔(八), 다음의 말들은 여러 가지가 있으나, 갑(甲)만 취(取)하고 그 밖의 말들은 다 버린다。 아직(甲) 아즉 아침(甲) 아츰 오직(甲) 오즉 (59~60면)
가르키다>가르치다[31]	가르키었다(「敵」, 『중앙』, 1936.5)	가르치었다(「敵」)	

30 "종래의 통상적으로 쓰이던 '우'(<웋)를 대신하여 새로운 '위'형이 서울과 경기도 일대에서 본격적으로 등장하게 된 것은 『한글 맞춤법 통일안』(1933)과 『사정한 조선어 표준말 모음』(1936)을 전후한 일이었다. 여기서 '위(上)'가 다음과 같이 표준어로 규범화되었으나 전통적인 '우'형도 허용되었다"(최전승, 「1930년대 표준어의 선정과 수용 과정에 대한 몇 가지 고찰」, 『한국어 방언의 공시적 구조와 통시적 변화』, 도서출판 역락, 2004, 281면).

31 "『사정한 조선어 표준말 모음』(1936)을 기점으로 처음으로 '가리키다(指)'와 '가르치다(敎)'의 형태 분화가 규범적으로 시작되었다. 중세국어의 전통을 이어 받은 '가르치-'형은 원래부터 '지(指)'와 '교(敎)'의 의미를 포함하는 다의어였다. 이러한 다의성은 의미변화의 원칙상 구체적인 개념인 '지(指)'의에서부터 출발하여 문맥에 따라 이차적으로 형성된 추상적인 '교(敎)'의 의미

임화 시에서 화자의 발화는 민중의 생활을 생생하게 반영하는 데 결정적인 역할을 하고 있다. 임화 시에서 민중에 동일시하는 그의 시 의식이 생활언어가 살아 있는 시 작품을 탄생시켰다고 말할 수 있다. 임화의 단편서사시 계열의 작품들에는 민중의 서사가 발화자의 독백을 통해 구현되는데, 이때 자주 실현되는 서울방언이 'ㅗ>ㅜ'이다. 'ㅗ>ㅜ'는 서울방언의 여러 음운 현상 가운데 특히 자연발화적 특성을 보여준다. 그러나 임화는 문학작품을 창작할 때, 방언의 지나친 사용을 경계하라고 진술한 바 있다.[32]

「네 街里의 順伊」는 『玄海灘』에 「네 거리의 順伊」로 재수록되었는데, 서울방언을 비롯하여 수정되기 이전의 시 원문과 『한글 맞춤법 통일안』에 따라 수정되어 『玄海灘』에 실린 시를 비교해보기로 한다. 다음 표는 「네街里의 順伊」[33] 시 원문과 『玄海灘』에 재수록된 「네街里의 順伊」 표기를 대조해 본 것이다.

「네 街里의 順伊」(원문)	「네 거리의 順伊」(『玄海灘』)	『한글 맞춤법 통일안』
*문장 부호 없음 너를 가졌었다 젊은 동무 順伊야 어디를 간단 말이냐	*문장 부호 。/,/!/? 사용 너를 가졌었다。 젊은 동무, 順伊야! 어디를 간단 말이냐?	부록(附錄) 이(二) 문장(文章) 부호 1 。 문장(文章)의 끝난것을 나타낼적에 그 끝에 쓴다。(61면) 3 , 정지(停止)하는 자리를 나타낼적에 그 말 다음에 쓴다。(61면) 8 ! 감탄(感歎)을 나타낼적에 그 말 다음에 쓴다。(62면) 9 ? 의문(疑問)을 나타낼적에 그 말 다음에 쓴다。(62면)
*구 단위 띄어쓰기 너의사랑하는/ 그貴重한아이희	*어절 단위 띄어쓰기 너의 사랑하는/ 그 귀중한 사내	제칠장(第七章) 띄어쓰기 제61항 단어는 각각 띄어 쓰되, 토는 웃 말에 붙여 쓴다。(49면)
*長音 부호 '—' 사용 모—든女子의戀人	*장음부호 소멸 모든 女子의 戀人	부록(附錄) 이(二) 문장(文章) 부호 16 단(但) 행문(行文)에서는 장음(長音) 부호(符號)를 특별(特別)히 표시(表示)하지

로 확대된 과정을 거친 결과로 보인다"(최전승, 위의 글, 272면).

32 임화, 「7월의 창작 월평」, 『임화문학예술전집-평론』 1, 669면.

33 임화, 「네街里의 順伊」, 『조선지광』, 1929.1, 36~138면.

「네 街里의 順伊」(원문)	「네 거리의 順伊」(『玄海灘』)	『한글 맞춤법 통일안』
		아니함을 원칙(原則)으로 하고, 다만 외래어(外來語)나 모방어 등(模倣語等)을 특별(特別)히 표시(表示)할 필요(必要)가 있을 경우(境遇)에는 홑소리를 거듭 쓴다. (63면)
쏫	꽃	부록(附錄) 일(一) 표준어(標準語) 팔(八) 다음의 말들은 여러 가지가 있으나, 갑(甲)만 취(取)하고 그 밖의 말들은 다 버린다. 꽃(花)(甲) 꼿(56면)
조타	좋다	제오절(第五節) 바침 ㅎ바침 좋다(好) (16면)
옵바	오빠	제 3항 한 단어 안에서 뜻이 없는 두 음절 사이에서 나는 된소리는 모두 아래 음절의 첫소리를 된소리로 적는다. (3면)
염녀	염려	제사십사항(第四十四項) 「라 로 루 래 뢰」의 자음(字音)이 두음(頭音)으로 올적에는 발음(發音)대로 「나 노 누 느 내 뇌」로 적는다. (갑(甲)을 취(取)하고 을(乙)을 버린다) (…중략…) 단(但) 단어(單語)의 두음(頭音) 이외(以外)의 경우(境遇)에서는 본음(本音)대로 적는다. (39면)
여의엇지	여의었지!	제오절(第五節) 바침 ㅆ바침 었다(過去) (17면)
맛나	만나	부록(附錄) 일(一) 표준어(標準語) 팔(八) 다음의 말들은 여러 가지가 있으나, 갑(甲)만 취(取)하고 그 밖의 말들은 다 버린다. 만나다 맛나다(57면)
하구 / 바루	하고 / 바로	부록(附錄) 일(一) 표준어(標準語) 팔(八) 다음의 말들은 여러 가지가 있으나, 갑(甲)만 취(取)하고 그 밖의 말들은 다 버린다. 홀로(甲) 홀루(61면)
보내든	보내던	부록(附錄) 일(一) 표준어(標準語) 팔(八) 다음의 말들은 여러 가지가 있으나, 갑(甲)만 취(取)하고 그 밖의 말들은 다 버린다. 던(甲) 든(56면)
오즉	오직	부록(附錄) 일(一) 표준어(標準語) 팔(八)

「네 街里의 順伊」(원문)	「네 거리의 順伊」(『玄海灘』)	『한글 맞춤법 통일안』
		다음의 말들은 여러 가지가 있으나, 갑(甲)만 취(取)하고 그 밖의 말들은 다 버린다。 오직(甲) 오즉 (60면)
밋지못할	믿지 못할	제오절(第五節) 바침 제이항(第二項) ㄷ ㅈ ㅊ ㅋ ㅌ ㅍ ㅎ ㄲ ㅆ ㄳ ㄵ ㄶ ㄺ ㄾ ㄿ ㅀ ㅁㄱ ㅄ의 열여덟 바침을 더 쓰기로 한다。 ㄷ 바침 믿다(信)

이상으로 「네街里의 順伊」 시 원문과 『玄海灘』에 재수록된 「네 거리의 順伊」 표기를 대조해 보았다. 전자에는 문장 부호가 없는 데 비해 후자에는 문장 부호 '。/ , / ! / ?' 등을 사용하고 있다. 이는 『한글 맞춤법 통일안』의 '부록附錄 이ㄷ 문장文章 부호 '。/ , / ! / ?' 등에 관한 항목의 설명과 일치한다. 또 전자에는 장음長音 부호 '—'가 사용된 반면에 후자에는 장음 부호가 소멸되어 있다. 이는 『한글 맞춤법 통일안』의 '부록附錄 이ㄷ 문장文章 부호' 항목에서 "장음長音 부호符號를 특별特別히 표시表示하지 아니함을 원칙原則으로 하고"를 따르고 있는 것이다. 그밖에 전자에 반하여 후자에는 『한글 맞춤법 통일안』의 '부록附錄 일ㅡ 표준어標準語 팔八'에서 "다음의 말들은 여러 가지가 있으나, 갑甲만 취取하고 그 밖의 말들은 다 버린다。"라는 규정을 지켜 표준어화되었음을 확인할 수 있으며, '제삼항第三項'의 된소리, '제오절第五節'의 받침, '제사십사항第四十四項' 두음에 관한 규정도 반영되어 있음을 확인할 수 있다.

단편서사시 「네街里의 順伊」[34] 원문에서 "이불상한 즐거움을 노리는×하구", "간지런마음하구", "자 좆타 바루"의 'ㅗ>ㅜ', "싸홈에 보내든"과 "네 크다란 옵바를"에서의 'ㅓ>ㅡ' 등의 서울방언은 화자가 '순이順伊'라는 청자에게 생활언어

34 임화, 위의 글, 136~138면.

로 직접 발화하는 현장을 생생하게 전달한다. 「네街里의 順伊」처럼 서사적 요소를 결합시킨 임화의 단편서사시 계열의 시편들은 일상 언어가 좋은 문학어라는 그의 언어의식과 일치한다. 그렇다고 해서 임화는 일상 언어를 작품에서 무분별하게 사용하는 것을 지양한다. 이 글의 2절에서 살펴본 대로 임화는 문학 작품의 서술 부분에서는 방언을 사용해서는 안 되고 담화 부분에서만 사용할 것을 주장한다. 『玄海灘』에 실린 시 작품들에서는 담화에 등장하는 방언을 제외하면 방언이 거의 나타나지 않는다.

그런데 임화의 시력詩歷에서 표준어화가 이루어진 예는 『玄海灘』이 유일하며, 그 이후에 창작된 작품들에서는 다시 서울방언이 사용된다. 이를 통해, 어문정리가 이루어진 통일된 민족어의 완성을 갈망하고 민중의 일상어가 반영된 문학작품을 지향한 그의 언어의식의 시적 실천은 원활하게 이루어지지 않았음을 확인할 수 있다.

4. 나가며

이 글은 서울 출신 시인인 임화의 시편들에는 서울방언이 지속적으로 나타나는데, 1938년에 발간한 시집 『현해탄』에서만 서울방언이 나타나지 않는다는 특이점을 발견하고 그것의 원인과 배경에 대해 고찰한 글이다. 이 글에서는 모음 현상으로 주로 나타나는 서울방언의 실현과 소멸을 『현해탄』에 수록된 작품들의 시 원문과 동일 작품이 『현해탄』에 다시 실렸을 때 실현된 표준어화 양상을 살펴보았다. 이를 위해 『현해탄』 이전에 발표된 시가 『현해탄』에 다시 실린 시 작품들을 텍스트로 하여 동일 작품의 원문과 『현해탄』에서의 표기법 수정 사례를 비교하였다. 또한 『한글 맞춤법 통일안』의 규정을 찾아서 『현해탄』에 나타나는 표기상의 표준어화에 대한 근거로 제시하였다.

임화 시 원본에는 서울방언 'ㅗ>ㅜ', 'ㅓ>ㅡ', 'ㅏ>ㅐ', 'ㅏ>ㅓ', 'ㅡ' 보수형 등이 빈번하게 나타나는데, 동일한 작품들이 『현해탄』에 다시 실리게 되었을 때, 서울방언은 표준어로 수정되었고, 그 외의 어휘들도 표준어화되어 있다. 『현해탄』에서의 어문정리 양상을 보면, 임화의 발표된 시 원문에 쓰인 서울방언 'ㅓ>ㅡ'가 『현해탄』에 다시 실리면서 'ㅡ>ㅓ'로, 움라우트 'ㅏ>ㅐ' 현상이 'ㅐ>ㅏ'로, 'ㅡ' 보수형이 표준어로 수정되었음을 확인할 수 있다. 모음 변화 외의 서울방언과 그 외의 어휘 사례들도 『한글 맞춤법 통일안』의 규정을 따르고 있음이 확인된다. 시 원문과 『현해탄』에 재수록된 작품의 구체적인 비교 사례로 「네街里의 順伊」 시 원문과 『玄海灘』의 「네 거리의 順伊」의 표기를 대조해 보았는데, 전자에는 문장 부호가 없는 데 비해 후자에는 문장 부호 '。/ , / ! / ?' 등이 나타난다. 이는 『한글 맞춤법 통일안』의 '부록附錄 이ニ 문장文章 부호 '。/ , / ! / ?' 등에 관한 규정과 일치한다. 또 전자에는 장음長音 부호 '―'가 사용된 반면에 후자에는 장음 부호가 소멸되어 있다. 이는 『한글 맞춤법 통일안』의 '부록附錄 이ニ 문장文章 부호' 항목에서 "장음長音 부호符號를 특별特別히 표시表示하지 아니함을 원칙原則으로 하고"를 따르고 있는 것이다. 그밖에도 『玄海灘』의 표기는 『한글 맞춤법 통일안』의 '부록附錄 일一 표준어標準語 팔八'에서 "다음의 말들은 여러 가지가 있으나, 갑甲만 취取하고 그 밖의 말들은 다 버린다。"라는 규정을 지키고 있음을 확인할 수 있으며, '제삼항第三項'의 된소리, '제오절第五節'의 받침, '제사십사항第四十四項' 두음에 관한 규정도 반영되어 있음을 확인할 수 있다.

임화 시의 화자들은 민중의 생활을 생생하게 반영하는 데 결정적인 역할을 하고 있다. 임화 시에서 민중에 동일시하는 그의 시 의식이 생활언어가 살아 있는 시 작품을 탄생시켰다고 말할 수 있다. 임화의 단편서사시 계열의 작품들에는 민중의 서사가 발화자의 독백을 통해 구현되는데, 이때 자주 실현되는 서울방언이 'ㅗ>ㅜ'이다. 'ㅗ>ㅜ'는 서울방언의 여러 음운 현상 가운데 특히 자연발화적 특성을 보여준다. 그러나 임화는 문학작품을 창작할 때, 방언의 지나친 사용을 경계하라고 진술한 바 있는데, 이 같은 그의 진술은 어문정리가 실현된 '통일된 민족어'를 갈망한 언어의식과 그 궤를 같이 하고 있다.

「네街里의 順伊」 원문에 사용된 서울방언은 화자가 '순이順伊'라는 청자에게 생활언어로 직접 발화하는 현장을 생생하게 전달한다. 「네街里의 順伊」처럼 서사적 요소를 결합시킨 임화의 단편서사시 계열의 시편들은 일상 언어가 좋은 문학어라는 그의 언어의식과 일치한다. 임화는 "다대수 인민이 사용하는 일상의 산 언어"와 문학어의 일치를 지향하지만, 그는 문학 작품의 서술 부분에서는 방언을 사용해서는 안 되고 담화 부분에서만 사용할 것을 주장한다. 『玄海灘』에서는 담화가 등장하는 부분을 제외하면 방언은 거의 나타나지 않는다.

그러나 『현해탄』이 발간된 이후에 발표된 임화의 시에는 다시 서울방언이 나타난다. 서울방언은 '한글 맞춤법 통일안' 제정 이후 1940에서1941년 사이에 간행된 『文章』에서도 확인된다. 『한글 맞춤법 통일안』이 제정되었지만, 아직 표준어가 상용화되지 않은 시점에서 시집 『현해탄』은 '통일된 민족어'의 실현을 갈망한 시인 임화의 언어의식이 반영된 시집이라는 의의를 획득하는 한편 조선어학회의 한글보급운동의 실천이 반영된 표준어화된 시집의 발간이라는 의의를 갖는다.

1930년대 문예지 『조선문단』, 『조선문학』, 『문장』에 나타난 서울방언[1]

안필승, 「煙氣」, 『조선문학』, 조선문학사, 1933.10, 34~41면.	
고모음화 ㅓ>ㅡ	가졌던>가젓든 말았던>말앗든 하였던>하엿든
움라우트 ㅏ>ㅐ	박혀>백여
전설모음화 ㅡ>ㅣ	증세>징세
단모음화 ㅖ>ㅔ	장례(葬禮)>장레

박태원, 「五月의 薰風」, 『조선문학』, 조선문학사, 1933.10, 8~17면.	
고모음화 ㅓ>ㅡ	있었던>잇엇든 은식이었던>은식이엿든 없더라도>업드라도 사람이라더라>사람이라드라

현민, 「五月二題」, 『조선문단』, 조선문단사, 1935.5, 24~27면.	
고모음화 ㅓ>ㅡ	없었던>없엇든 적어놓았던>적어노앗든 들었더니>들었드니 내다보더니>내다보드니 있던>잇든
음성모음화 ㅏ>ㅓ	않았다>않엇다 말았다>말었다

박태원, '나의生活報告書' 「小說家仇甫氏의 一日」, 『조선문단』, 조선문단사, 1935.8, 186~187면.	
고모음화 ㅓ>ㅡ	생각하였던>생각하였든 팔리더라도>팔리드라도

1 1930년대 문예지에 실린 글 가운데, 서울 출생 작가들인 김영수, 정인택, 현민, 유진오, 박태원, 윤기정, 안회남(본명이 안필승이다), 송영, 정인택, 조용만의 글에서 서울방언 사례를 추출하여 정리하였다.

박태원, '나의生活報告書'「小說家仇甫氏의 一日」, 『조선문단』, 조선문단사, 1935.8, 186~187면.	
음성모음화 ㅏ>ㅓ	않았다>않었다

尹基鼎, 「거울을꺼리는사나이」, 『조선문학』, 조선문학사, 1937.1, 84~100면.	
고모음화 ㅓ>ㅡ	하던>하든 하더라도>하드라도 기다렸던>기대렸든 피우던>피우든 없었다면>없었드면 있다손치더라도>있다손치드래도 않았더라면>않었드라면 가더니만>가드니만 생각하더라도>생각하드래두 가더라도>가드라도 하더니만>하드니만 아니었다면>않이었드면
움라우트ㅏ>ㅐ	방망이질>방맹이질 기막힌데서>기맥힌데서 겨드랑이>겨드랭이 기다리는>기대리는 같았다>같앴다 깎일까봐>깩길까바
고모음화 ㅗ>ㅜ	보고도 싶고>보구두 싶고
움라우트 ㅕ>ㅔ	차례>차레 계교>게교
음성모음화 ㅏ>ㅓ	앉아>앉어 참았다>참었다 많아서>많어서 찾아보아도>찾어보아도
전설모음화 ㅡ>ㅣ	궁금증>궁금징

안회남, 「少年과 妓生」, 『조선문학』, 조선문학사, 1937.1, 119~125면.	
고모음화 ㅓ>ㅡ	나서며>나스며 하였더니>하였드니 못보던>못보든 하였던>하였든 놓던>놓든 하더니>하드니
움라우트ㅏ>ㅐ	맡겨버리는>맥기여버리는
단모음화 ㅖ>ㅔ	계실>게실

안회남, 「少年과 妓生」, 『조선문학』, 조선문학사, 1937.1, 119~125면.	
ㅡ 보수형	계속>게속 때마침>때마츰

송영, 「月波先生」, 『조선문학』, 조선문학사, 1937.5, 60~70면.	
고모음화 ㅓ>ㅡ	쓰던>쓰든 누구더라>누구드라 데려가던>데려가든 다니던>단기든
단모음화 ㅖ>ㅔ	층계>층게 계시게>게시게
움라우트ㅏ>ㅐ	솜방망이>솜방맹이 자리>재리 정신차려>정신채려
음성모음화 ㅏ>ㅓ	알았지>알었지

현민, 「離婚」, 『文章』 창간호, 文章社, 1939.2, 57~84면.	
고모음화 ㅓ>ㅡ	없었던>없었든 오던>오든 느꼈던>느꼈든 못하던>못하든 쳐다보더니>치어다보드니 말하려던>말하랴든 맛나던>맛나든 그랬더니>그랬드니 어떻게던>어떻게든 안간다치더라도>않간다치드라도 그랬더니>그랬드니 말했더니>말했드니 예상하던 대로>예상하든대로 하더니>하드니
움라우트ㅏ>ㅐ	내맡기고>내매끼고 잡히지 않는>잽히지않는
고모음화 ㅗ>ㅜ	아무도>아무두 아무 때고>아무 때구 도로>도루 하면 고만 아니오>허면고만아니우 자식도>자식두 하고>허구 싫고>싫구

현민, 「離婚」, 『文章』 창간호, 文章社, 1939.2, 57~84면.	
	그대로>그대루 그보다도>그보다두 그래도>구래두 이론적으로>이론적으루 앉기 싫다고>앉기싫다구 괜찮아도>괜찮어두 믿고>믿구 바로>바루 하도>하두
음성모음화 ㅏ>ㅓ	하셔야지>허셔야지 받았다>받었다 잘 하시니>잘허시니 오시기만 하면>오시기만허면 앉아>앉어 내지 않았으나>내지않었으나 하지만>허지만 돌아앉아>돌아앉어 결심한>결심헌 당신하고나>당신허구나 시장하신데>시장허신데 반대하실>반대허실 하시고요>허시구요 결심한>결심헌 하면>허면 하기 싫다나>허기실타나 사랑하는>사랑허는 단행하겠다는>단행허겠다는 할 걸>헐걸 용서하겠지>용서허겠지 하지 못하느니라>허지못허느니라 한댔자>헌댓자
단모음화 ㅖ>ㅔ	회계>회게 핑계>핑게
조사 '보다>보덤'	이론보다도>이론버덤두

정인택, 「蠢動」, 『文章』, 文章社, 1939.4, 58~77면.	
고모음화 ㅓ>ㅡ	하더라도>하드라도
전설모음화 ㅡ>ㅣ	층계>칭게
고모음화 ㅗ>ㅜ	집으로>집으루 되었노>됐누 일어날 때도>일어날때두

정인택,「蠢動」,『文章』, 文章社, 1939.4, 58~77면.	
	그대로도>그대루두
단모음화 ㅖ>ㅔ	계속>게속
움라우트ㅏ>ㅐ	가릴 바>가릴배 않았었다>않앴었다
음성모음화 ㅏ>ㅓ	않았다>않었다 머지않아>머지않어 같아>같어 알아야>알어야 찾았다>찾었다

현민,「가을」,『文章』, 文章社, 1939.5, 48~77면.	
고모음화 ㅓ>ㅡ	상했던>상했든 있었던>있었든 싶었던>싶엇든 무겁던>무겁든 않던>않든 돌아다니는>도라다니든 저지르던>저질르든 싸였던>싸였든 먹었더니>먹엇드니 잠겨 있었던>잠겨있었든 생각지 못했던>생각지 몯햇든
고모음화 ㅗ>ㅜ	펴보려고>펴볼랴구 넘겨버리고>넘겨버리구 나하고>나허구 함경도로>함경도루 서울로>서울루 시골로>시굴루 나도>나두 했다오>했다우 가도>가두 무엇으로>무엇으루
단모음화 ㅖ>ㅔ	계속>게속 계셨다>게셨다 시계>시게 관계>관게
움라우트ㅏ>ㅐ	기막힌>기맥힌 박혀버린>백혀버린
움라우트 ㅓ>ㅔ	웅덩이>웅뎅이
음성모음화 ㅏ>ㅓ	감사하네만>감사허네만

현민, 「가을」, 『文章』, 文章社, 1939.5, 48~77면.	
	하고 말았을>허고말었을 받았다>받었다 하려고>헐나구 하고>허구 하지만>허지만 이상하지>이상허지 하기는>허기는 부산하지>부산허지
ㅡ 보수형	거짓말>그짓말 움직이지 않는>움즉이지않는

박태원, 「골목안」, 『文章』, 文章社, 1939.7, 3~65면.	
고모음화 ㅓ>ㅡ	어떡하게?>으떡 허게? 있다던가?>있다든가? 꺼내본다는 것이>끄내본다는 것이 어떻하든>으떡 하든 어쩔테야?>으쩔테야?
고모음화 ㅗ>ㅜ	왔습니다고 여쭤라>왔습니다구 여쭤라 거기래도>거기래두 학력보다도>학력버덤두 바로>바루 그래도>그래두 믿고>믿구 듣기도>듣기두 밤으로>밤으루 갑순이도>갑순이두 살았어도>살았어두 죽더라도>죽드래두 늙은이도>늙은이두 처음으로>첨으루 돈으로>둔으루
단모음화 ㅕ>ㅔ	몇이나>멫이나
조사 보다>버덤	신체보다>신체버덤 학력보다도>학력버덤두
움라우트ㅏ>ㅐ	다녀야>대녀야 기다린 게로군>기대린게로군 그 다음은>그 댐은
움라우트 ㅓ>ㅔ	헛기침>헷기침 별건가?>별겐가? 했어요>헸에요

박태원, 「골목안」, 『文章』, 文章社, 1939.7, 3~65면.	
음성모음화 ㅏ>ㅓ	하지만>허지만 하면>허면 답답하긴>답답허긴 안 할거야?>안헐께야? 하라지>허라지 무탈하게>무탈허게 공양하고>공양허구 한단 말에요?>헌단 말에요? 부족하기 때문에>부족허기 때문에

정인택, 「迷路」, 『文章』, 文章社, 1939.7, 97~116면.	
고모음화 ㅓ>ㅡ	하더라도>하드라도 열더니>열드니
고모음화 ㅗ>ㅜ	원래도>원래두 지금도>지금두 바로>바루
움라우트ㅏ>ㅐ	넘어진다니깐>넘어진대니깐 못하던 바도>못하던배도 기다려요>기대려요
움라우트 ㅓ>ㅔ	잠꾸러기>잠꾸레기
음성모음화 ㅏ>ㅓ	알아>알어 말랐지만>말렀지만 한 일>헌 일 맹세한 거>맹세헌거 하다가>허다가 돈까지>돈꺼지 권하니까>권허니까

김영수, 「海面」, 『文章』, 文章社, 1940.5, 15~34면.	
고모음화 ㅓ>ㅡ	하더라도>하드래도
고모음화 ㅗ>ㅜ	말도 못해>말두 뭇해 눈도 없오>눈두 없으우 나도>나두
단모음화 ㅖ>ㅔ	계획적으로>게획적으로 계단>게단 관계>관게 훈계>훈게
움라우트ㅏ>ㅐ	부엌이라야>부엌이래야
음성모음화 ㅏ>ㅓ	괜한>괜헌

김영수, 「海面」, 『文章』, 文章社, 1940.5, 15~34면.	
	앉아>앉어 할 말>헐 말 살아왔고>살어왔고 세수하고>세수허구 못하겠거든>못허겠거든
ㅡ 보수형	움직이기가>움즉이기가 거칠게>거츨게 움직임>움즉임 짐승>즘생

박태원, 「愛經」, 『文章』, 文章社, 1940.5, 41~51면.	
고모음화 ㅓ>ㅡ	열린다더라도>열린다드라도 어떡 해?>으떡 해애? 어쩌면>으쩌면
고모음화 ㅗ>ㅜ	말고>말구 덕수궁이래도>덕수궁이래두 우리집이도>우리집이두 없느냐고>없느냐구 그래도>그래두 세브란스에서도>세부란스에서두 연구하시느라고>연구허시느라구 어두신지도>어두신지두
움라우트ㅏ>ㅐ	차리고>채리구
움라우트 ㅓ>ㅔ	젓먹이라>젓멕이라
음성모음화 ㅏ>ㅓ	하지만>허지만 앉았으면>앉었으면 졸업하곤>졸업허군 못할 말>못헐말 하기야>허기야

조용만, 「初終記」, 『文章』 6·7 합호, 文章社, 1940, 42~62면.	
고모음화 ㅓ>ㅡ	하더니>하드니 그랬더니>그랬드니 살던>살든 지어두었던>지어두었든 샀더니>샀드니 아우성치던>아우성치든 했던만치>했든만치 딱하던>딱하든

조용만, 「初終記」, 『文章』 6·7 합호, 文章社, 1940, 42~62면.	
	앞선>앞슨 나서니까>나스니까 울적하였던>울적하였든 연애하던>연애하든
고모음화 ㅗ>ㅜ	가고>가구 그래도>그래두
움라우트ㅏ>ㅐ	맏길>매낄 같았다>같앴다 다니느라>댄기느라 남겨 논>낸겨논 안 남기고>안낸기고 기다렸다는>기대렸다는 기다리느라고>기대리느라고 차림>채림 다니는>댄기는 자리>재리 기다릴게요>기대릴께요 쌓였었다>쌔었섰다 알아차렸지만>아라채렸지만 비싸긴>비쌔긴 남겨 놓고>냄겨놓고 빈자리>빈재리 한다든>헌대든
움라우트 ㅓ>ㅔ	곧잘한다니>곧잘한데니 덤벼서>뎀벼서 물끄러미>믈끄레미
음성모음화 ㅏ>ㅓ	너한테>너헌테 할 때에>헐데에 신선할 걸>신선헐걸 취하신>취허신
단모음화 ㅖ>ㅔ	계신>게신
ㅡ 보수형	싱거워서>승거워서
연결어미 -드키/-듯키	시비하듯이>시비하듯키 꾸짖듯이>꾸짖드키 하는 듯이>하는듯키 애원하듯이>애원하듯키

현민, 「酒朋」, 『文章』 6·7 합호, 文章社, 1940, 80~93면.	
고모음화 ㅓ>ㅡ	고요하던>고요하든 아니더라도>아니드라도

현민, 「酒朋」, 『文章』 6 · 7 합호, 文章社, 1940, 80~93면.	
고모음화 ㅗ>ㅜ	내릴 것 같고만도>내릴것같구먼두 가더래도>가드래두
단모음화 ㅖ>ㅔ	시계>시게 차례>차레
움라우트ㅏ>ㅐ	장기>쟁끼
움라우트ㅓ>ㅔ	떠넘기는>떠넹기는
음성모음화 ㅏ>ㅓ	찾아가>찾어가 컬컬하니>컬컬허니 싸움하러>싸움허러 하잘 것 없는>허잘것없는 같으리라는 둥>겉으리라는둥 같은>겉은
연결어미 -드키/-듯키	어서 옵시사라는 듯이>어서옵시사라는듯키 차례다라고 하는 듯이>차레다라고하는드키
구개음화 ㅎ>ㅅ	흉내>숭내

정인택, 「業苦」, 『文章』 6 · 7 합호, 文章社, 1940, 142~147면.	
고모음화 ㅓ>ㅡ	느꼈던>느꼈든
단모음화 ㅖ>ㅔ	폐항>페항(廢坑)

박태원, 「愛經」, 『文章』, 文章社, 1940.9, 62~68면.	
고모음화 ㅓ>ㅡ	어쩜>으쩜 얼마>을마 있던 걸>있든걸 언제>은제 어때?>으때? 어떻구>으떻구
고모음화 ㅗ>ㅜ	울어도>울어두 하고>허구 방도>방두 치고>치구 젖지도>젖지두 시골>시굴 두고>두구
움라우트ㅏ>ㅐ	아기>애기 잡히는>잽히는

박태원, 「愛經」, 『文章』, 文章社, 1940.9, 62~68면.	
	하더라도>허드래두
음성모음화 ㅏ>ㅓ	않았어>않었어 하라고>허라구 알아야지>알어야지 할게>허께 하더라도>허드래두
조사 보다>버덤	지금보다이라도>지금버덤이래두
연결어미 -드키/-듯키	없는 듯이>없는드키

박종화, 「歷史小說과考證」, 『文章』, 1940.10, 136~141면.	
고모음화 ㅓ>ㅡ	서지>스지
전설모음화 ㅡ>ㅣ	받아들이고>받어디리고
움라우트ㅏ>ㅐ	방망이>방맹이
음성모음화 ㅏ>ㅓ	맡아본다면>맡어본다면 알아듣고>알어듣고 살아오고>살어오고
연결어미 -드키/-듯키	부르듯이>불으드키

박태원, 「愛經 第八回」, 『文章』, 文章社, 1940.11, 76~86면.	
고모음화 ㅓ>ㅡ	주시더군요>주시드군요 어때요?>으때요? 짓던>짓든 놓더라도>놓드래두 꺼내다>끄내다 있었더라면>있었드람 오랬더니>오랬드니 어쩌니?>으쩌니? 일어설까?>일어슬까? 얼마나>을마나 어쩌자는 것인고>으쩌자는겐구 어떻게>으떻게
고모음화 ㅗ>ㅜ	바로>바루 하고>허구 하노?>허누? 말할 것도 없고>말헐것두 없구 하더라도>허드래두 기생집으로는>기생집으룬 남 못할 짓은 하고>남뭇헐짓은 허구

박태원, 「愛經 第八回」, 『文章』, 文章社, 1940.11, 76~86면.	
	모셔다 놓고>무셔다 놓구 못 잊겠건>뭇잊겠건 좋아서>주와서 골라>굴라 못 갈 것이니>뭇갈께니 말할 수도>말헐수두
단모음화 ㅖ>ㅔ	계산>게산 관계>관게 층계>층게
움라우트ㅏ>ㅐ	냉면이라도>냉면이래두 자리>재리
움라우트 ㅓ>ㅔ	있어야지요>있에야죠
전설모음화 ㅡ>ㅣ	드리지>디리지
음성모음화 ㅏ>ㅓ	자세하게>자세허게 같이>겉이 얌전한>얌전헌 가난한>가난헌 앓았어도>앓었어도 하는 수 없이>허는수 없이 하러>허러
조사 보다>버덤	그러는 것보다도>그러는것버덤두

정인택, 「旅愁」, 『文章』, 文章社, 1941.1, 4~24면.	
고모음화 ㅓ>ㅡ	그렇더란>그렇드란 보았더란>보았드란 더러운>드러운 어때요?>으때요? 꺼냈자>끄냈자 있더군요>있드군요
고모음화 ㅗ>ㅜ	나한테까지도>나헌테꺼지두
단모음화 ㅕ>ㅔ	생기셨어>생기셋어
움라우트ㅏ>ㅐ	한결>행결 알아차리지>알아채리지 안 다닐 테야>안댕길테야 한다더냐>헌대드냐
움라우트 ㅓ>ㅔ	됐어요>됐에요 다치셨어요?다치셨에요?
전설모음화 ㅡ>ㅣ	짜증>짜징
음성모음화 ㅏ>ㅓ	생각하나?>생각허나?

정인택, 「旅愁」, 『文章』, 文章社, 1941.1, 4~24면.	
	나한테까지도>나헌테꺼지두 할>헐 한다>헌다 한다더냐>헌대드냐 상냥하게>상냥허게 할 때까지>헐때꺼지 할테요?>헐테요? 하구려>허구려

조용만, 「北京의記憶」, 『文章』, 文章社, 1941.1, 47~61면.	
고모음화 ㅓ>ㅡ	일어설>일어슬 일어서는>일어스는 그랬더니>그랬드니
고모음화 ㅗ>ㅜ	오늘도>오늘두
전설모음화 ㅡ>ㅣ	들이키고>디리키고 즐거움>질거움 쓰여 있고>씨여있고
움라우트ㅏ>ㅐ	따라다녀 봐>따라댄겨바 다니기>댄기기 하라면 했지>허래믄 했지
움라우트 ㅓ>ㅔ	했어요>했에요
음성모음화 ㅏ>ㅓ	말하게>말허게 하고>허구 희한한>히한헌 살았기 때문에>살었기 때문에 하네>허네 하라면 했지>허래믄 했지 하란 말야>허란 말야 할테야?>헐테야? 않았던가>않었던가
구개음화 ㅌ>ㅊ	같이>가치

김영수, 「範疇」, 『文章』, 文章社, 1941.1, 62~72면.	
고모음화 ㅓ>ㅡ	않더라>않드라 어느덧>어느듯
고모음화 ㅗ>ㅜ	취직도>취직두 못 하고>뭇허구 두더쥐라도>두더쥐래두 모두>무두

김영수, 「範疇」, 『文章』, 文章社, 1941.1, 62~72면.	
	하더래도>하더래두 이름도>이름두 하고>허구 모르오>물르우 못 가서>뭇가서
전설모음화 ㅡ>ㅣ	들여다보고>디려다보고
음성모음화 ㅏ>ㅓ	하는 것이니>허는게니 하면>허면 하면>허믄 사람>사럼 바빴으면>바뻤으면 하시죠?>허시죠?
ㅡ 보수형	징역살이>증역살이
연결어미 -드키/-듯키	보아달란듯키

정인택, 「短杖」, 『文章』, 文章社, 1941.2, 173~185면.	
고모음화 ㅗ>ㅜ	사는 수도>사는수두 못 한대요?>뭇헌대요? 있다더라도>있대드래두 저도>저두 선생께서도>선생께서두
움라우트ㅏ>ㅐ	맡겨 보십시오>매껴 보십시오 아끼지 않고>애끼지 않고
움라우트 ㅓ>ㅔ	먹여도>멕여두
음성모음화 ㅏ>ㅓ	치료하셨지요?>치료허셌지요? 가빴고>가뻤고 불상하게>불상허게 하십시오>허십시오 미안하게>미안허게 하려는 건>허려는건 한 짓이니까요>헌짓이니까요
전설모음화 ㅡ>ㅣ	앉으십시다>앉이십시다 측은한>칙은한 층계>칭계 증거>징거 한층>한칭 도와드릴 수>도와 디릴수
연결어미 -드키/-듯키	때문인듯이>때문인드키

김영수,「崔基成氏」,『文章』, 文章社, 1941.2, 365~376면.	
움라우트ㅏ>ㅐ	단추>댄추 틀어박혀>틀어백혀 차린>채린 휩싸여>휩쌔여
전설모음화 ㅡ>ㅣ	들여다보며>디려다보며
음성모음화 ㅏ>ㅓ	않았는가>않었는가 팔았다더니>팔었다드니 하고>허구 닮았는지>닮었는지 하지만>허지만
구개음화 ㅎ>ㅅ	흉보라고>>숭보라구

조용만,「旅程」,『文章』, 文章社, 1941.2, 390~396면.	
움라우트ㅏ>ㅐ	차림차림>채림채림 자리>재리
움라우트 ㅓ>ㅔ	무얼까>무엘까 있어요>있에요
음성모음화 ㅏ>ㅓ	대견합니다>대견헙니다 재촉만하니>재촉만허니 앉았을 터이지>앉었을터이지

유진오,「馬車」,『文章』, 文章社, 1941.2, 397~416면.	
고모음화 ㅗ>ㅜ	않았어도>않었어두 절대로>절대루 꼼짝도>꼼짝두 어디로>어디루 그대로>그대루 기둘러도>기둘러두
음성모음화 ㅏ>ㅓ	안한단>안헌단 궁금하셨지>궁금허셨지 같아>겉애 한 일>헌일 하길래>허길래 하려기로>헐랴기루 가야하겠내>가야허겠네 사랑하고>사랑허구 하는>허는 심하지>심허지 미안하지만>미안허지만

유진오, 「馬車」, 『文章』, 文章社, 1941.2, 397~416면.	
	맡아>맡어 말하자면>말허자면 나하고>나허구 결혼하고>결혼허구 사랑한다는>사랑헌다는 말할>말헐 하는대로>허는대루 깎아내지>깎어내는 생각하지>생각허지 시작한 건데>시작헌겐데 거룩한>거룩헌 취조할 때>취조헐 때 불순한>불순헌
단모음화 ㅖ>ㅔ	관계>관게 폐인>페인
움라우트ㅏ>ㅐ	내맡겨버린다는>내매껴버린다는 까딱하지>깟댁허지 박혀>못백혀
움라우트 ㅓ>ㅔ	없어요>없에요 지었던 겁니다>지었던겝니다

박태원, 「積家」, 『文章』 폐간호, 文章社, 1941.4, 80~114면.	
고모음화 ㅓ>ㅡ	그랬더니>그랬드니 언제>은제 어째>으째 어쩌는 수>으쩌는 수 그랬더면>그랬드면 어떻게>으떻게
고모음화 ㅗ>ㅜ	바로>바루 小英이도>小英이두 서로>서루 못 가보는거야?>뭇가보는거야? 못 하고>뭇허구 하더라도>허드래두 옷도>옷두 새로>새루 돈>둔 처분대로>처분대루 못 했대요>뭇했대요 못배길거라>뭇백일께라
단모음화 ㅕ>ㅔ	오셨다죠?>오셋다죠?

박태원, 「積家」, 『文章』 폐간호, 文章社, 1941.4, 80~114면.	
움라우트ㅏ>ㅐ	차리면>채리면 맡기고>맽기구 같아서는>같애서는 그 담엔>그댐엔
움라우트 ㅓ>ㅔ	넘겨다>넹겨다
음성모음화 ㅏ>ㅓ	해야 한다>해야 헌다 올라 가며>올러 가며 알아>알어 하게>허게 하겠다고?>허겠다구? 하면>허면 망할>망헐 하겠다고?>허겠다구? 할 수 없지>헐수 없지 미안하게>미안허게
ㅡ 보수형	거짓>거즛
전설모음화 ㅡ>ㅣ	들여서>딜여서 여쭈라고요>이쭈라구요 영수증>영수징 즐거움>질거움
조사 부터>버텀	가을부터>가을버텀 이제부터>인제버텀 처음부터>첨버텀
조사 보다>버더	나보다>나버더

찾아보기

1. 작품명

2. 책명

3. 기타

ㅈ